KB260440

청명
清明

청명절에 비 어지럽게 내리니

걷는 나그네는 시름겨워지네

술집이 어디 있는가 물으니

목동이 멀리 살구꽃 핀 마을을 가리키네

清明時節雨紛紛

路上行人欲斷魂

借問酒家何處有

牧童遙指杏花村

정검록

情劍錄

장검록 1
매은 新무협 판타지 소설

초판 1쇄 찍은 날 § 2006년 3월 17일
초판 1쇄 펴낸 날 § 2006년 3월 23일

지은이 § 매은
펴낸이 § 서경석

편집장 § 문혜영
편집책임 § 김규진
편집 § 유경화 · 심재영

펴낸곳 § 도서출판 청어람
등록번호 § 제1081-1-89호
등록일자 § 1999. 5. 31
어람번호 § 제2-0866호

주소 § 경기도 부천시 원미구 심곡1동 350-1 남성B/D 3F (우) 420-011
전화 § 032-656-4452 팩스 § 032-656-4453
http://www.chungeoram.com
E-mail § eoram99@chollian.net

ⓒ 매은, 2006

ISBN 89-251-0038-X 04810
ISBN 89-251-0037-1 (세트)

매정검록

錄 劍 情

Fantastic Oriental Heroes
매운 新무협 판타지 소설

1. 소년과 검객

청어람
도서출판

가족과 친구들에게.

안녕하세요. 매은(梅隱)입니다.

작가 서문이라고 쓰고 있는 지금도, 과연 책이 정말 나오는 것인지 믿어지지가 않습니다. 아니, 그보다 이 이야기가 책으로 엮일 만큼의 가치를 지니고 있는가? 라는 문제의식이 먼저입니다만.

사실 저는 스스로를 작가라고 생각해 본 적도 없고, 이야기한 적도 없습니다. 적어도 저에게 작가라는 호칭은 대단한 권위와 의미를 가졌으니까요. 그를 얻기 위해 선인들이 겪었을 치열한 고민과 수많은 시행착오를 떠올린다면, 어찌 그런 말을 쉽게 쓸 수 있겠습니까? 그것은 너무나 힘든 일입니다.

하지만 이 보잘것없는 이야기를 아껴주신 많은 분들이 계셨습니다. 아마도 그분들이 아니었더라면 여기까지 올 수도 없었겠지요. 그리고, 그분들로 인해 제가 착각을 하는 건지도 모르겠지만 스스로에게 작가라는 호칭을 허용할 수 있는 때가 오기를 바라게 되었습니다. 미래는 알 수 없는 것이고, 제가 '정검록' 을 어떻게 끝마칠 수 있을지 그 뒤에도 다른 이야기들을 할 수 있을지 모르는 상태에서 할 수 있는 말은 아닙니다만. 다른 사람이 아니라 저 스스로에게 작가라는 호칭을 인정받을 수 있는 날이 오기를 바라고 지금 한 발을 내디디려 합니다. 보이지도 않는, 아득히 높은 곳이지만 힘을 내서 가보겠습니다.

셰익스피어, 김용, 양우생, 송진용, 하기오 모토, 심수봉.

정검록, 아니, 앞으로 제가 할 모든 이야기들은 이분들에게 막대한 빚을 지고 있습니다. 물론 보고 들은 모든 것으로부터 항상 영향을 받고 있지만, 언급한 분들에게서는 특별히 빚을 진다는 표현을 써야 한다고 생각합니다(크나큰 실례임을 알지만, 그래도 꼭 한 번 쓰고 싶었습니다. 윗분들의 팬 여러분, 부디 용서해 주세요).

마지막으로 오분전님, 설아은님, 김규진님께 감사드립니다. 특별히 이 세 분이 아니었더라면 정검록이 책으로 나올 일이 없었을 겁니다.

작가 서문이라는 걸 처음 써봐서인지 수습이 잘 안 되네요. 더 할 말이 떠오르면 완결을 지은 뒤, 후기에 덧붙이겠습니다. 그럼 즐겨주세요.

2006년 3월 매은(梅隱).

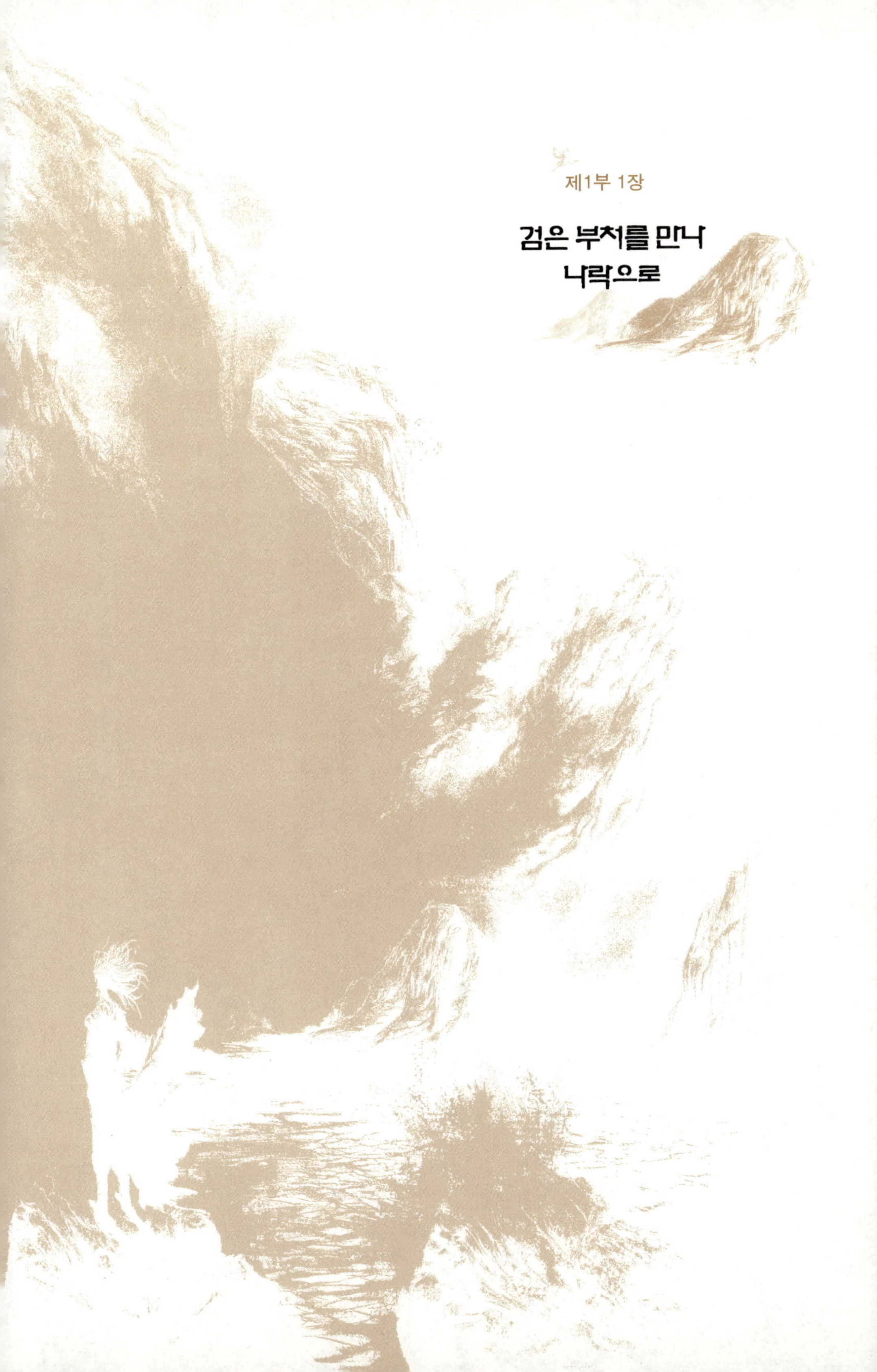

검은 부처를 만나
나락으로

1

하늘은 높고 구름 한 점 없이 눈이 시리도록 푸르렀다. 대지는 온통 바람의 길을 따라 물결치는 황금빛이었으니 이는 이 지역, 아니, 나라 전체를 뒤덮은 유래없는 풍작의 증거이리라.

몇 번인가의 왕조가 세워지고 또 무너지고, 지칠 줄 모르는 핏빛 역사의 반복 어디쯤엔가 평화로운 시기가 있었다면 바로 지금일 것이다. 새로운 천하가 시작된 지도 백여 년. 시조의 증손자이며 네 번째 황제의 시호가 무엇인지 아는 백성은 드물었다. 농사는 짓는 족족 풍작이요, 가축은 살찌며 관아의 세금은 가벼우니 다만 각 지방의 관리들이 베푸는 선정과 공명정대한 치세에 그 황제에까지 칭송이 더할 따름이다. 근심이 없는 세상에 취해 나랏일에 관심을 가지는 이 없으니 말 그대로 요순(堯舜)의 시대가 도래한지도 모르겠다는 촌락 훈장의 탄식마저 식상할 지경이었다.

그렇게 평화로운 시대를 반영하듯 푸른 하늘과 황금빛 대지가 맞닿은 지평선 위에 하나의 점으로 존재하던 사내는 풍성한 보리밭을 가르며 뻗어 있는 길 위로 온전히 제 모습을 드러냈다. 이제 막 삼십 줄에 들어섰을 사내는 긴 머리를 단정히 묶어 넘기고 회색 장포에 한 자루 검을 차고 있었는데, 걷는 모양새가 꼿꼿하고 바르기 짝이 없어 호걸의 기상이 흐른다. 다만 미간에 담긴 빛이 어두워 근심이 많아 보인다는 것이 단점이라면 단점이었다. 하나 그 어두운 기색이 오히려 단아한 이목구비에 강한 인상을 더하니 마치 화룡점정(畵龍點睛)인 양 사내를 더욱 돋보이게 했다.

"……."

언덕에 올라선 사내의 눈에 들어온 것은 거대한 도시였다. 크고 번화한 도시는 어딘가 모르게 들떠 있는 분위기로 여러 가락이 뒤섞인 음악 소리가 멀리서 바라보는 사내에게 들릴 정도였다.

"이야, 이 정도일 줄은 몰랐는걸? 모용(慕容)이 그 창고를 활짝 열었다더니 과연 뜬소문이 아니었네그려."

한줄기 바람이 이보다 더 갑작스러울 수 있을까? 귀신도 모르게 사내의 등 뒤로 다가온 목소리의 주인은 한 자루 법장을 든 스님이었다. 파르라니 깎은 머리와 달리 코와 턱밑에는 수염이 제멋대로 자라 있었는데, 이야기 속의 미염공(美髥公)처럼 아름다운 수염이 아니라 어느 곳은 길고 또 어느 곳은 짧으며 아예 없는 부분도 있어 난잡하기가 이를 데 없었다. 그뿐이라면 좋으련만 스님의 가사는 여기저기 해어지고 낡아 더러우니 개방의 거지들이 형님으로 모신다 해도 손색이 없을 지경이었다. 법력이 높은 고승은 아닐지언정 불가에 귀의한 흔적이나마 찾을 수 있었던 것은 깎은 머리와 법장뿐이었다.

"확실히 그러하군요. 퇴불(退佛) 당신도 초대받았습니까?"

귀신같은 스님의 출현에도 사내는 이미 알고 있었다는 듯 담담히 이야기했다. 퇴불이라고 불린 중은 가슴을 두드리며 자랑스럽게 대답했다.

"당금 강호에 있어 그 누가 이 퇴불을 자기 뜻대로 오라 가라 하겠는가? 천하의 모용이라 하여 그럴 수 있다고 생각하는가?"

"그렇다면 무슨 연유로 예까지 오셨소이까?"

"빈승이 불자(佛子)의 몸으로 어찌 남에게 손을 벌려 보신을 할 수 있겠는가. 그런 까닭에 요 근래 들어 불심은 깊어졌으나 육신이 허해졌으니 잔칫집에 들러 축수(祝壽)를 읊어주고 시주를 받는다면 이 몸은 보신을 하여 좋고 저네는 축수를 받으니 좋을 것이라, 이거야말로 일석이조(一石二鳥)의 계책이 아니고 무엇이겠는가? 으하하핫!"

거침없이 내뱉은 퇴불의 말은 그야말로 앞뒤가 전혀 맞지 않고 허무맹랑한 이야기였다. 불법을 닦는 스님에게는 시주를 받는 일 또한 수행의 한 과정이니 이를 하지 못함이 첫째요, 시주를 받는 것이 보신을 목적으로 함이라니 이것이 둘째요, 대가를 바라고 축수를 읊음은 당연히 바르지 못한 일이니 이것이 셋째였다. 불제자의 신분으로 계책을 도모하니 이 역시 그릇된 네 번째였으며, 마지막으로 일석이조(一石二鳥)라는 말의 인용 또한 어울리지 않아 총 다섯 가지의 잘못이 담겨 있다고 사내는 생각했으나 감히 입 밖으로 내뱉지는 아니하였다.

하나 그것으로 사내를 탓할 수는 없었으니, 현 강호에 있어 그 누가 퇴불에게 불제자로서의 덕목을 가르치려 할 것인가? 오직 한 자루 법장에 의지해 강호를 주유한 지 이십여 년. 퇴불은 그 자체로 이미 전설이 되어 있는 고수 중의 고수였다. 다만 그 심성이 고약하고 행보를 종잡을 수 없어 그를 두려워하는 이는 많아도 존경하는 이는 없었다.

그에 관해 인구에 회자되는 일화가 여럿 있으나 그중 하나를 꼽아보자면 화산의 장문인과 술잔을 나눈 일이 가장 유명했다. 몇 년 전, 무림오룡(武林五龍)이라 하여 많은 기대를 받던 백도의 다섯 후기지수를 퇴불이 직접 시험해 보겠노라며 찾아간 일이 있었다. 그런데 그곳에서 사단이 났으니, 무엇이 문제였는지 몰라도 퇴불이 그들의 팔다리를 분질러 버린 것이다. 개중에는 구파일방 중 하나인 화산의 자랑 매화검수(梅花劍手) 송진운(宋珍云)이 있었는데 퇴불은 그를 들쳐 업고 도리어 화산파에 찾아가 '자신을 수고롭게 하였으니 대가를 지불하라' 며 억지를 부렸다. 문하의 제자들은 모두 들고일어났으나 이 미친 중과 대립해 좋은 꼴을 볼 수 없다는 걸 알고 있는 장문인은 쓴웃음을 지으며 한잔 술로 퇴불을 직접 달래고 돌려보내고 말았다.

이 일은 강호에 널리 퍼져 퇴불의 명성을 더욱 높이었으나 그것이 강자(强者)에 대한 외경인지 광인(狂人)에 대한 두려움인지는 알 길이 없었고, 그 후로 '미친 중을 만나거든 술을 줄지언정 손을 섞지 말라'는 말만이 금언처럼 강호인들의 가슴에 새겨졌던 것이다.

하지만 사내가 마음속의 말을 입 밖으로 내지 않은 것이 꼭 퇴불을 두려워하기 때문은 아니었다. 번거로운 것을 가장 싫어하는 사내에게는 이 미친 중과 말을 나누는 것 자체가 고역이었다.

"그렇게 말하는 자네는 모용의 초대장을 받았는가?"

퇴불이 웃음을 그치고 묻자 사내는 대답 대신 고개를 끄덕였다. 그 오만한 태도에 퇴불의 미간이 잠시 찌부러졌지만 사내는 개의치 않는 눈치였다.

"과연 강호에 위명이 자자한 무영검(無影劍) 추신(秋伸)이라면 모용의 초대장을 받을 만하지."

퇴불은 입으로는 사내를 칭송하면서 엄지손가락을 아래로 향하여 조롱하는 태도를 취하니 그 모습이 장난기 많은 소동(小童) 같아 몹시 우스웠다.

퇴불의 말대로 사내의 이름은 추신이요 호는 무영검이라 하였으니, 당대에 짝을 찾기 힘들 만큼 빠른 검법을 구사하여 적수가 없었다. 삼십대 초반의 젊은 나이에 고수의 칭호를 얻었으나 타고난 성품 탓인지 친구를 사귀길 꺼려하고 스스로를 알리는 법이 없었으니 본 실력에 비하자면 명성이 오히려 손색이 있었다. 원래 소문이라는 것이 입에서 입으로 전해지다 보면 다소의 과장이 덧붙여지는 법인데, 추신이 비록 정도의 고수로서 출도 이후 많은 협행을 쌓았으나 본신의 내력이 알려진 바 없고 강호에 영향력있는 친구도 적으니 명성이 실력보다 못한 기이한 결과를 낳고야 말았다.

하지만 강호의 일류라고 할 수 있는 고수들은 추신을 주목하고 있었으니, 퇴불이 그를 알아본 것도 무리가 아니었다.

"…그렇습니다."

추신은 퇴불의 우스꽝스러운 모습에도 흔들림없이 오직 도시를 눈 안에 담아두며 대답하였다.

'때가 왔다. 그러나 지금까지보다 한층 조심스러워야 한다. 저 미친 땡중의 말마따나 내게 자그마한 명성이 있다 해도 그에 비하자면 그야말로 허튼소리에 불과하다.'

"대단한 자신감이군! 어디, 이 땡초에게 한 수 가르쳐 줄 텐가?"

추신이 자신의 행동에 아랑곳하지 않고 딴생각을 하며 무시하는 듯 성의없이 대답하자 퇴불은 노기를 띠며 외쳤다. 노성이 끝나기가 무섭게 퇴불의 법장이 추신의 턱 아래에 닿아 있었다. 조금의 힘만 준다면 추신의 반듯한 턱이 날아가고 말 것이다.

하나 추신은 동요함없이 조용히 법장을 밀어냈다. 법장은 의외로 순순히 밀려났으니 퇴불의 얼굴이 지옥의 야차인 양 노기로 일그러졌어도 실은 그렇지 않음을 알 수 있었다.

"아쉽지만 남의 집 안마당에서 소란을 피울 만한 배짱이 후배에겐 없습니다. 더욱이 삼 일 후면 모용천, 모용 대협의 고희연(古稀宴)인데 더할 것이 있겠습니까?"

"호오, 그렇다면 다른 때, 다른 곳이라면 땡초의 도전을 받아주겠다는 건가?"

큰 눈을 부라리며 말하는 퇴불의 모습은 무섭기도 우습기도 하였으니 그 마음처럼 종잡을 길이 없었다.

사실 추신의 가슴은 눈앞의 이 괴승을 향한 호승심으로 뜨거워지고 있었다. 그의 행로가 그대로 이야깃거리가 되는 고수를 상대로 무인이라면 누구나 느낄 감정이 추신을 유혹하고 있었다.

'하지만……'

하지만 추신은 곧 미련없이 마음을 가라앉혔다. 눈앞의 유혹은 강렬하지만 그에 넘어가는 것은 어리석은 일이었다. 추신의 목표함에 있어 퇴불과의 결투는 좋지 않은 결과만을 불러올 것이다.

"두 달 후 십일월 보름에 장사(長沙)에서 만납시다."

그 말을 들은 퇴불의 표정이 순식간에 몇 번이나 바뀌었다. 웃으면서도 울고, 성내면서도 기뻐하니 마치 솜씨 좋은 예인의 변검술(變瞼術)을 보는 듯하였다.

'이 중이 이 모양이니 미쳤다는 소릴 듣는구나.'

추신은 걱정하며 퇴불을 바라보았다. 순식간에 몇 번이나 바뀌는 얼굴만큼이나 복잡할 이 광승의 머릿속을 누가 짐작할 수 있을까? 행여나 그가 자신의 제안을 묵살하고 지금 당장 싸우자고 한다면 어쩔 것인가? 질 리야 없겠지만 그렇다고 이길 자신도 없었다.

'내가 드러내지 않은 만큼 그 또한 드러내지 않았으니 오백 초 안에 승부가 나지 않을 것이다. 이는 매우 곤란한 일이다.'

"좋아, 지금은 내 이 공허한 뱃속에 기름칠하는 것이 우선이지!"

한참 후에야 퇴불은 법장을 바닥에 두드리며 웃음을 터뜨렸다. 그 웃음소리에 실린 웅혼한 기운이 가히 명불허전이라 그의 뜻대로 대결이 미루어졌음에도 추신은 온몸이 찌릿함을 느끼며 아쉬워하고 말았다.

2

어느 시대에나 마찬가지겠지만 현 무림도 이야기하기 좋아하는 호사가들에 의해 셀 수 없이 많은 명호(名呼)들로 가득 차 있었다. 그러나 진품(眞品)이라 할 것은 얼마 없었으며, 자연히 그중에서도 상품(上品)으로 분류할 만한 것 또한 얼마 되지 않았다. 수많은 무림인들의 고하는 누가 그리 안배하지도 않았으나 약속이라도 한 듯 아래로 내려갈수록 두터워지고 위로 올라갈수록 얇아졌으니 이 거대한 삼각형의 윗자리를 차지한 것이 바로 삼절(三絶)이었다.

그중 일검(一劍)이라 하면 바로 당대의 명문 무당(武堂)의 장문인인 태허 진인(太虛眞人)을 말함이다. 심오한 현문의 내공과 무당의 절기인 태극검(太極劍)을 겸비하였으며 명문정파의 장문인으로 매사에 공정하고 사리에 그릇됨이 없어 일신의 안위를 돌보지 않고 항상 대의를 중히 여길 줄 알았으니, 모든 백도인 중 그를 추앙하지 않는 이가 없었다. 특히 그의 태극검법은 유구한 무당의 역사 속에서도 드물게 대성하여 한번 검을 뽑으면 음양의 도가 펼쳐져 가히 불가능한 일이 없다고 할 지경이었다.

그리하여 사람들은 그를 삼절 중에서도 첫 손가락에 꼽길 주저하지 않았다.

삼절 중 두 번째는 일도(一刀)로, 무림의 악인 중에서도 가장 악독하다는 혈도선(血刀仙) 허우(許禹)를 일컬음이다. 그의 손에 들린 한 자루 칼은 원래 평범한 환도였으나 어찌나 많은 피를 먹었는지 어느새 새빨간 핏빛으로 물들어 귀기(鬼氣)를 띠고야 말았다고 한다. 당금 무림에 기병이기의 서열을 매긴다면 누구나 서슴없이 혈도선의 망혈귀도(望血鬼刀)를 맨 윗줄에 올려놓을 것이다. 그도 그럴 것이, 애초에 특별한 사연이 얽혀 만들어진 보검, 보도는 많았으나 대장간에서 아무렇게나 팔리는 환도가 사람의 피를 먹어 스스로 귀도로 화하였음은 전무후무한 일이었기 때문이다.

하나 그 주인은 그보다 더 유명하였다. 혈도선 허우는 원래 새외의 인물이나 그 생김새는 중원인과 다름이 없었다. 하나 그 마음 씀씀이는 큰 차이가 있었으니, 실로 잔인하기 짝이 없어 마두(魔頭) 중의 마두라 불렸던 것이다. 허우는 일찍이 그를 따르는 무리와 강호를 종횡하며 갖가지 악행을 저지른 후 형산(衡山)에 자리를 잡았다. 사람들로부터 혈마(血魔)라 불렸던 허우는 형산에 자리를 잡은 후 기거하는 곳을 우당(愚堂)이라 명하고 속하들로 하여금 도사의 의관을 갖추어 입게 하며 그 자신도 혈도선(血刀仙)이라 스스로 명호를 바꾸었다. 이는 일생일대의 숙적인 태허 진인을 조롱하기 위함이었으니, 허우와 그의 일당은 겉으로는 도사의 의관을 차려입은 채 많은 악행과 음탕한 짓을 자행하였으나 감히 그를 저지할 사람은 없었다.

실제 그의 무위는 태허 진인에 비하여 한 점 손색이 없었다. 동년배인 두 사람은 정사의 대표적인 인물로서 삼십대와 사십대에 걸쳐 두 차례 건곤일척의 사투를 벌였으나 승부를 가릴 수 없었다. 태허 진인은 그 후 무위의 도를 깨우치고자 무당산에서 수행에 전념하였고, 허우는 스스로를 혈도선이라 칭하며 숙적에 대한 울분을 그를 조롱하는 것으로 풀고자 했던 것이다. 때문에 혈도선 허우가 무당의 태허 진인에게 반 초라도 뒤질 것이라 생각하는 이는 아무도 없었으나 다만 태허 진인은 명문정파의 장문인으로 뭇사람들의 존경을 받았으니 자연히 첫째가 그요, 허우를 삼절 중 둘째로 꼽게 되었다.

삼절의 마지막은 일권(一拳)이니, 바로 맹산파(猛山派)의 장문인 신권무적(神拳無敵) 강산언(姜産言)이었다.

본래 맹산파는 하남 낙양에 본거지를 둔 군소방파로 구파일방은커녕 변변한 고수조차 배출하지 못한 삼류문파에 불과했다. 그러나 삼대 장문인으로 선출된 강산언은 실로 기재였으니, 숭산 소림의 속가제자로서 배운 나한권을 통달하였다. 나한권은 강호의 권각술 중 가장 유명하고 널리 퍼진 것으로 일견 평범하여 기초적인 무공으로 취급당하기 일쑤였다. 사실 나한권만으로는 상승의 변화무쌍한 각종 검, 권법을 당해낼 수 없다는 것이 중론이었으나 강산언은 나한권을 익힘에 있어 심혈을 기울여 가장 평범한 권법을 가장 강력한 권법으로 바꾸어놓았다고 한다. 타고난 재능도 재능이거니와 다른 상승무공을 익히려 들지 않고 오직 나한권이라는 한 우물을 판 덕이었으니 그의 나한권은 알면서도 막지 못하고 눈을 뜨고 당할 수밖에 없었다. 하여 강호인들은 그를 신권무적이라 높여 부르는 데 주저함이 없었다.

그러나 이는 순전히 그의 천품(天品)에 의지한 것으로 다른 사람에겐 적용될 길이 없었다. 맹산파의 삼대 장문인이 된 강산언은 고심 끝에 나한권을 발전시킨 맹산권(猛山拳)을 창안하여 제자들로 하여금 이를 익히게 하였다. 그 후 맹산파는 구파일방에 버금가는 강력한 문파로 거듭나게 되었다.

태허 진인과 혈도선이 두 차례 대결하여 서로 우위를 점하지 못하고 헤어진 것으로 사람들은 그들의 무위가 백중세임을 쉽게 짐작할 수 있었다. 하지만 강산언이 맹산권을 창안하여 강호에 적수가 없을 무렵 일검과 일도는 각자 무당과 형산에 틀어박혀 한쪽은 도가의 수행에, 한쪽은 다른 한쪽을 조롱하느라 여념없었으니 강산언은 두 사람과 겨루어볼 기회가 없었다. 하지만 앞서 일검과 일도의 무위를 목격한 사람들이 간접적으로 비교해 보아 강산언의 무위가 두 사람에 비해 떨어지지 않음을 너도나도 증언하였으니 결국 삼절 중 한자리를 차지하게 되었다. 다만 강산언이 두 사람과 겨루어보질 못했으며, 두 사람보다 십여 년 연하였으므로 그를 삼절 중 마지막으로 꼽았고, 강산언도 그것이 이치에 맞는다 하였다.

그리고 그들의 위에 선 단 한 사람, 무림이라는 거대한 삼각형의 꼭지점에 위치한 이가 바로 모용세가가 배출한 천고의 기재 모용천(慕容千)이다.

이십세 약관의 나이에 출도, 강호를 주유하며 무패의 신화를 이루고 모용세가를 강호의 윗자리로 올려놓은 전설은 십 년을 찾아 헤매었으나 적수가 없음을 슬퍼하며 삼십의 나이에 세가로 들어가 나오기를 거부했다. 그리고 사십 년. 전설은 갈수록 살이 붙고 부풀려져 그 신위를 서유기나 봉신연의 같은 통속 소설 속의 그것으로 만들어 버릴 정도가 되었다. 그간 모용천은 일체의 외부 활동을 하지 않았는데도 무림의 정신적 지주로 종종 추앙되곤 했는데 이는 그의 아들인 모용강(慕容剛) 때문이었다.

모용천이 은둔한 지 이십 년째에 강호에 모습을 드러낸 모용강은 아버지와 비슷한 행로를 걷는 듯하면서도 그렇지 않았다. 모용천은 오직 강한 상대를 찾아 무학에 대한 이론을 나누고 대결하기를 즐겼으며, 친구를 사귀길 꺼려해 정과 사의 중간자적인 인상이 강했던 것에 반해 모용강은 협을 행함에 있어 주저함이 없었고, 의를 숭상하며 강호의 수많은 영웅호걸과 교분을 쌓기 좋아했으니 이는 아버지와 크게 다른 점이었다. 또 모용강의 무공은 매우 고강하여 사람들로 하여금 그 아버지의 능력을 환상의 경계로 끌어올리기에 충분했다.

하지만 절대자의 고독에 절망했던 아버지와 달리 모용강은 자신의 능력을 긍정적인 방향으로 발산하였다. 강호의 영웅호걸들과 호형호제하며 자신의 영향력을 넓혀갔고, 많은 고수들을 초빙함에 있어 금은보화를 아끼지 않았으며, 그 또한 무학의 일대 종사였으니 모용천 한 사람의 이름에 의지해 있던 모용세가는 모용강의 대에 이르러 진정한 강자로 거듭난 것이다.

하여 당금 무림의 중심은 모용천이 아닌 모용세가가 되었고, 모용강은 정도무림의 실질적인 일인자로 군림하기에 이르렀다. 어떤 이들은 모용강의 신위가 삼절의 경지에 이르렀다고도 했으나 일신상의 무공 수

위에 상관없이 현 무림에 가장 큰 영향력을 지닌 이는 바로 운룡검(雲龍劍) 모용강(慕容剛)이었다.

3

도시는 선홍열에 걸린 어린아이처럼 뜨거웠고, 거리는 사람들로 가득해 발걸음을 옮기기도 어려웠다. 몇 년째 계속된 유래없는 풍작과 도시의 자랑이자 이 도시 자체라 할 수 있는 모용세가의 길일(吉日)이 겹쳤으니 거리는 온통 잔치판이었다.

색색으로 물든 거리엔 특수를 노린 노점들이 들어서 사람들이 지나갈 길을 막아버렸고, 가판의 상인들은 저마다 목청이 터져라 손님들을 끌어 모으고 있었다. 주민들 역시 주머니가 두둑하였는지 여기저기에서 흥정하는 소리가 끊이질 않았다. 그에 섞여 거리의 악사들이 연주하는 음악 소리는 도시를 달군 열기를 하늘 높이 날아오르게 했다.

"이봐, 바로 모용가로 가는 게 아니었나?"

추신은 자신의 뒤를 따르며 연신 말을 붙여오는 퇴불의 처리에 대해 열 번도 넘게 고민해야 했다. 퇴불과 만난 언덕에서부터 도시 안으로 들어온 지금까지 퇴불은 무엇이 마음에 들었는지 추신의 뒤를 졸졸 따라왔다. 추신은 냉랭히 대답했다.

"축제 분위기를 좀 더 즐기는 것이 괜찮겠지요. 선배는 나이도 나보다 많아 피곤할 테니 먼저 세가로 가는 것이 좋겠소."

그러자 퇴불은 제자리에서 펄쩍펄쩍 뛰며 손바닥을 휘저었다.

"아니야, 아닐세! 그건 자네가 이 형이 얼마나 건강한지 몰라서 하는 소리야! 이 형으로 말할 것 같으면 중추절을 전후로 한 달 내내 술만 마신 적도 있으나 새끼손톱만큼도 힘들지 않았네! 하물며 지금은 술도 마시지 않았으니 피곤할 턱이 없네!"

"선배님이 어째서 제 형이란 말입니까?"

"그럼 내가 자네보다 어리단 말인가? 그거 대단하구먼! 이제부턴 내가 형이라 부르겠네!"

더 이상 대화를 이어가는 것은 퇴불의 뜻에 말려드는 것이었다. 추신은 고개를 돌렸고, 퇴불은 어린아이처럼 혀를 내밀었다.

"아!!"

순간 누구의 것인지 모를 탄식이 단숨에 온 거리로 퍼지고, 이는 곧 이어 환성으로 바뀌었다.

"모용세가 천세(千歲)! 모용 대협 천세! 천세!"

그와 동시에 기적처럼 거리를 가득 메운 인파가 양옆으로 갈라졌다. 그 사이로 모습을 드러낸 것은 지나치게 화려한 행렬이었으니 수많은 호위무사들의 압도적인 기도 사이로 두 필의 백마가 끄는 마차였다. 마차는 뚜껑이 없어 밖에서 탑승자가 바로 보이도록 설계되어 있었는데 외부의 장식이나 그 원자재가 고급스러워 사람에 따라선 사치스럽다고 느껴질지도 모를 일이었다.

하지만 이 역시 이 도시의 사람들에겐 그리 신경 쓰이는 점이 아니었다. 오직 황제만이 만세라는 인사를 들을 수 있었고, 황족이어야 천세를 누리시라는 인사를 받을 수 있었다. 그것만 보아도 모용세가가 이 도시에서 어떤 대접을 받고 있는지 알 수 있는 대목이라 할 수 있었다.

그 화려한 마차 위에 서서 사람들에게 손을 흔들어주는 장년의 사내가 있었으니 그가 바로 모용세가의 가주 운룡검 모용강이었다.

불혹의 나이가 무색하게 생기있는 얼굴은 그의 내공 수위를 짐작케 하였다. 깎아지른 듯한 외모로 인중룡이라는 찬사를 받던 그의 지난날과 비교해 봐도 손색이 없었던 것이다. 그는 사람들 속에서 더욱 빛을 발하는 빛나는 인물이었다.

"허어, 기도가 한층 더해졌군. 놀라운 일이로다."

퇴불조차 사심없이 칭찬할 만큼 모용강의 기도는 출중한 것이었다. 준수한 얼굴과 인자한 미소, 티끌 한 점 없이 맑은 기운은 아버지의 후광이 없더라도 정파무림의 구심점이 되기에 손색이 없어 보였다.

"…그렇습니다."

"자네도 운룡검을 만나본 적이 있는가?"

"네, 네… 아닙니다."

"무슨 소린가, 그게?"

퇴불의 물음은 커다란 함성에 묻혀 버렸다. 물론 그렇다 하여 듣지 못할 리 없었지만 추신은 일부러 외면하고 함성의 원인을 향해 시선을 돌렸다. 운룡검 모용강의 옆 자리에 자리한 흰옷이 너무나 잘 어울리는 소년.

"와! 모용현! 모용 공자다!"

"공자님!"

사전에 약속이라도 한 듯 군중들은 입을 모아 모용현이라고 불린 소년을 칭송하였다. 소년의 얼굴은 붉게 물들었는데, 옆에 있던 모용강이 몇 마디 이야기하자 조심스레 자리에서 일어나 자신을 연호하는 사람들에게 손을 흔들어주었다. 거리는 지금까지보다 더 큰 함성으로 뒤덮였다.

"저 아이가……?"

"모용가의 어린 주인, 운룡검과 강남제일미(江南第一美)의 외아들 모용현이지!"

"과연 듣던 대로 미동(美童)이구먼!"

"총명하기 이를 데 없고 심성도 착하다더구먼. 모용가는 물론 이 성 사람들의 축복일세그려."

인파와 함성을 넘어 추신의 귀에 들어온 대로 소년은 천하제일인의 손자이며 운룡검 모용강의 외아들인 모용현(慕容炫)이었다. 소년이라기보다 소녀에 가까울 만치 가는 얼굴 선과 아름다운 이목구비는 그의 어머니인 강남제일미 남영혜(南瑛惠)를 닮았으나 나이를 먹어 청년이 된다면 아버지의 모습도 드러날 것이다.

모용강은 아들의 어깨를 끌어안으며 밝게 웃었고, 모용현은 아버지의 품에서 수줍은 미소를 짓고 있었다. 사이좋은 부자의 모습에 사람들은 다시금 환호했다.

"꼭 닮았군, 꼭 닮았어! 계집도 아니거늘 제 어미를 꼭 닮았구나! 하긴, 아비를 닮든 어미를 닮든 어느 쪽이든 간에 절세의 미인(美人)일 것이니 전생에 큰 업이라도 쌓은 모양이구나."

그 자신은 현 무림의 실세요 부인은 당대제일의 미인이며 아들은 저리도 빼어나 보이니 천자라 해도 부러울 것이 없었다. 모든 것을 다 가진 듯, 아니, 정녕 모든 것을 가진 사내.

아무것도 아닌 운룡검 모용강과 그 아들의 행복해하는 모습이 추신의 마음을 뒤흔들었다. 광승 퇴불과의 만남에서도 흔들림없던 그의 정신이 일순간 감정에 휩쓸려 오른손은 자신도 모르게 검자루를 쥐고 있

었다. 주체할 수 없는 살기(殺氣)가 의지를 가진 듯 꿈틀대며 피어올랐
다.

찰나란 불가에서 말하는 시간의 단위로 칠십오분의 일초라고 표현
되어 있다. 이른바 지극히 짧은 순간이라 눈 한 번 깜빡이는 것보다도
빠른, 인간 능력의 범주에는 포함되어 있지 않다고 할 수 있다.

추신이 그의 강렬한 살기를 내었다 거두어들인 것은 바로 이 찰나의
순간에 불과했다. 지극한 증오를 사그라뜨린 추신의 정력(精力)은 가히
득도한 도사의 경지였으나 그 대상은 자신의 뜻으로 당금 강호의 정세
를 움직이는 고수!

운룡검 모용강의 시선이 벼락처럼 추신에게로 꽂혔다.

4

"갈!"

모용강의 입이 열리며 기합 소리가 터져 나왔다. 사자후에 가까운
일성은 강맹한 기로 충만해 있었다.

"크윽!"

거리를 메운 인파의 대부분은 무공을 모르는 보통 사람들이었으니
그들은 모두 귀를 막으며 비틀거렸다. 거대한 인간의 벽이 흔들리는
형국이었다. 그에 반해 추신은 내력을 돋우어 항거하며 경솔한 자신을
꾸짖었다. 큰일을 앞둔 몸으로 스스로를 다스리지 못했으니 그간의 공
이 모두 무너져 내린 셈이다. 어찌 이리 아둔할 수가 있단 말인가! 피

눈물이 날 듯했다. 백번, 천 번을 후회해도 돌이킬 수 없는 현실이다. 이렇게 된 바에야……! 추신은 검을 뽑으려 했다.

"젠장! 쳐라!"

카랑카랑한 외침과 동시에 괴로워하는 사람들 사이로 십여 명의 그림자가 튀어나왔다. 개중에는 추신의 바로 앞에 서 있던 사람도 있었다.

그림자라고 표현할 만큼 빠른 경신술은 눈이 어지러울 지경이었지만 그로부터 뿜어져 나오는 살기만큼은 선명했다. 환호하는 사람들 틈에 스며들어 지우고 있던 살기가 모용강의 일갈에 의해 풍선이 터지듯 터져 나온 형국이었다. 다시 말해 예정된 습격이 아니란 얘기였다.

당연히 모용강을 향해 쏜살같이 달려들던 그림자들은 모용가의 호위무사들에 의해 저지당했다.

"우와아!"

"싸움이다!"

시끄럽게 울려대던 악기 소리도 끊어지고 사람들은 여기저기로 흩어져 버렸다. 무림인들의 분쟁에 휘말렸다간 목숨이 위태롭다는 것을 사람들은 잘 알고 있었다. 저잣거리에서 무림인이 일 대 일로 시비가 붙어 싸운다 해도 보통 사람들에겐 큰 피해를 입히기 마련인데, 지금은 그 규모가 자그마치 십 대 십이었으니 이런 번화가에서 자주 볼 수 있는 다툼과는 차원이 달랐다. 그러나 모용가에 대한 절대적인 믿음 때문인지, 싸움 구경을 좋아하는 사람들의 습성 때문인지 아주 도망간 이들은 많지 않았다. 다만 모용가의 행렬과 기습한 사람들을 빙 두른 채 상황을 지켜보는 이들이 대부분이었다.

기습을 저지당한 이들은 보통 사람들의 틈에 끼어 기회를 엿보느라 평범한 옷차림에 복면도 아니 한 맨얼굴들이었다. 역용을 했는지 어딘가 어색해 보이는 얼굴들이었지만 낭패한 기색으로 가득했다.

"하나같이 이류다. 잡아도 쓸모없으니 모두 죽여라."

모용강과 모용현이 탄 마차 옆에서 한 사람이 나오며 말했다. 또박또박 평이한 어조였으나 그 사이의 분노를 눈치채지 못할 사람은 없었다. 훌쩍 큰 키에 부리부리한 눈매, 굳게 다문 입매가 진중한 그가 바로 모용가에 절대적인 충성을 맹세한 것으로 유명한 담대진홍(澹臺眞弘)이었다. 모용강을 따르고 모용가의 밥을 빌어 사는 많은 고수 중에서도 그의 독문절기인 심명신장(心銘神掌)은 명성이 자자했는데, 그런 고수가 기껏 거리 행사에 호위로 나선 것만으로도 담대진홍의 충심을 알 수 있었다.

담대진홍의 명이 떨어지기가 무섭게 모용가의 무사들이 일제히 칼을 빼 들고 달려들었다. 하나같이 동작이 절도있으면서도 연결이 매끄러워 일개 무사의 수준이 아니었다.

"쳇, 쓸데없는 것에 정력을 낭비하다니."

혀를 차는 퇴불의 목소리가 들리자 추신은 정신을 차리고 안도의 한숨을 내쉬며 스스로를 책망하기 시작했다. 하마터면 일을 그르칠 뻔하지 않았는가! 모용강이 느낀 살기는 분명 추신 자신의 것이었다. 그러나 우연히도 모용강을 노린 살수 중 하나가 추신의 바로 앞에 있었고, 지레 겁먹은 그가 대신 칼을 뽑았을 뿐이다.

'부족하다! 아직도 부족해!'

꾸짖고 또 꾸짖어도 모자랐다. 추신은 스스로의 어리석음과 부족한 역량에 대해 한탄을 금하지 못했다. 그 살수의 상황 판단이 빨랐다면 저들의 칼끝이 향한 곳은 바로 자신이었을 것이다.

한편 사람들로 이루어진 커다란 무대에서는 피 튀기는 공연이 펼쳐지고 있었다. 수적 우세를 바탕으로 모용가의 무사들은 습격한 이들 하나에 두 명, 세 명씩 달라붙어 철저히 상대를 공략하고 있었다. 그들 하나하나가 적 한 사람과 대등한 무위를 지니고 있었으니 결과는 곧 참혹한 현실로 나타났다. 어떤 이는 양팔이 잘리는 동시에 심장이 뚫리고, 또 어떤 이는 넓적다리와 옆구리에 칼이 꽂혀 죽었다. 동정의 여지나 배후 탐색의 목적으로 한 사람쯤 생포하겠다는 생각은 어디에도 없는 듯했다.

반면 담대진홍은 홀로 세 사람을 상대하고 있었다. 원래는 그 역시 한 사람을 상대하였으나 막아서는 무사들을 뚫고 마차로 뛰어들던 두 사람을 잡아 떼어 삼 대 일의 싸움을 벌이게 된 것이다. 두 개의 손바닥이 교차하고 빙글 돌며 때론 나아가고 때론 물러나니 절묘하기 짝이 없었다. 한순간 세 사람의 합벽(合壁)을 가볍게 와해하더니 좌장(左掌)으로 등 뒤에 있던 상대의 가슴을 쳐 쓰러뜨리고, 동시에 우장(右掌)으로 오른편에 있는 상대의 어깨를 부수었다. 출수했던 쌍장을 거둠과 동시에 정면의 상대가 찌른 검을 피하며 단순한 퇴법으로 마무리하니 세 사람 모두 피를 토하며 쓰러져 즉사하였다.

비록 담대진홍과 적 사이에 완연한 수준의 차이가 존재하였지만 놀라운 것은 그것이 아니었다. 담대진홍과 세 사람의 승부는 어른이 어린아이를 상대로 한 것처럼 쉬운 것이었으나 승리로 가는 과정이 너무나 절묘하였다. 그의 독문절기인 심명신장을 단 일 초도 쓰지 않고 아무렇게나 지르는 장과 평범한 퇴법으로 상대를 물리친 것이 바로 그 대단함이었다. 대응의 신속함과 탁월한 판단력은 절세고수의 그것이었던 데에다 쓰러뜨린 후에도 경계를 잊지 않고 좌우를 살피는 모습에

빈틈이라곤 찾아볼 수 없었다.

"허어, 저런 녀석이 겨우 말고삐나 잡고 있다니, 기개가 없어도 보통 없는 게 아니군. 저러고도 장부라 할 수 있단 말인가?"

퇴불의 중얼거림이 심상치 않았다. 강자에 대한 한없는 끌림과 그를 부정하는 듯하면서도 그러지 못하는 모순된 발언. 모두가 담대진홍의 주군에 대한 충성심을 칭송하는데 퇴불만이 홀로 설 능력이 있으면서 도 누구의 밑에 있음을 질책한다. 언뜻 어리석으나 곰곰이 생각한다면 이치에 맞는 말일 수도 있었다. 하지만 추신은 그런 말보다 방금 살기 의 주인이 자신임을 곁에 있던 퇴불이 눈치챘을는지가 더 신경 쓰였다.

"…우와아!"

마지막 습격자가 쓰러지자 사람들은 환호했다. 그들의 바람대로 모 용세가의 무사들이 습격자들을 모두 물리친 것이다. 맨손으로 십여 초 만에 무기를 든 세 사람을 쓰러뜨린 담대진홍은 옷을 가볍게 털고 무 사들에게 시체들을 정리하라 명하였다. 모용강은 아무 일 없었다는 듯 웃으며 환호하는 사람들에게 손을 들어 보였고, 사람들의 함성은 더욱 커졌다.

추신은 속으로 안도의 한숨을 내쉬며 사람들 사이에서 모용강을 지 켜보았다. 모용강은 추신을 알아차리지 못한 듯 무사들에게 그만 돌아 가자는 신호를 보냈다. 퇴불은 아무 말도 하지 않았다. 설령 알아차리 고 추궁한다 한들 아니라고 하면 그만이다.

말 그대로 천운(天運)이었다.

"이보게, 형님. 아우, 배가 고프다네. 어서 모용가로 가자구."

모용 부자(父子)를 태운 마차는 자리를 떠났고, 거리의 악사들은 다 시금 음악 연주를 시작하자 곰곰이 자신의 실수를 생각하던 추신에게 퇴불이 닦달하기 시작했다.

"아니, 제가 왜 당신 형님입니까?"

"아까 자네더러 아우라 부르니 화내지 않았는가? 그래서 형님이라 불렀는데 그래도 화를 내다니, 정말 변덕스러운 게 계집아이 같구나!"

"강호의 선배로 부끄럽지도 않습니까?"

"사람이 알몸으로 태어나 알몸으로 가거늘 어찌 부끄럽단 말인가!"

퇴불과 대화하려는 것은 미친 짓임을 절실히 느끼며 추신은 발걸음을 돌렸다. 퇴불은 얼굴은 화를 내는 듯, 입으로는 웃는 듯 허허 소리를 내며 추신의 뒤를 따라붙었다. 두 사람의 모습은 이내 인파 속으로 사라졌다.

일방적인 살육이 고취시킨 거리의 흥분은 어느새 도시 전체를 뜨겁게 달구고 있었다.

5

하급 관리인이던 시절부터 합쳐 사십 년을 넘게 일해온 세가의 집사 엄상환은 아침부터 눈코 뜰 새 없이 바빴지만 긴장의 고삐를 늦추지 않고 있었다. 모용천의 고희연은 그가 세가에 몸담은 이래 최대의 행사인만큼 그를 주관함에 있어 털끝만큼의 실수도 용납할 수 없었다. 더구나 천하제일 모용세가에 축하 사절로 파견된 인물들의 면면은 엄상환의 다짐을 더욱 굳게 만들었다.

"맹산파의 강만중(姜滿中)이외다."

　쩌렁쩌렁 울리는 목소리의 주인은 딱 벌어진 어깨와 당당한 체구를 가진 장년의 사내였고, 그의 뒤에는 자부심으로 가득한 눈을 가진 십여 명의 청년이 축하 선물로 보이는 상자를 들고 서 있었다. 엄상환은 침을 꿀꺽 삼키고 포권의 예를 취하며 답했다.

　"어서 오십시오. 세가는 맹산의 호랑이를 환영합니다."

　모용천의 그늘에 가렸지만 그 못지않게 강호를 뒤흔드는 일권, 신권 무적 강산언의 절기를 한 몸에 받았다는 맹산파 미래의 장문인, 맹산의 호랑이라는 별호로 더 유명한 맹호 강만중이었다.

　숙부인 강산언이 무학에 있어 천품을 타고났다면 강만중은 날 때부터 신력(神力)을 가지고 있었다고 한다. 예닐곱 살에 이미 힘을 주체 못해 뒷산의 나무를 몽땅 뿌리째 뽑아냈다는 전설 같은 이야기는 아직도 인구에 회자될 정도로 유명한데, 그런 신력을 바탕으로 정진을 거듭해 맹산권의 정수를 깨달은 지 오래다.

　어쨌든 그는 맹산파의 차기 장문인으로 가장 유력한 인사였고, 강호에서도 중견 고수의 자리를 차지하고 있었으니 다른 문파에서 축하 사절로 보내온 인물들과는 자연히 비교가 되질 않았다.

　"이쪽으로 드시지요."

　강만중과 그 사절단이 안내자를 따라 안으로 사라졌지만 엄상환은 긴장을 풀지 않았다. 비록 강만중이 중요한 인물이라 해도 다른 이들 역시 각파의 장문인을 대신하여 사절단으로 선발될 만큼 만만찮은 인물들이었다. 이들을 어떻게 대접하느냐에 따라서 장차 세가에 미칠 영향이 달라질 소지가 있는 만큼 한 치의 소홀함도 없어야 했다. 엄상환은 비록 무공의 무 자도 모르는 일개 집사에 불과했으나 그들 앞에서 조금의 틈도 보이지 않았으니 그것은 세가의 실질적인 업무를 총괄하는 집사로서의 자부심이었으며, 늘어선 강호의 뭇 명숙들에게 한층 완벽한 모습을 보임으로써 천하제일임을 다시금 확인시켜 주고자 하는 세가의 자존심이기도 했다.

"종남(終南)에서 온 방주교(龐朱僑)입니다."

종남의 철검(鐵劍)으로 더 잘 알려진 방주교는 종남파의 열두 장로 중 네 번째 장로였는데 진중한 검법을 구사하는 것으로 유명했다. 그의 뒤로 종남파의 제자 십여 명이 서 있었는데 모두 말로만 듣던 천하제일 모용세가를 방문한다는 것에 들떠 있는 얼굴이었다.

"사형, 역시 으리으리한 게 장난 아닌데요? 저 대문 하나 만드는 돈만으로도 우리네 수련당이나 식당을 싹 뜯어고치고도 남겠어요."

"넌 이런 상황에서도 그런 말이 나오느냐? 사숙님께 혼나기 전에 그 입 다물지 그러냐."

"우리가 뭐, 항상 그렇지. 사형, 설마 모용세가에 왔다고 긴장한 거예요? 에이, 왜 그래요. 그런다고 평소 행실이 어디 가우?"

"그, 그런가?"

"그럼요. 사부님도 항상 말씀하셨죠. 무인이라면 자신의 신념에 따라 일관되게 살아가야 하니 안에서 깨진 바가지 밖에서도 새는 법이라고 말이죠."

"묘하게 다른 것 같은데……?"

"기분 탓이에요, 기분 탓."

제자들 중에서도 제일 앞에 서 있던 두 청년은 이제 겨우 십대 후반이나 이십대 초반으로 여겨질 만큼 어려 보였다. 한쪽은 눈이 작고 입꼬리가 올라간 것이 얼굴에 장난기가 가득했고, 다른 한쪽은 살집이 많고 상당히 순박해 보이는 인상이었다. 그런 두 사람이 속닥이는 소리는 엄상환에게까지 들렸으니 방주교는 고개를 저으며 말했다.

"현재(賢材), 위진(衛眞)."

"네에."

방주교의 부름에 잡담을 나누던 두 사람은 바로 꿀 먹은 벙어리가 되었다.

"너희 두 사형제는 종남을 대표하는 자격으로 이 자리에 왔거늘 그 중요성을 하나도 못 느끼는구나. 내 돌아가거든 삼사형에게 그대로 고해바치겠다."

"아니, 그것만은 아니 되옵니다, 사숙님! 차라리 저희 사형제를 모용세가의 뒷마당에 묻고 가시옵소서!"

현재라고 불린 뚱뚱한 제자는 고개를 숙이고 위진이라 불린 제자는 화들짝 놀라며 반박하였다. 사형제의 반응은 제각각이었으나 그 모습을 보아하니 방주교로부터 삼사형이라고 불린 종남파의 셋째 장로를 퍽 무서워하는 눈치였다.

"당문(唐門)에서 왔습니다. 당감소(唐柑所)라 하오."

방주교 일행을 들여보내고 엄상환이 받은 하객은 사천성의 당문에서 온 천엽비도(千葉飛刀) 당감소였다. 사천당가는 본래 암기술과 용독술에 능하여 모용세가와 함께 강호의 오대세가(五大世家) 중 하나로 불리는 명문이었으나 최근 별다른 고수를 배출하지 못해 그 권위가 점차 떨어지는 중이었다.

당감소는 천엽비도라는 외호답게 비도술에 능하였는데 한번 마음먹고 출수하면 하늘을 온통 비도로 뒤덮을 수 있을 정도였다. 본래 그의 성은 당씨가 아니라 오가(吳家)였는데, 당문에 마땅한 인물이 없어 그를 데릴사위로 들이고 당씨로 고쳐 부르게 하였다.

하객들의 면면이 이와 같이 다들 내로라하는 강호의 명숙들이니 엄상환은 그들을 받아들임에 있어 더 더욱 신경을 쓰지 않을 수 없었다. 더구나 이들이 약속이나 한 것처럼 한날에 당도하였으니 누구를 먼저 들여보내거나 하여 순서의 문제로 시비가 붙으면 곤란했다. 엄상환은 공정하게 줄을 선 대로 들여보내고 있었으니, 맹산파보다도 이류문파인 빙화도(氷火島)를 순서에 따라 먼저 입장시키기도 했다. 하나 강만중이 엄상환의 처사에 일언반구없이 오히려 당연하다는 듯 따르니 모용세가의 문 앞에서 지체하는 누구도 감히 불평불만을 터뜨리지 못하고 있었다.

그렇게 몇 번인가의 차례가 지나고, 다른 문파의 대표에 비해 비교적 젊은 이가 화려한 무리를 이끌고 모용세가의 대문 앞에 당도하였다.

"화산(華山)의 왕민보(王玟宝)입니다."

매향검(梅香劍) 왕민보는 화산파가 자랑하는 신예고수로, 현 무림에서 활동하는 동년배의 인물 중에서도 극히 높은 평가를 받고 있었다. 특히 화산검법의 정수라고 할 수 있는 매화검(梅花劍)의 오의를 어린 나이에 깨달아 문파 내에서도 일찌감치 큰 기대를 걸고 있다는 소문이 무성했다. 그런 그가 모용천의 고희연에 화산파의 대표로 참가했으니 주위에서 구경하던 사람들은 강만중이나 방주교, 당감소 등의 거물들보다 오히려 더 관심을 가지고 지켜보게 되었다.

"저이가 그 매향검인가? 듣던 대로 잘생겼구먼."

"늠름한 기상 하며 명문정파의 문하임이 틀림없구나."

구경꾼들이 너나 할 것 없이 의견을 주고받을 만큼 왕민보는 보기 드문 미남이었다. 서글서글한 눈매와 오뚝한 콧날, 자신감으로 가득 찬 얼굴은 청년의 패기와 명문의 후예라는 겸양이 잘 조화되어 보는 이로 하여금 절로 호감을 가지게 만들었다. 엄상환도 예외는 아니어서 웃으며 붓에 먹을 흠뻑 먹인 후 정성스레 털어 건네주었다.

모용세가의 정문. 엄상환의 옆에는 작은 탁자가 있었고 그 위에는 책이 한 권 놓여 있었는데 아무것도 쓰여지지 않은 백지로 펼쳐져 있었다. 왕민보는 엄상환에게서 받은 붓을 벼루에 내려놓고 책의 앞부분을 훑어보기 시작했다. 이 책은 사실 모든 부분이 백지로 되어 있어 방문객으로 하여금 자신의 서명과 간단한 축하의 글을 쓸 수 있도록 만든 방명록이었으니 왕민보가 앞장에 관심을 보인 것도 무리는 아니었다. 화산파의 뒤에서 입장을 기다리던 문파들에게는 미안한 노릇이었지만 그의 뒤에 서 있는 자들 중 왕민보에게 뭐라 말할 수 있는 이는 없었다. 모용세가의 길일에 소란을 피우기도 껄끄러웠거니와 화산이라는 거대 문파와 대립하는 꼴을 보일 수도 없었기 때문이다. 그만한 부담을 감수할 수 있는 세력을 가진 이는 적어도 보이지 않았기에 왕민보는 여유를 부릴 수 있었다.

한참이 지나자 왕민보는 다시 처음 펼쳐져 있던 곳으로 돌아와 붓을 들었다. 비록 강호의 명숙들이라곤 하나 서법(書法)에 있어서는 평범한 수준에 머문 이들이 많았으니 왕민보는 내심 앞서 간 이들을 비웃었다. 그는 화산파의 제자인 동시에 유력한 집안의 자제로 어려서부터 시(詩), 서(書), 화(畵)를 배워왔으니 무공을 익히기에 바빴던 이들과는 차이가 있는 것이 당연했다.

'매화를 그리는 것은 화산을 내세우는 꼴이니 천박한 짓거리다. 고희연을 축하하는 입장으로 왔으니 학을 그려둘까?'

왕민보가 방명록을 앞에 두고 이런저런 생각에 몰두해 있던 때, 쭉 늘어선 줄 뒤편으로부터 군웅들의 웅성거림이 들려왔다. 집단의 어수

선함에는 당혹스러움이라는 의사를 내포하고 있었는데 왕민보가 무슨
일인지 고개를 들자 고함 소리가 그의 귀를 때렸다.

"비켜! 모용의 길일에 자신의 제삿날을 더하고 싶지 않으면 썩 비키
거라!"

6

한 번만 들어도 성질이 고약할 것이라고 누구나 단정지을 수 있는
고함 소리의 주인공은 사람들을 헤치고 모용세가의 정문 앞에 섰다.
더럽고 해질 대로 해진 가사와 한 자루 법장, 제멋대로 뻗친 수염을 가
지고 모용세가의 앞에서 큰 소리를 낼 수 있는 자가 그 외에 다른 누가
있으리라고는 생각할 수 없다. 바로 광승(狂僧) 퇴불(退佛)!

"퉤! 기다리는 것은 성미에 맞질 않아!"

길바닥에 침을 뱉으며 투덜거리는 퇴불을 본 순간 엄상환은 자신도
모르게 한 발짝 물러섰다. 그의 기도도 기도거니와 강호에 드높은 악
명을 생각하면 무리도 아니었다. 저 미친 중이 오로지 모용천의 고희
를 축하하기 위해 세가를 방문했다고는 세 살짜리 아이도 믿지 않을
것이다. 일부러 그에게 초청패도 발송하지 않았거늘 제 발로 찾아온
이유가 무엇이란 말인가! 엄상환은 뛰는 가슴을 억지로 진정시키며 포
권의 예를 취했다.

"혹시 강호에 위명 높은 과… 퇴불이십니까?"

퇴불이 강호에 이괴(二怪) 중 하나로 악명이 자자하다고는 하나 본

인의 면전에서 광승이라는 호칭을 썼다가는 무슨 일을 벌일지 몰랐으니 엄상환은 별호를 빼고 법명—인지도 의심스러운—인 퇴불만으로 인사를 하고 말았다. 하지만 퇴불은 이 어색한 인사에도 개의치 않고 호탕하게 웃어 보였다.

"크하하핫, 강호에 뭐가 높은지 모르겠다만 퇴불이 두 사람은 아닐 테지. 내가 바로 그 땡초외다. 그래, 모용 할아범은 정정하신가? 잔치에 어울리지 않는 몸인 걸 잘 알지만 죽기 전에 얼굴이나 한번 보러 왔다고 전하시게."

"예, 예."

얼떨결에 대답하자마자 엄상환은 후회하고야 말았다. 모두가 불평불만없이 온 순서대로 입장시키고 있었는데 퇴불의 고집에 못 이겨 그를 들여보냈다가는 모용가의 위신에 손상을 입을지도 모를 일이었다. 비록 순서를 기다리는 이들 중 그를 저지할 만한 하객이 없다 해도 은근슬쩍 넘어갈 문제가 아니었다. 그러나 엄상환의 고민을 아랑곳하지 않고 퇴불은 성큼 발을 내디뎠다.

"잠깐!"

세가 안으로 들어가려던 퇴불의 앞을 막아선 것은 잔뜩 굳은 얼굴의 왕민보였다.

"소생은 화산 문하로서 왕민보라고 합니다. 오늘 이 자리에서 무림의 덕망 높은 선배를 뵙게 되어 큰 영광이라고 생각합니다."

굳어진 얼굴과 다르게 한껏 예의를 갖춘 왕민보의 인사를 듣고도 퇴불은 멀뚱히 서 있기만 했다. 그 모양새가 사람의 말을 들은 것이 아니라 마치 뉘 집 개가 짖고 있느냐고 묻는 표정이었지만 왕민보는 인내심을 발휘하였다.

"평소 존경하던 선배님을 직접 뵙게 되어 기쁘지만 지금은 모용세가의 길일을 축하하기 위해 많은 강호 동도들이 모인 자리입니다. 선배님께서 비록 명성이 높긴 하나 이 많은 사람들이 모용의 규칙을 따라 행동하고 있으니 그에 맞추어주신다면 그것이야말로 선배님에게 득이 되면 되었지 결코 누가 되진 않을 것입니다."

"그래서 어쨌다는 거냐?"

"예?"

돌연 하대하는 퇴불을 보는 왕민보의 눈이 커졌다. 그의 배경과 그의 실력, 그의 명성이 언제 이런 대접을 받아보았던가?

"네가 아는 퇴불이 내가 아는 퇴불과 같은지 모르겠다만 적어도 내가 아는 퇴불은 악행을 더하면 더했지 뭐 하나 잘했다 하여 착하게 봐줄래야 봐줄 수 없는 놈이다. 원래 생겨먹은 게 이렇다는 말이다. 알아듣겠느냐?"

"……."

왕민보를 비롯하여 구경하던 이들 모두가 횡설수설 정신없는 말을 어찌 알아듣겠느냐 생각하였지만 입 밖에 내는 이는 없었다.

"어쨌든 난 들어간다. 아, 이봐! 뭣 하고 있는 거야?"

퇴불은 왕민보를 무시하고 세가로 들어가려다 걸음을 멈추고 소리쳤다. 뒤돌아보는 그의 시선이 따가워 눈에서 빛이 나는 듯하였으니 누구도 그 모습을 똑바로 쳐다보지 못하였다. 단 한 사람을 제외하고는.

"그만 거두시오. 사람들이 불편해하니까."

다른 누구도 아닌 퇴불에게라면 무모하달 수 있는 발언의 주인은 화산파의 뒤로 늘어선 줄에서도 끄트머리에서 천천히 걸어나왔다. 회색 장포와 평범한 검을 허리에 찬 남자, 바로 무영검 추신이었다.

"이런 답답한 사내! 그 끝에서 뭐 하는 짓인가? 반나절은 족히 기다려야 들어갈 텐데!"

"괜한 짓을 해 소란을 피우고 싶지 않을 뿐입니다."

"괜한 짓이라구? 이 동생은 형을 위해 한 일이건만, 진심을 전할 수 없다는 것은 이토록 슬픈 일이었구나!"

"제발, 누가 동생이고 누가 형이란 말입니까? 쓸데없는 말은 집어치우십시오!"

"이제야 나를 형으로 받아주겠다는 건가?"

"그럴 리 있습니까?"

추신에게는 안된 일이었지만 말다툼하는 두 사람이 꽤나 친한 사이로 보이는 것은 어쩔 수 없었다. 모인 사람들은 저 광승 퇴불과 스스럼없이 이야기하는 청년에게 큰 관심을 보였고, 개중 누군가가 크게 소리쳤다.

"추신이다! 귀양에서 흉흉쌍귀(凶凶雙鬼)를 단칼에 제압했다는 무영검 추신이다!"

"뭐? 저이가 그 하북팽가의 팽영옥(彭英玉)을 쓰러뜨린 무영검이란 말인가?"

"발검(拔劍)과 납검(納劍)이 동시에 이루어져 상대가 그의 검을 보지도 못하고 쓰러져 무영검이라는 칭호를 얻었다는 그?"

"궁극에 이른 쾌검술(快劍術)의 달인 무영검 추신이다!"

이 밖에도 많은 이들이 저마다 어디서 주워들은 풍월을 한마디씩 읊는 덕에 모용세가의 정문은 시끄러워졌다. 추신은 이렇게 많은 이들이 자신을 알고 있다는 사실이 놀라울 뿐이었고, 한편으로는 걱정되기도

했지만 전혀 내색치 않았다.

"누군가 했더니 바로 무영검 추 대협이었군요. 전 화산의 왕모라고 합니다. 뵙게 되어 영광입니다."

소란이 진정될 기미를 보이자 왕민보가 포권의 예를 취하며 추신에게 먼저 인사했다. 퇴불 때문에 소동이 벌어져 입장이 곤란해진 터라 얼굴은 험악했지만 격식을 차린 인사였으니 추신도 포권의 예를 취하여 답하였다.

"저야말로 화산이 자랑하는 고수를 직접 만나게 되어 기쁘기 이를 데 없습니다."

추신은 잔뜩 일그러진 왕민보의 얼굴을 보며 생각했다.

'보아하니 저 미친 중놈이나 이 녀석이나 쉽게 물러나지 않을 것 같다. 이 자리에 계속 얽혀 있으면 득될 것이 없겠다.'

"한데 추 대협께서는 퇴불 선배와 어떤 관계십니까?"

"아무 관계도 아닙니다. 만난 지 이제 한두 시진이 되었을 뿐입니다. 소생은 그럼 자리로 돌아가 제 차례를 기다릴 터이니 이만 실례하겠습니다."

그러나 빠지려는 추신을 가만히 놔둘 퇴불이 아니었다.

"아니, 어딜 가려고 그래? 자네의 초청패가 있어야 나도 들어갈 게 아닌가?"

"그런 것을 일일이 따지셨소? 소생은 선배와 만난 지 얼마 되지 않아 잘 모르겠으니 부디 알아서 잘하시길 바랍니다. 초청패가 없다 한들 모용세가가 강호의 명숙을 내쫓기야 하겠소?"

"그러지야 않겠지만 초청패가 있어야 맛있는 음식을 많이 먹을 수 있단 말이다!"

　자리로 돌아가려는 추신과 그를 막아서는 퇴불 간의 실랑이가 벌어
지자 왕민보의 속이 뒤집어지고 말았다.

　'저것들이 지금 나를 앞에 두고 뭐 하는 짓인가?

　어릴 때부터 항상 모두의 중심에 서서 눈길을 독차지했던 그로서는
소외되어 버린 지금의 상황이 도무지 적응되지 않았던 것이다. 시비를
걸어온 퇴불도, 돌연히 나타난 추신도, 좌중의 군웅들도 모두 왕민보와
화산의 사절단을 소외시키고 있었다.

7

　"사숙, 이럴 때 얼른 들어가는 게 좋겠습니다."

　화산파의 축하사절단 중 한 사람이 조용히 다가와 왕민보에게 말했
다. 어느 정도 정확한 판단이었지만 흥분할 대로 흥분한 왕민보에게는
씨알도 먹히지 않을 이야기였다.

　왕민보 그가 누구인가? 명문의 자제로 어릴 때부터 부족함없이 자라
났다. 집안 대대로 고관대작이 끊이질 않았고, 그 역시 과거에 급제하
는 꿈을 꾸기도 하였다. 그것이 꿈으로 끝나지 않을 만큼의 머리와 재
능도 있었다.

　우연찮게 지금의 스승을 만나고, 그로부터 무학을 위해 타고난 기재
라는 극찬을 들으며 부모의 반대를 무릅쓰고 화산파에 입문한 지 십여
년이 훌쩍 넘었다. 스승의 눈은 정확했던지 믿을 수 없을 만큼의 성취
를 이루어냈고, 화산이 아니라 무림을 대표하는 후기지수 중 하나로 성

장하기에 이르렀다. 이제 이십대 중반의 나이로 사문을 대표하는 사절단의 수장으로 선발되었다는 것이 그 증거였다.

어디를 가나 그를 칭송하지 않는 무리가 없었다. 시기하는 이도 더러 있었으나 눈길도 주지 않았다. 그럴 만한 능력이 그에겐 있었으니까.

왕민보가 외쳤다.

"추 대협, 저 선배와 절친한 사이 같은데 어서 데리고 자리로 돌아가 주시오! 우리 화산파가 들어가고 차례를 기다리면 될 것이오!"

"아니, 누가 누구와 절친한……."

"퇴불 선배도 더 이상 스스로의 체면을 깎지 말고 순서를 기다리는 것이 좋을 것이오! 그렇지 않으면 망신을 당하거나……!"

"흥, 어린것들이 싸가지없기가 화산의 전통이냐? 이 스님이 버릇없는 아이 길들이는 도사이니라!"

퇴불이 길길이 날뛰며 말하니, 오래전 그가 화산파의 신진고수였던 매화검수 송진운을 무참히 꺾어버린 일을 빗댄 것으로 왕민보만이 아니라 화산파의 축하사절단 모두의 얼굴이 대번에 굳어지고 말았다.

당시의 송진운은 지금의 왕민보에 결코 떨어지지 않는 기대주였으나 퇴불에게 호되게 당한 후 자신감을 상실하여 화산의 장로들에게 실망을 안겨주었다. 팔다리가 부러진 상처는 쉬이 아물었으나 마음의 상처가 너무나 깊어 그 후 송진운은 폐인이 되다시피 하였다.

그런 아픈 상처를, 그것도 가해자가 직접 들춰냈으니 왕민보를 비롯한 화산 문하들의 심정이 어떻겠는가? 그것도 모용세가의 길일이라 수많은 강호인들이 모인 자리에서 공개적으로 모욕을 당한 셈이었다.

"당신이 정녕 모용 대협의 고희를 축하하기 위해 왔다면 저 사람들과 같이 줄을 서서 입장하시오!"

"어린아이가 벌써 노망이 들었나? 내 분명 기다리는 것이 성미에 맞지 않다고 했거늘 네놈이 머리가 나빠 그새 잊어먹었거나 버릇이 없어 어른 말씀을 귀담아듣지 않거나 둘 중 하나로구나!"

"이익, 초청패도 없는 일반 하객 주제에 세가 안에 들어서려거든 세가의 법을 따르란 말이오!"

"예전부터 화산은 말만 앞세우기로 유명했지. 이제는 개처럼 모용가에 꼬리를 흔드는 건가?"

더 이상 참는다면 그건 인내의 미담이 아니라 꼬리를 말고 도망치는 격이다. 왕민보는 검을 빼 들었다.

"그 말, 당장 취소하시오!"

"끝까지 말로 해결해 보겠다는 건가?"

"날 원망치 마시오!"

어린아이 다루듯 장난기로 가득한 퇴불의 얼굴을 향해 왕민보의 검이 튀어나갔다. 퇴불이 법장을 들어 막아내었으나 왕민보의 검은 법장에 퉁기는 탄력을 더해 다시금 퇴불을 압박해 들어갔다.

"크하하! 진작에 이렇게 나올 것이지!"

다급한 와중에도 퇴불은 뭐가 좋은지 웃음을 멈추지 않았다. 반면 왕민보는 입술을 질끈 깨무는 것이 사생결단이라도 내지 않고는 견디지 못할 기세였다.

"타앗!"

자신의 검을 퇴불의 법장이 잇달아 쳐내자 왕민보는 길게 소리치며 검을 휘둘렀다. 허공에 피어나는 일곱 송이의 매화! 화산검법의 정수를 깨우쳤다는 말이 허풍이 아니었음을 수많은 군중 앞에서 증명해 낸 셈이었다.

하나 아름답고 치명적인 검화(劍花)들은 퇴불의 아무렇게나 휘둘러진 법장 앞에서 꽃잎도 없이 흩어졌다.

"큰소리치더니 고작 이거냐?"

법장을 땅바닥에 두들기며 큰소리치는 퇴불은 누가 봐도 얄미워 보였다. 화산검법의 정수를 힘들이지 않고 파훼해 버린 그의 무위는 그야말로 신위(神位)라 불리기에 손색없었지만 인품이 따르질 못하니 누가 그를 존경하겠는가! 뭇사람들은 속으로 퇴불을 욕하였고, 재수없게 걸린 왕민보를 동정하였다.

한편 왕민보는 검을 쥔 채로 서 있었다. 자신의, 아니, 화산의 검이 이렇게 쉽게 무너질 줄은 꿈에도 생각 못했던 일이다. 강호에 출도한 이래 처음 겪어보는 압도적인 역량의 차이에 왕민보는 경악을 금치 못하고 있었다. 왜 장문인이 쓰게 웃으며 이 미친 중을 술로 달래었는지 이제야 알 수 있었다.

물론 왕민보가 결코 떨어지는 인물은 아니었다. 아니, 현 강호에 동세대의 고수 중에서는 가장 낫다 해도 과언이 아닌 기재였다. 다만 상대가 나빴을 뿐이지만 그것이 이유는 될지언정 변명거리가 되지는 않는다.

화산을 대표해 온 자신이다. 어린 나이에도 불구하고 중요한 행사에 참석할 사절단의 대표로 그를 믿고 맡긴 장로들의 체면이 자신에게 걸려 있다. 더욱이 지금 왕민보와 퇴불을 지켜보는 이들이 얼마나 많은가! 명예로운 화산파의 이름이 퇴불로 인해 한 번 꺾인 지도 그리 오래된 일이 아니다. 여기서 또 한 번 퇴불에게 짓밟힌다면 그 후유증이 여간 심각하지 않을 것이다. 누구나 짐작할 수 있는 일이었다.

"아직 멀었소!"

왕민보는 얼굴을 굳히며 다시금 검을 뺐었다. 다시금 허공에 피어나는 검의 꽃들은 전보다 더한 살의를 담고 있었다.

"오오!"

고양된 살의 탓인지 퇴불을 핍박하는 검화들은 눈이 부시도록 아름다웠으니 좌중의 사람들은 약속이라도 한 듯 탄성을 질렀다. 평생에 한 번 볼까 말까 한 절기를 눈앞에서 목격했으니 이보다 더한 구경이 없었다.

"트앗!"

그러나 수없이 많은 꽃도 기합 소리와 함께 내지른 퇴불의 법장에 의해 스러지고 말았다. 왕민보는 당황할 틈도 없이 검을 가슴으로 끌어당기며 이어지는 퇴불의 공격을 받아냈다.

왕민보의 화산검과 같은 화려함은 없었으나 퇴불의 법장이 그리는 투박한 궤적은 하나같이 무학의 요체를 담고 있었다. 보통 사람들은 필부의 몽둥이질이나 다름없는 공격을 힘겹게 받아내는 왕민보를 이상하게 생각하였으나 무림인들은 누구나 퇴불을 두려워하며 저런 공격을 하나하나 세심히 막아내는 왕민보를 칭찬하고 있었다.

'나라면 벌써 쓰러졌을 것이다.'

이 싸움을 보는 대부분의 무림인들이 가지는 공통적인 생각이었다.

"좋구나!"

퇴불은 무엇이 그리 신나는지 연신 법장을 내려치며 환호하고 있었다. 그의 법장이 왕민보의 검에 한 번 막힐 때마다 한 번씩 웃는 퇴불의 모습은 가히 뿔만 달리지 않았을 뿐이지 저승의 도깨비나 다름없었다.

"크윽!"

반면, 법장을 통해 전해오는 퇴불의 내력(內力)을 고스란히 받아내는 왕민보는 그야말로 고역이었다. 법장은 막을 수 있었으나 자신의 검을 타고 몰려오는 내공은 막을 수 없었다. 퇴불의 패도적인 내공은 이제 이십대 중반의 청년이 맞설 수 있는 것이 아니었으니 그의 법장을 한 번 막을 때마다 내상을 입는 것은 당연한 결과였다. 이대로라면 앞으로 십여 초를 버티지 못하고 무너질 것은 불 보듯 뻔한 일이었다.

그때였다.

"손을 멈추시오!"

8

고함 소리와 함께 하나의 인영(人影)이 퇴불과 왕민보 사이로 끼어들었다. 그 움직임이 신속해 모인 사람 중 그림자나마 볼 수 있었던 이는 반수도 채 되질 않았다.

"흐음!"

왕민보와의 일전이 방해받자 퇴불은 더욱 힘있게 법장을 내려쳤다. 법장 끝에 푸르스름한 기가 어려 있는 것이 보통 일격이 아니었다.

"타앗!"

그러나 방해꾼은 두려움없이 쌍장을 교차해 법장의 몸통 부분을 받아냈다.

"······!"

방해꾼이 두 사람 사이에 개입한 것을 볼 수 있었던 이가 군중들 중 반수였다면 이 한 수의 교차를 볼 수 있었던 이는 추신과 왕민보를 포함해 네댓 명에 지나지 않았다.

"제법인데?"

법장과 쌍장이 대치된 상태에서 퇴불이 말했다. 그러자 퇴불의 법장을 받아낸 자가 얼굴을 찡그리며 말했다.

"···놀리는 거요?"

"어라? 그 기개없는 놈이었군!"

힘겹게 대답한 방해꾼은 다름 아닌 모용세가의 식객 중 하나인 담대진홍이었다. 퇴불은 알아먹지 못할 소리를 하며 법장을 회수하고 뒤로 한 발짝 물러섰다. 담대진홍 역시 왕민보와 함께 한 발짝 물러나며 말했다.

"세가의 정문이 이상하게 소란한 것 같아 급히 와봤을 뿐이오. 초대받지 않은 자가 행패를 부리다니, 하마터면 귀한 손님이 다칠 뻔했군."

"호오, 그럼 어디 불청객이 제대로 행패를 한번 부려볼까?"

퇴불은 싱글벙글 웃으며 법장 끝을 땅바닥에 두드렸다. 세가의 정문 앞, 도시를 가로지르는 대로에 깔려 있던 돌들이 퇴불의 법장에 두들겨질 때마다 움푹 패이니 담대진홍의 낯빛이 어두워졌다.

'이 땡초가 왜 이러는지 모르겠군. 방금 전의 습격도 그렇고 오늘은 좋은 날이 아닌가 보다. 과연 내가 힘으로 돌려보낼 수 있을까?'

담대진홍은 양손을 펼치며 자세를 잡았다. 우장은 가슴 앞으로 뻗어 상대를 견제하고 좌장은 단전을 보호하니 이것이 그의 독문절기 심명신장이었다.

"모용세가의 밥을 빌어먹는 몸으로 좌시할 수 없는 법. 돌아가지 않겠다면 힘으로 돌려보낼 수밖에 없소."

"크하하하하! 좋다, 좋아! 마냥 기개가 없는 놈은 아니었군!"

입으로는 호탕하게 웃었으나 퇴불의 얼굴은 굳어져 있어 험악하기 이를 데 없었다. 이런 퇴불을 보며 모두가 희한하다며 수군거렸으니 그를 듣는 추신은 왜 자신이 부끄러워해야 하는지 어이가 없을 지경이었다.

"……!"

퇴불의 형체가 일순 흐릿하더니 어느새 담대진홍의 앞에 나타났다. 담대진홍은 대경하여 우장을 내밀었으나 퇴불은 가볍게 피하며 법장을 내질렀다. 담대진홍은 좌장을 다급히 뻗어 그의 옆구리로 향하는 퇴불의 법장을 막아내고 동시에 우장을 회수하여 아랫배를 가격하려는 퇴불의 발길질을 막아내었다.

"좋다, 좋아!"

퇴불은 왕민보 때와 마찬가지로, 아니, 더 신이 난 듯 좋다는 말을 반복하며 법장과 발길질을 계속했다. 그에 비해 담대진홍은 묵묵히 퇴불의 공격을 막아내기만 했다.

"잘하는구나!"

퇴불의 법장과 발이 교차하며, 때로는 오른손의 법장과 좌장이 함께 담대진홍을 공격하기도 했다. 담대진홍은 재빨리 왕민보를 화산파의 제자 중 하나에게 떠밀며 퇴불의 공격을 계속 막아냈다.

'이대로는 승산이 없다.'

심명신장은 본래 공격과 방어가 한 번에 이루어지는 공수일체(攻守一體)를 요체로 한 장법이었다. 우장이 적의 가슴을 노리는 한편 좌장은 자신의 가슴을 지키는 이 장법으로 담대진홍은 당대의 고수로 이름을 날리게 되었다. 하나 오늘 퇴불이라는 강적을 만나 공(攻)은 없고 수(守)만이 있으니 강호에 출도한 이래 처음 겪어보는 곤혹스러운 경험이었다. 그만큼 퇴불의 일격 일격이 강맹하였으니 방어에 전력을 기울이지 않으면 어찌할 도리가 생기질 않는 것이다.

방어에 전력을 기울이지 않는 순간 당하고 만다. 그러나 그 탓에 반격을 할 수 없다.

왕민보와 같이 담대진홍도 이 모순된 상황에 직면하자 딱히 수가 떠오르질 않았다. 이제껏 그가 겪어온 싸움이란 공방을 교환하며 서로의 수를 읽어내는 것이었는데 퇴불의 공격은 하나하나가 강맹하기 이를 데 없었으니 상대의 반격을 허용치 않았다. 피할 수 없는, 무학의 정수를 담고 있는 그의 한 수 한 수는 그가 왜 절정고수로서 지나는 길마다 전설을 만들어왔는지 알려주는 것만 같았다.

"크윽!"

결국 퇴불의 법장이 담대진홍의 왼쪽 어깨를 강타했다. 담대진홍은 어깨를 감싸 쥐며 뒤로 다섯 걸음을 물러났다.

"허어……."

웬일인지 퇴불은 담대진홍을 쫓지 않고 제자리에서 눈살을 찌푸리고 있었다. 퇴불은 자신의 왼손 손바닥을 들여다보며 고개를 갸웃거렸다.

공력이 실린 퇴불의 공격을 받아내기만 해서는 승산이 없음이 분명했다. 왕민보는 그것을 알면서도 상황을 타개할 방법을 찾아내지 못했지만 담대진홍은 그러지 않았다. 담대진홍은 살을 주고 뼈를 깎는 심정으로 왼쪽 어깨를 희생하며 우장을 뻗어 퇴불을 치려 했던 것이다.

이것은 실로 대담한 작전이었으나 사전에 조율되지 못한 두 가지 요인 때문에 끝내 성공하지 못하였으니 하나는 퇴불의 공격이 담대진홍의 예상보다 훨씬 강한 위력을 가지고 있었음이고 다른 하나는 퇴불의 무공 수준이 역시 담대진홍의 예상을 뛰어넘었다는 점이다.

예상을 넘은 강렬한 퇴불의 공격이 담대진홍의 우장이 가진 십 할의 위력 중 삼사 푼을 덜어내었고, 퇴불은 연이어 좌장으로 담대진홍의 심명신장을 막아낼 수 있었던 것이다. 이런 전후 사정을 알아챈 것은 지켜본 이들 중 오직 추신 한 사람뿐이었다.

'두 사람 다 무서운 고수로구나!'

전율이 온몸으로 퍼져 나갔다. 추신 역시 무학의 길을 걷는 자로서 이런 수준 높은 일전을 보고도 아무런 감흥이 없다면 거짓말일 것이다.

추신은 자신도 모르게 퇴불과의 일전을 머릿속에 그리고 말았다. 담대진홍의 고육지계(苦肉之計)도 괜찮은 선택이었지만 퇴불이라고 마냥 공격만 할 수는 없는 노릇이다. 제삼자인 추신이 보았을 때 퇴불의 공격은 강맹하였으되 부드러움이 부족했다. 직접 맞선다면 파악하기 어려웠겠지만 곁에서 보았을 땐 퇴불의 공격과 공격 사이에 적어도 세 번의 반격 기회가 있었던 것이다.

'나였더라면……?'

추신이 생각에 잠겨 있는 사이 담대진홍은 여전히 왼쪽 어깨를 움켜쥐며 숨을 내쉬고 있었고, 퇴불은 왼손 손바닥을 들여다보고 있었다. 담대진홍의 부상은 가볍지 않았지만 심각하지도 않았다. 반면 퇴불은 알 수 없는 표정으로 손바닥을 뚫어져라 쳐다보고 있었다.

"무슨 일인가?"

낮은 목소리가 사람들의 귓가에 울렸다. 작지도 크지도 않은 음성은

그러나 모두가 바로 귓가에서 들린 것마냥 또렷이 들렸으니 그 주인의
내공 수위가 가히 짐작할 수 없는 경지라고밖에 생각할 수 없었다. 퇴
불마저 목소리가 들린 방향으로 고개를 돌리니 그곳에는 여러 무사로
부터 둘러싸인 뚜껑 없는 마차가 있었다. 바로 모용세가의 가주 운룡
검 모용강과 그 행렬이 세가로 돌아온 것이다.

9

　　모용현은 피곤했다.
　　나들이 겸 세가 밖으로 나간 일이 없진 않았으나 오늘처럼 장시간에
걸친 외출은 처음이었다. 더구나 자신을 향해 환호하던 그 인파라니!
아직도 귀가 멍멍할 만큼 시끄럽던 거리는 생각만 해도 속이 울렁거릴
정도였다. 그러나 그런 것들보다 소년을 더 괴롭힌 원인은 지금 그 넓
은 등으로 모용현의 시야를 가리고 있었다.
　　'아버지…….'
　　소년의 머릿속에 아버지라는 존재는 항상 등으로 기억되고 있었다.
마치 지금처럼 아버지는 언제나 그에게 등을 돌리고 서 있었다. 넓고
단단한 등은 거대한 암벽처럼 아무 말도 없었고, 아무리 말을 해봐도
자신이 한 말만 그대로 돌아올 뿐이었다.
　　소년에게는 모용강의 이런 모습이 밖에서의 화사한 미소보다 몇 배
나 익숙한 광경이었다. 자연히 속도 안정되었다.
　　천하제일인(天下第一人), 고금을 통틀어 무학(武學)의 가장 깊은 경

지를 엿보았을지도 모른다는 모용천의 손자. 실질적으로 강호를 이끄는 정도무림의 지도자 운룡검 모용강과 황제도 이름을 안다는 강남제일미 남영혜의 아들. 강호에서 가장 강력한 세력으로 부상한 모용세가의 차기 가주. 이런 배경만으로도 모용현은 부러움의 대상이 되기에 충분했다. 흔히들 말하는 은수저를 타고난 아이, 황세자가 부럽지 않을 아이가 바로 모용현이었다.

어느새 아버지 모용강은 복도를 돌아 자신의 방으로 사라졌다. 거리를 지나며 환호하는 사람들에게 보여주었던 미소, 자신에게 보여주었던 표정은 세가로 돌아오자마자 거두어진 지 오래다. 아니, 확실히 알 수 없다. 세가로 돌아와 마차에서 내렸을 때부터 소년이 볼 수 있었던 아버지의 모습은 등이 전부였으니까.

"끔찍한 일이지."

모용현은 자신의 방으로 들어와 침상에 쓰러지듯 누우며 중얼거렸다. 더없이 사랑스러운 눈으로 바라보는 아버지라니! 게다가 그에 화답하듯 수줍게 미소 짓던 자신은 어떠했나? 타인에게야 사이좋은 부자지간으로 비추어졌을 것이다.

하지만 오늘 일이 처음인 것도 아니다. 소년은 나이에 맞지 않게 능숙한 연기자였으니, 세가에 중요한 손님이 방문해 모습을 보일 때면 항상 하는 일이 바로 그것이었다. 누가 봐도 정겨운 부자지간. 이는 입에서 입을 타고 강호로 퍼져 나갔으며, 사람들은 그로부터 모용세가의 힘과 결속력을 가늠하였을 것이다.

"……"

모용현은 몸을 일으켜 가부좌를 틀고 눈을 감았다. 호흡을 조절하니 미약하나마 기의 흐름이 느껴졌다. 아주 조심스럽게 혈과 혈 사이로

난 길을 따라 기를 흘려보낸다.

그리고 언제나 그랬듯이 정해진 수순처럼 진기는 단전으로 들어선 순간 사라져 버렸다.

셀 수 없이 많은 시도 끝에 이제는 포기해 버린 일을 새삼 되풀이하며 모용현은 또 한 번 실망하고 말았다. 천하제일 모용가의 미래의 주인이 무공을 익힐 수 없는 몸이란 이 기막힌 현실을! 모용현은 내력을 쌓을 단전이 날 때부터 상실되어 있었다.

이 특이한 체질을 고치기 위해 그의 할아버지인 모용천이 얼마나 정성을 기울였는지 철이 들기도 전의 일이었으나 모용현은 똑똑히 기억하고 있었다. 영약이란 영약은 먹어보지 않은 것이 없었고, 장안의 내로라하는 의원 중 만나보지 않은 이가 없었다. 은거 후 세가 밖으로 나간 일이 없다는 모용천은 하나뿐인 손자를 위해 친히 이곳저곳 가리지 않고 좋다는 약이 있다면 어디든 찾아다녔다. 심지어는 꼬장꼬장하기로 유명한 이괴(二怪) 중 하나인 오의(汚醫) 기유붕(奇遊鵬)을 직접 찾아간 적도 있었다.

그러나 아무리 무공이 높다 해도 모용천 역시 인간이었으니, 각고의 노력을 해도 되지 않을 일은 되지 않았다. 그것은 그가 누구보다 사랑하는 손자이며 모용의 이름을 이을 단 한 사람, 모용현의 불행이었다.

어쨌든 모용세가의 예정된 주인은 불행히도 내공을 쌓을 수 없는 몸이었고, 이는 세가의 분위기를 북해빙궁의 그것보다도 더욱 서늘하게 만드는 원인이었다. 모용강과 남영혜 사이에서는 더 이상 아이가 태어나지 않았고, 모용강의 다른 첩들에게도 산기는 보이지 않았다. 세가의 화려한 오늘은 어두운 내일을 위한 전주곡에 불과했다.

모용현은 문득 내일을 생각했다. 오늘이야 거리의 사람들에게 손 한 번 흔들어주는 것으로 끝낼 수 있었지만 내일부터는 그럴 수가 없다. 모용가, 아니, 전 무림의 길일이라 할 수 있는 모용천이 고희을 맞았으니 각처에서 그를 축하하기 위한 사절들이 끊이지 않고 방문할 것이다. 모용천의 고희연은 내일 모레지만 벌써 초청객의 절반가량이 도착해 있었다. 그리고 그들 앞에서 모용현은 며칠이고 아버지와 함께 사이좋은 부자간을 연기해 내야 한다. 그것이 진심이 될 수만 있다면 얼마나 좋을까! 하나 그런 일은 일어나지 않을 것이다.

'그러고 보니 그 사람은 누구일까?'

모용현은 아까의 광경을 떠올리며 눈을 감았다. 어깨를 감싸 쥐며 괴로워하던 담대진홍과 그 뒤에서 부축을 받아 서 있던 화산파의 사람, 매향검이라는 별호로 이름이 왕민보라 하였다. 법장을 들고 있던 무섭게 생긴 스님은 아마도 저 유명한 광승 퇴불일 것이다.

그렇다면 다른 한 사람은 누구일까? 방명록을 훔쳐보고 싶었지만 기회가 없었다. 하지만 묘하게도 기억에 남아 지워지질 않았다. 딱 한 번 눈이 마주친 그 순간이 잊혀지질 않는다.

건조한 눈 아래로 이글거리던 감정의 흔들림.

'임 할아범에게 물어봐야겠다.'

임가(任家)는 어릴 때부터 그의 시중을 들어온 하인으로 모용천만큼이나 모용현을 친손자처럼 아끼며 돌봐준 이다. 무공을 모르는 평범한 이였으나 소식에 밝아 여러 기인이사들의 협행과 강호 인사들의 이야기를 어디선가 주워듣고 와서는 모용현에게 들려주곤 했다.

'그래, 그래야겠어.'

모용현은 잊지 말자고 되뇌며 깊은 잠에 빠져들었다.

"크아! 모용강 이 자식, 한창 즐기고 있을 때 나타나서 흥을 다 깨놓다니 용서할래야 용서할 수가 없구나!"

"제발 조용히 좀 하십시오. 저녁도 먹기 전에 쫓겨나겠습니다."

"걱정 말게. 그런 일은 내가 책임지고 막아주지."

"아니, 벌써 저에게 폐가 되고 있지 않습니까!"

넓고 깨끗한, 두 사람만 지내기에는 아까우리만치 좋은 방에서 퇴불은 길길이 날뛰고 추신은 눈살을 찌푸리며 고개를 젓고 있었다.

담대진홍과 퇴불의 대결이 좀 더 격해지기 전 다행히도 운룡검 모용강이 세가에 당도하였고, 모용강은 어찌어찌하여 퇴불과 왕민보를 잘 달래 한꺼번에 들여보내는 것으로 일을 마무리지었다. 잔뜩 달아올랐던 퇴불도 모용강이 달래자 어쩐지 김이 빠진 것처럼 행동하였는데 기껏 배정된 방으로 들어오자 다시 화가 나는지 난리를 피우는 것이었다.

그러나 막상 피해자는 누구도 아닌 추신이었다. 미처 자신의 자리로 돌아가지 못하고 곁에 서 있던 추신은 사람들에게 퇴불과 일행인 양 비쳐졌고, 자연히 모용강의 요청에 따라 퇴불과 함께 세가로 들어서게 된 것이다. 게다가 모용세가에서는 초청패가 있는 추신의 일행으로 퇴불을 계산하였는지 두 사람을 한 방에 집어넣었으니 추신으로선 난감하기만 했다.

'게다가……'

추신을 보는 모용강의 눈이 심상치 않았다. 물론 기우이겠으나 추신을 보는 데 일말의 석연치 않은 구석이 있었던 것만은 틀림없다. 그것이 광장에서 살기를 느꼈던 기억에 의거한 것인지, 아니면 다른 것인지 모를 일이지만.

추신은 불안해하면서 문득 소년을 생각했다. 모용세가의 어린 주인 모용현. 열셋, 혹은 열넷쯤 되었을 소년은 아직도 아이처럼 수줍고 약해 보였다.

'무공을 배우지 않은 건가? 내가 그 나이 때는……'

추신은 생각을 멈췄다. 그가 이제부터 하려는 일에 생각은 필요없다. 생각은 이미 천 번, 만 번도 더 해왔다. 남은 것은 실행에 옮기는 것뿐 쓸데없는 생각은 이제 그만둘 시기였다.

10

퇴불이 부린 난동은 입에서 입을 거쳐 빠르게 퍼져 갔다. 왕민보와 담대진홍 두 고수를 연속으로 몰아붙인 광경을 목격한 이들은 삼삼오오 짝을 이뤄 두 대결을 분석했고, 약간의 식견을 가진 이들은 기탄없이 퇴불의 무위가 신위에 이르렀음을 알리고 다녔다. 도시는 순식간에 들끓어서 이 주막에 가든 저 골목에서든 세 사람 이상 모이기만 하면 퇴불의 이야기로 시간 가는 줄 몰랐다.

어떤 이는 초청패도 없이 쳐들어온 퇴불의 목적은 천하제일 모용천이라 하였다. 적을 찾지 못하고 폐관한 지 이제 사십 년. 모용천의 무학에 대한 성취는 모든 사람들의 관심 대상이었다. 자연히 퇴불의 목적이 모용천과의 일전에 있을 것임은 누구나 생각할 수 있는 일이었다.

과연 모용천의 현재는 어떠한가? 나이가 들면 누구나 근력이 떨어지고 동작이 느려지게 마련이다. 제아무리 천하제일의 고수라 해도 시간의 흐름은 붙잡을 수 없는 법이다. 몇백 갑자의 내공을 쌓아도 때가 되면 죽어야 하는 것이 인간이다. 나이를 먹으면 사유의 폭이 넓어지고 이해의 깊이가 더해지며 무학의 성취 또한 자연히 더해지게 된다. 하지만 이는 어디까지나 머릿속에서의 일이고, 실제로 손을 섞는 비무를 함에 있어 칠십 노인의 한계가 분명히 있으리라는 것 또한 강호 인사들의 생각이었다.

사람들은 퇴불이 아무래도 더 이상 시간이 흐르면 말 그대로 천하제일이라는 모용천의 무위가 꺾일 것이라 생각하고 그에게 도전하기 위해 찾아온 것이라 생각하였다.

어떤 이들은 퇴불의 목적이 모용천이 아니라 운룡검 모용강이라 했다. 천하제일이라 해도 모용천은 이미 은퇴한 지 오래. 현 강호의 구심점이라 할 수 있는 모용강이야말로 퇴불이 손을 섞을 만한 상대라는 것이 그들의 논지였다.

하지만 그에 대한 반론도 만만치 않았다.

그렇다면 퇴불은 어째서 세가로 들어서기 전 모용강을 만났을 때 시비를 걸지 않았는가? 화산의 축하사절단 대표였던 왕민보에게 행패를 부렸고 심복 담대진홍에게 상처를 입혔으니 조금만 도발하면 넘어올 수도 있는 일이었다.

하나 퇴불은 그러지 않았다. 오히려 이상하리만치 순순히 모용강의 권고를 들어 세가로 들어갔던 것이다.

모용강의 태도 역시 의심스러웠다. 퇴불이 아무리 무서울 게 없는 고수라 해도 자신의 앞마당에서 그런 행패를 부렸는데 웃으며 대접했다는 것은 세가의 체면을 고려하지 않은 처사였다는 것이 중론이었다. 화산 축하사절단의 체면을 손상시키고 심복을 상처 입힌 퇴불에게 한마디 책임도 묻지 않은 것은 어디를 봐도 모용강이, 모용세가가 퇴불을 두려워한다는 것으로밖에 해석되지 않았다. 물론 그것은 모용강 역시 잘 알고 있을 것이다.

이런저런 억측이 난무하는 가운데 초청패를 받은 대부분의 문파에서 보낸 축하사절단이 속속 도착하였다. 방장과 같은 항렬인 장로 두정(斗正) 선사가 소사미 하나를 데리고 온 소림사를 제외한 팔대문파는 최소 십여 명이 넘는 사절단을 보냈고, 그에 못지않은 세력을 가진 강호의 유력 문파들 역시 비슷한 규모의 사절단을 보내왔다. 또한 사파로 분류되는 정교(貞敎)에서도 화려하기 그지없는 축하 선물을 보내왔으며, 개방의 경우 거지들이 떼로 몰려와 엄상환을 곤혹스럽게 하기도 했다. 여기에 개인 자격으로 참석한 정사의 고수도 수없이 많았으니 구월 하고도 아흐레, 천하제일 모용천 모용 대협의 고희연 당일이 되자 세가는 기백이 넘는 강호 고수로 가득했다.

"아, 나 이거 기분 더러운데? 멀어서 보이지도 않잖아?"

아침부터 이어진 퇴불의 불평은 아무래도 익숙해질 수 없었다. 추신은 몇 번씩이나 주둥이를 베어버릴까 하는 유혹에 시달렸지만 잘 참아내었다. 누구라도 존경하지 않고는 못 버틸 인내심이었다.

"뭐가 멉니까? 당신의 안력이라면 상관없을 텐데요."

그러니까 짜증이 섞인 말투 정도로 끝내는 것이 대단하다는 것이다.

"명색이 지금 강호를 뒤흔드는 고수에게 이런 자리를 배정하다니,

상식이 있는 건지 없는 건지 모르겠군. 한 수면 나가떨어질 찌끄러기들이 구파일방이라던가 오대세가라던가 하는 허명을 업고 상석을 차지해 앉아 있다니 모용세가의 보는 눈이 형편없구나.”

“말이 지나치군요. 그리고 자기 입으로 ‘강호를 뒤흔드는’ 운운하다니, 부끄럽지 않습니까?”

“부끄럽다니? 내가 왜?”

“아니, 자기 입으로 자기를…….”

퇴불은 자신의 오른편에 앉아 있는 사람의 귀를 잡아당겼다. 이름 모를 하객은 얼굴을 찡그리며 상반신을 퇴불에게 의탁하다시피 하며 끌려왔는데 감히 뭐라 하지 못하며 퇴불의 눈치를 살피고 있었다.

“너도 초청패를 받았나?”

“바, 받았습죠.”

“너도 동네에서 좀 알아주나 보다? 나도 못 받은 걸 받았으니?”

“하하, 설마 제가 어르신 앞에서 얕은 수를 뽐내겠습니까? 헤헤.”

불행히도 퇴불과 함께 지낸 지 삼 일이나 되었지만 여전히 추신은 이 미친 중의 행동을 예측할 수 없었다. 어디 행동뿐이랴! 지금 부리는 행패는 어떤 의도에서 비롯되었는지 알 수 있다면 그건 사람이 아니라 귀신일 것이다. 아니, 귀신이라고 그 속을 알 수 있을까.

“야, 저게 광승 퇴불이구나. 재수없게 괴롭힘당하는 건 누구지?”

“섬서 소화산(小華山)에서 행세깨나 한다는 구순황(具順黃) 아냐? 옆구리에 찬 환도를 보니 알겠구면.”

“아하, 저치가 개벽도왕(開闢刀王) 구순황이야? 별호만 뻑쩍지근하지 별 볼일 없다더니 용케도 초청패를 받았군 그래. 그런데 왜 퇴불이 그를 괴롭히는 거지?”

"그거야 모르지. 저 괴팍한 인간 속을 어찌 알아?"

"구순황도 개떡 같은 성질로 유명한데 왜 저렇게 얌전해?"

"그거야 퇴불 성질이 더럽기로는 자기보다 훨씬 더하니까 그런 거 아냐. 게다가 저 녀석도 그제 퇴불이 화산의 왕민보와 담대진홍을 연속으로 패퇴시키는 것을 봤을걸? 그 장면을 자네도 봤어야 하는데. 그걸 보면 퇴불한테 감히 덤빌 생각은 못할 거야."

"나도 얘기는 들었는데 그가 그렇게 대단해?"

"아후, 말도 마. 자기 성격이랑 똑같애, 똑같애."

뒤쪽에서 수군대는 소리를 추신은 고스란히 듣고 있었다. 정말 퇴불에 대한 이야기가 나오면 정작 당사자는 전혀 신경 쓰질 않는데 왜 자신이 부끄러워해야 하는 건지 이젠 반 포기 상태였다.

"너, 이분 아냐?"

퇴불이 구순황의 귀를 비틀며 추신을 가리켰다.

"아, 아야야! 알고말굽쇼! 무영검으로 명성이 자자한 추 대협 아니십니까!"

"것 봐, 잘 알고 있지? 당금 강호에 무영검을 모르는 이가 어디 있다고 그러나?"

그제야 퇴불은 웃으며 구순황의 귀를 놓아주었다. 구순황은 귀를 문지르며 자리로 돌아갔고, 퇴불은 싱글벙글 웃으며 말했다.

"이 땡초도 무영검 나으리의 초청패에 얹혀 겨우 모용세가에 들어올 수 있었으니 어디 자네 아니었으면 부처님 배때기에 기름칠을 할 수 있었겠는가? 틀림없이 자넨 극락왕생할 걸세."

추신은 눈을 감았다. 진정, 진정. 어디까지나 냉정하게 처신해야 한다. 저 땡초의 말에 휘둘리면 도무지 될 일이 없다고 되뇌었는데 눈을 감자 더욱 예리해진 귀로 낮게 수군거리는 소리가 들려왔다.

"와, 저치가 무영검 추신이란 말이지? 나 처음 보는걸?"

"그래? 그런데 그 소문이 사실이었나 봐?"

"소문?"

"몰라? 추신이 퇴불과 엄청 친하대! 초청패도 못 받은 퇴불을 추신이 억지로 데려온 거라더라?"

"정말? 우와, 두 사람 되게 친한가 보다. 근데 내가 알기론 무영검도 교우 관계가 썩 좋은 편이 못 된다던데?"

"맞아. 항상 자기 할 일만 하고 사라진다던데? 강호에 제대로 된 친구가 하나도 없어. 저 사람 행방이 항상 묘연하잖아."

"친구 없기로는 퇴불이 더하지. 저 방약무인한 태도에 무공까지 천하무적이니 누가 친하게 지내고 싶겠어?"

"끼리끼리 논다더니 추신도 사실은 성격 엿 같은 거 아냐?"

"그래서 이제까지 친구가 없는 거구나?"

추신은 그가 원하던 무념무상(無念無想)의 경지로 직행했다.

어긋난 복수

1

바람은 시원하고 하늘은 높았다. 칠십 년 전, 이 저택에서 한 아이가 태어났을 때도 이처럼 좋은 날이었을까? 그 아이는 칠십 년 후 자신의 모습을 상상이나 할 수 있었을까?

수백의 하객을 위해 모용세가는 세가의 연무장을 개방했다. 먼저 연무장 가장 안쪽의 연무대는 일시 철거되었고 그 자리를 빼곡히 의자와 기다란 상으로 채워 넣었다. 상 위에는 인간이 상상할 수 있는 모든 재료와 기법이 총동원되어 만들어진 음식들로 가득했으니 평범해 보이는 춘권(春捲)도 천하일미 중 하나로 손색이 없어 보였다.

그러나 누군가 이 광경을 본다면 기하학적인 무늬를 그리는 상들의 조합과 그 위에 올려진 요리들보다 그 앞에 앉아 있는 사람들이 먼저 눈에 들어올 것이다.

맨 앞줄에 앉은 이들의 면면을 살펴본다면, 우선 소림사의 두정 선사가 가장 눈에 띄는 인물이다. 겉으로만 보면 흰 수염에 마음씨 좋은 동네 할아버지 같은 인상이지만 그의 손은 지극히 매섭다. 태산북두라고 경외의 마음을 담아 불리는 소림사는 최근 명성에 걸맞지 않게 외부 활동을 자제하고 있었는데 소림사 무예의 본질은 깨달음, 해탈의 경지에 조금 더 가까이 다가가고자 함이지 다른 것이 결코 아니라는 현 장문방장 두미(斗尾) 선사의 방침 때문이었다. 하나 무림의 분쟁을 방관하여 중생의 고통을 내버려 두는 것 또한 경계하여야 할 일이었으니 강호의 문제가 생길 때마다 숭산(嵩山)에서 속세로 내려오는 이가 바로 두정 선사였다. 그가 나서면 해결되지 않는 문제가 없었으니 그야말로 소림사를 대표하는 인물이라 할 수 있었다.

그 옆에는 무당의 태아 진인(太阿眞人)이 앉아 있었고, 맹산파의 강만중과 종남파의 방주교 등등, 현 정파무림을 움직이는 세력의 대표들이 자리잡고 있었다. 또한 그중 흰 수염이 무성한 노인이 있었으니, 바로 정교의 장로인 풍경립(豊慶立)이라는 자였다. 대대로 중원무림과 대립해 온 서장의 정교에서도 모용천의 고희연을 맞아 축하사절을 보내 온 것이다. 사실 지금의 정교는 교주인 동방일야(東方一夜)만이 알려져 있을 뿐 그 외 중원에 알려진 정보가 없었다. 풍경립이라는 사절단의 대표 역시 중원인들에게는 알려진 바가 없었다.

그 뒤로는 특정한 세력을 가지지 않고 독자적으로 움직이는 고수들이 자리해 있었는데 다들 강호에 명성이 자자한 인물들이었다. 특히 백도무림의 세력과 인물들로 짜여진 앞줄과 달리 정사 양도는 물론 정사지간이라 불리는 인물들도 다수 있었으니 모용의 이름이 얼마나 큰 영향력을 가지는지를 말해주는 대목이었다.

바로 그 줄에 최근 급부상한 무영검 추신의 자리가 있었다. 강호에 출도한 이래 보이지 않는 쾌검(快劍)으로 무영검이라는 별호를 얻게 된 그였다. 비록 정의롭지 못한 일에는 검을 빼지 않았으나 결코 자신을 내세우는 법이 없었고, 사람들에게 호의적이지 못한 성격 탓에 정사지 간의 인물로 분류되는 이였다. 하지만 그런 세간의 평가에 한 번도 귀를 기울여 본 적이 없는 추신이었다.

검을 배우고 쓰되 그것이 목적은 아니었다. 천하제일의 명예도, 금전과 권력도 모두 신경 쓸 일이 되지 못했다. 그에겐 오직 하나의 목표가 있었다. 그를 위해서라면 지옥에 떨어진다 한들 무슨 상관이 있으랴.

하나 그런 추신의 단단한 마음을 후벼 파는 명성이 있었으니, 바로 최근 드높아진 '광승 퇴불의 친구' 라는 거창한 이름이었다. 분명 친구 사귀기를 꺼려하여 강호에 교분이 없는 몸이긴 했으나 모용세가의 길일을 맞아 기백의 고수가 모이다 보니 어느 정도 추신과 안면이 있는 사람도 있었다. 하나 그들 역시 도시의 소문과 추신의 곁에 있는 퇴불을 보고는 어색한 인사를 나누기 무섭게 자리를 뜨는 것이었다. 아무리 사교성이 없다지만 분명 이 정도는 아니었다. 이제껏 추신이 사람들을 피했다면 이제는 사람들이 그를 기피하는 사태가 벌어지고 만 것이다.

이러고 나니 지금껏 퇴불의 행동이 처음 만났을 때 대결을 회피했던 것에 대한 앙갚음은 아닐까 하는 의혹이 들기도 했다. 추신은 아픈 머리를 감싸 쥐며 고개를 저었다.

'아니, 오히려 잘됐다. 어차피 내가 가는 길에 다른 사람의 자리는 없으니. 그저 내 어깨에 짊어진 짐만 내려놓을 수 있다면 무엇이 더 필요할까!'

추신의 생각은 아랑곳하지 않고 주악이 연주되기 시작했다. 이날을 위해 수십, 수백 일 이상 연습해 온 듯 수십의 악공들은 한마음 한뜻으로 강호의 명사들 앞에서 솜씨를 뽐내었다.

그러나 아름다운 음의 향연은 길지 않았으니, 어느새 단 위에 모용세가의 현 가주 운룡검 모용강이 서 있었다.

"이렇게 좋은 날, 여러 강호명숙들께서 바쁜 일들을 잠시 미뤄두시고 모용가의 초청에 기꺼이 응하여 주신 점을 다시 한 번 감사드립니다."

여러 강호고수들 앞에서 감사의 말을 전하는 모용강의 모습은 당당하여 인중룡이라는 말이 바로 그를 위한 것인 양 느껴졌다. 특히 구파일방 등 주요 사절단의 일원으로 온 젊은이들은 너무나 빼어난 모용강의 모습에 경도되어 저도 모르게 박수를 쳤고, 곧 참석한 모든 이들이 박수로 모용강의 인사에 답했다. 군웅들의 박수에 가볍게 목례한 모용강은 손을 들어 박수 소리를 멈추고 말했다.

"여러분도 다들 아시다시피 오늘의 주인공은 제가 아닙니다. 이 보잘것없는 사람을 위해 여러분이 오지야 않으셨겠죠. 예, 그렇습니다. 오늘은 바로 제 아버님, 천하제일인(天下第一人)의 고희를 축하하기 위해 모인 자리입니다."

말이 끝나자 단 위로 한 노인이 올라왔다. 흰 수염을 가슴까지 길게 기른 노인은 빛나는 눈과 붉은 뺨을 갖고 있었다. 등은 꼿꼿했으며 보폭은 넓되 결코 과하지 않았다. 눈매가 운룡검 모용강과 꼭 닮은 노인이 바로 천하제일인이라는 별호 아닌 별호의 소유자 모용천이었다.

온화한 미소를 지으며 한 걸음 한 걸음 내딛는 모용천의 모습은 좌중을 시끄럽게 만들었다. 그도 그럴 것이, 사십 년 동안 공식 석상에 모습을 드러내지 않던 모용천이었으니 다들 할 말이 많았을 것이다. 물론 축하객 중 절반은 모용천의 폐관 이후 태어난 자들이었고, 그렇지 않더라도 그가 강호를 주유하던 시절을 아는 이는 극히 드물었다.

두정 선사는 모용천과 비슷한 연배였으나 강호에 모습을 나타낸 시기가 이십 년 전으로 그전까진 소림사 내에서 나오질 않았다. 그 아래로는 무당의 태아 진인과 종남의 철검 방주교 정도였으나 그들 역시 모용천이 한창 상승(常勝)의 청년 영웅으로 이름을 날릴 때 그를 동경하던 소년들이었으니 모용천의 모습을 처음 보기는 휘하의 젊은이들과 마찬가지였다.

"먼 길 오느라 수고가 많으셨습니다. 소인이 바로 그 모용천이올시다."

모용천이 웃으며 말문을 떼니 우레와 같은 박수가 터져 나왔다. 늙은이와 젊은이를 가릴 것이 없었고, 정사를 구별 지을 것이 없었다. 방금 전 모용강의 당당한 모습에 경도되었던 젊은이들은 모용천의 푸근한 목소리에 절로 친근함을 느꼈고, 늙은이들은 그가 무위(無爲)의 경지에 올랐음을 직감하고 축하와 동경의 감정을 동시에 느꼈다.

고행(苦行)을 거듭한 고승이나 연단(煉丹)에 심취한 도사나 원하는 것이 있다면 지금의 모용천과 같은 모습이 아닐까? 그들이 원하는 것이 해탈(解脫)이든 등선(登仙)이든 이름만 다를 뿐이지 결국은 매한가지로 모용천의 지금을 지향하는 것이리라. 더구나 모용천의 경지는 바로 무학을 통한 것이었으니, 무를 숭상하는 강호고수들이 이렇게 자세한 내용을 알든 모르든 마음으로부터 우러나온 축하를 던지는 것은 당연한 일이었다.

2

"아버님, 생신 축하드립니다."

"할아버님, 축하드려요."

뒤이어 소년의 손을 잡고 아름다운 부인이 단 위로 올랐다. 소년은 추신도 익히 알고 있는 세가의 어린 주인이자 모용천의 하나뿐인 손자 모용현이었다.

"허어, 저 부인이……!"

"소문이 실제보다 과장된 것이 아니구나. 아니, 오히려 부족함이 있다 해도 부정하지 않겠다."

"저, 저……."

모용현의 손을 잡고 단 위로 올라온 미부인은 소년과 꼭 닮은 얼굴을 하고 있어 누구라도 모자지간이라 생각하지 않을 수 없었다. 과연 그녀가 바로 모용세가의 안주인이자 한때 강남제일미라 불리던 남영혜였다.

누구는 탄성을 지르고, 또 누구는 말문이 막혀 소리도 제대로 내질 못했다. 이제 삼십대 후반일 남영혜의 피부는 어린 아기처럼 뽀얗고 도톰한 입술은 붉디붉었다. 커다란 눈은 보석같이 빛났으며 크지도 작지도 않은 코는 오뚝했다. 삼단 같은 머리칼은 곱게 빗어 올렸으니 훤히 드러난 뒷목은 건드리기만 해도 깨어질 듯 유리처럼 위태로웠다.

이 세상의 사람이 아니었다.

　탄성은 잦아들고, 시간이 멈추기라도 한 듯 모두의 시선이 남영혜 한 사람에게로 모아졌다. 모용천은 준비된 의자에 앉아 모용현을 무릎에 앉히고 손짓을 했다. 그러자 한 명의 시녀가 미리 준비한 듯 비파(琵琶)를 하나 가지고 올라와 남영혜에게 바쳤다. 남영혜는 헛기침을 한 번 하고 비파를 퉁기기 시작했다.

　타랑!

　남영혜는 그렇게 몇 번 현을 퉁겨보았다. 아마도 음을 맞춰보기 위함이리라. 그러는 동안 모용강이 아버지가 앉아 있는 의자 옆으로 가섰다. 그제야 사람들은 이것이 사람들 앞에서 보여지는 것이라기보단 남영혜가 세가의 안주인으로서 시아버지에게 바치는 선물과 같은 것임을 깨달았다.

　타라랑!

　언제부터인지 인지할 틈도 없이 남영혜의 연주가 시작되었다. 때로는 부드럽게, 때로는 격렬하게 휘몰아치는 남영혜의 비파는 푸른 가을 하늘을 수놓는 듯 유려했다. 그 기교의 탁월함도 탁월하거니와 음에 실린 감정은 듣는 이들을 행복하게 만드는 힘을 가지고 있는 것 같았다. 아니, 실제로 이렇게 훌륭한 연주를 듣는 마음이 행복해지지 않을 이유가 없었다.

　세가에 모인 고수들 중에는 나름대로 음(音)에 일가견이 있다 자부하는 이들이 많았는데 음공을 연마하는 고수도 몇 있었다. 하지만 그런 이들도 남영혜의 비파가 자아내는 선율에 마음을 내맡기고야 말았다.

　사람이 목으로 소리를 낸다 한들 이보다 더하랴! 잠사(蠶絲)를 재료로 한 네 줄의 현(弦) 위로 가늘디가는 손가락이 춤을 추듯 이리 타고

저리 튀니 설령 음에 무지한 자일지라도 빠져들지 않고는 버티지 못할
지경이었다. 심지어는 주악을 업으로 삼은 단 아래의 연주자들조차 남
영혜의 비파 솜씨에 넋을 잃었다.

시작이 그랬듯 끝도 몰랐다. 사람들은 연주가 끝나고도 한참이 지나
서야 더 이상 남영혜의 손가락이 움직이지도, 비파 소리가 들리지도 않
음을 깨달았다. 꿈에서 깨어난 듯 멍멍한 공기가 회장 전체에 드리웠
다가 날아갔다. 갈채, 끝없는 박수 갈채에 귀가 먹을 지경이었지만 사
람들은 아랑곳하지 않았다.

한참이 지나도 박수 소리는 줄어들지 않았다. 아니, 오히려 거세어
지는 듯했으니 모용천이 손을 들어 중지시키지 않았다면 언제까지 계
속될는지 모를 일이었다.

"우리 며늘아기의 솜씨를 이렇게 칭찬해 주시다니 이 늙은이는 강호
동도들에게 그저 고마울 따름이외다."

모용천이 맑게 웃었다.

"옛부터 자식 자랑이 과하면 팔불출이라 손가락질당했는데 며느리
자랑은 무슨 욕을 들어야 할지 모르겠소이다. 이 기회에 강호 동도들
께서 이 늙은이에게 새 별명을 붙여주어야 할 것이외다."

천하제일인의 입에서 나온 소리치고는 정겹기 그지없어 모인 이들
은 절로 웃을 수밖에 없었다. 모용천이 이어 말했다.

"원래 이 아이가 부끄러움을 많이 타 제 재주를 남에게 알리기 꺼려
합니다. 마침 제가 무슨 복이 있어 이 나이가 되도록 살아 있다 보니
우리 며느리의 재주를 자랑 한번 해보고자 선물 삼아 청한 것이오."

그제야 남영혜는 군웅들을 향해 고개를 살짝 숙였고, 다시 한 번 박
수 갈채가 쏟아져 내렸다. 무의 한 길을 통해 일가를 이룬 절대고수가

보여준 인간적인 면모가 사람들의 마음이라는 호수에 던져진 돌멩이처럼 잔잔한 파문을 일으켰으니 대부분의 사람들이 감동하며 존경의 뜻을 품게 되었는데 아닌 이들의 대표가 바로 퇴불이었다.

"홍홍, 시답잖은 짓이다. 늙은이가 죽을 때가 다 되어 망령이 난 게야, 망령이."

퇴불은 곧이어 추신에게 물었다.

"이봐, 자네도 저딴 모습에 경도되어 있는 건 아니겠지?"

그러나 추신 역시 모용천에게서 무학의 일대 종사가 아닌 완성된 인간을 발견하여 본의 아니게 감동 중이었다. 추신은 어이가 없다는 얼굴로 대꾸했다.

"역시 광승이오. 저 모습을 보고도 그렇게 막말을 하다니."

"으하하, 자네에게서 인정받다니 기쁘구먼. 하나 저것은 아니야. 아닌 게야. 일찍이 노자(老子)가 말하지 않았나? '도를 도라 말할 수 있다면 그것은 이미 도가 아니요, 명을 명이라 하면 그것은 명이 아닌 게 되니라[道可道 非常道 名可名 非常名]'라고 말일세."

추신은 퇴불의 말을 듣고 깜짝 놀라는 한편 어이가 없었다. 사실 퇴불이 인용한 말은 도덕경(道德經)의 첫 번째 구절로 누구나 한 번쯤은 들어봤을 유명한 대목이지만 퇴불의 입에서 옛 성현의 가르침이 나왔다는 게 놀라운 일이었다. 게다가 지금껏 지내며 퇴불이 스님답지 않게 불가의 교리에 대해 일언반구도 비추지 않았는데 처음으로 수행을 하는 이처럼 내뱉은 말이 도가의 말이니 이것은 겉으로만 스님이지 속은 잡탕처럼 뒤섞여 있는 게 아닌가. 추신의 당혹스러움을 아랑곳하지 않고 퇴불이 열변을 토했다.

"대저 도(道)라 함은 무엇을 일컬음인가? 바로 우주 자연의 법도요,

세상 만물의 이치로다. 물론 이는 좁게 말함이고 원래 도는 이게 뭐라고 딱히 정의 내릴 수 없는 물건이니 인간의 좁은 소견으로 도라는 이름을 붙인 순간 이미 그 도는 도가 아니란 말이다."

"그게 모용 대협과 무슨 관계란 말이오?"

"성질 한번 급하군. 잠자코 들어보시게."

퇴불로부터 성질이 급하다는 이야기를 들으니 추신은 화가 났다. 아무려면 내가 당신만큼 막 나가는 사람일까!

"하지만 그래도 사람으로 나서 사람으로 살아가니 사람의 도(道)가 있지 않겠나? 산속에 처박혀 저 살길만 궁리하는 도사 놈들이나 중놈들에게야 어디 사람의 도가 따로 있겠는가마는 우리는 그게 아니지 않은가? 희로애락(喜怒哀樂)이 어디 밖에서 오는 것인가? 모든 것은 우리 안에 이미 내재되어 있는 것이니 그게 어디 떼어낸다 하여 쉽게 떼어지는 것인가?"

퇴불이 손가락을 들어 구순황을 가리켰다.

"예를 들어 이 땡초가 저놈의 눈을 후벼 판다고 생각해 보게. 아니면 코를 베어낸다 해도 상관없지. 그런 것들이야 마음만 먹으면 얼마든지 몸으로부터 떼어낼 수 있단 말이지. 그렇다 한들 저놈 마음속에 나를 미워하는 마음까지 떼어낼 수야 없지 않은가? 그건 내가 부처님 할아버지라도 할 수 없는 일이야."

퇴불은 숨을 쉬고 다시 이야기했다.

"다시 말해, 지금 불문이나 도가에서 끊어버리고자 하는 것들이 오히려 사람이 사람의 도를 이루기 위해 필요하다는 말이네. 좋아하는 것을 좋아하고, 미우면 미워하는 인간으로 당연한 정(情)들이 정녕 필요하단 말이지. 그래서 사람이 안에서 경지를 이루었을 때, 밖으로의 것들과 진정 합일(合一)을 이룰 수 있지 않겠는가? 사람이 자기 안의 것들을 버리고 어찌 대자연의 이치를 알 수 있단 말인가? 사람은 우주 만물의 일부가 아니란 말인가? 사람의 안에 있는 온갖 정(情)들은 우주의 이치와 동떨어져 있는 것인가? 석가(釋迦)를 생각해 보게. 그는 머리를 깎기 전 일국의 왕자로 이미 권력의 맛을 알았다네. 또한 부모의 정(情)을 알았고, 혼인을 하여 부부의 정(情)을 알았고, 아이를 낳아 자식에 대한 정(情)을 알았지. 그 후는 또 어떠한가? 나라를 잃어 망국의 한(恨)마저 알게 되었으니 실로 인간이 겪어야 할 모든 희로애락을 전부 섭렵한 게 아닌가? 그를 바탕으로 깨달음을 얻었다 해도 전혀 모자람이 없을 것이야."

퇴불이 석가에 대해 언급하자 이제야 겨우 불제자다운 이야기가 나왔구나 하며 추신은 안도의 한숨을 쉬었다. 하지만 이제껏 퇴불이 한 이야기는 추신이 듣기에 아무런 개연성이 없고, 논리도 정당한 듯하나 어딘가 모르게 허술하였으니 이게 제대로 공부를 한 인간의 발언이라 보기에는 무리가 있었다. 하긴 저 퇴불에게 무공 연마할 시간이나 말썽 부릴 시간이 있었겠지 어디 불경 한 권이라도 제대로 볼 시간이 있었겠는가? 이 미친 중이 한 말은 지금도 그 희로애락으로부터 자유로워지기 위해 애쓰는 스님이나 도사들을 욕보이는 것이다. 게다가 그런 이야기들이 대체 모용천과 무슨 상관이란 말인가!

"그런데 저 모용 늙은이는 그런 경지에 다다른 것으로 보인단 말이야."

추신은 차라리 귀를 막고 싶었다. 이제 와서 다시 모용천을 칭찬하다니 말의 앞뒤가 전혀 맞질 않는 게 머리가 아파 계속 듣는다면 자기도 퇴불처럼 미치는 게 아닌가 싶을 정도였다.

"그런데 뭐가 불만입니까?"

"그건 수행을 하는 이들이나 필요한 경지이지 않겠나? 무림인에게 있어 그게 뭔 소용이란 말인가? 저렇게 되었으니 저 늙은이는 이제 무림인이 아니게 되었어. 희로애락의 정을 자기 안에 담아 오히려 그로부터 벗어날 수 있으니 강호의 온갖 은원(恩怨)이 그에게 어떤 의미를 가질 수 있을까! 자네는 화가 나지 않는단 말인가?"

3

추신은 이제야 이 미친 중이 확실한 목적이 있어 모용세가로 왔음을 알 수 있었다. 현 무림에 있어 퇴불이 목표로 삼을 만한 인물이 있다면 어쨌거나 모용천이 첫 번째일 것이다. 그 외의 인물이라면 역시 삼절일 텐데 그 네 사람 중 세 사람이 폐관해 두문불출하니 당금 무림에 적수를 찾기 힘들다는 퇴불이 얼마나 속이 탔을까?

장강의 뒷물결이 앞물결을 밀어낸다지만 퇴불은 이제 사십대의 장년으로 육체적으로나 정신적인 완성도가 절정에 달해 있으니 한동안이, 삼십대에서 그와 능히 대적할 수 있는 인물이 나오기란 요원해 보였다. 실제로 신진고수 중에서도 단연 군계일학이라 할 수 있는 왕민보가 힘도 써보지 못하고 당하지 않았는가! 담대진홍의 개입이 아니었더라면 더 큰 치욕을 당했을지도 모를 일이다. 퇴불과 동년배인 그 담대진홍조차 독문절기인 심명신장의 위력을 삼 할도 채 펼쳐 보이지 못하고 시종일관 수세에 몰려 있었다. 물론 법장을 쥔 퇴불과 맨손의 담대진홍이었음을 감안해 보더라도 두 사람 간의 차이는 명백했다.

"아니, 당신이야말로 불제자인 주제에 모용 대협이 득도했음을 축하하진 못할망정 화를 내다니요. 그렇게 불만이거든 당장 이 자리에서 비무를 청하던가 하지 그러시오?"

"글렀어. 이미 글렀네. 삼라만상에 때가 있고 연이 있으니 저이와 손을 섞을 기회는 없어졌음을 알고도 어찌 내가 억지를 부리겠는가?"

"그렇다면 운룡검은 어떠하오? 그는 아버지의 진전을 이어받은 절정고수이니 그대와 겨루기에 부족함이 없어 보이는데……."

"저자는 싫어."

딱 잘라 말하는 것이 마치 편식하는 어린아이가 밥상에서 하는 투정과 똑같았다. '숙주나물은 싫어. 먹지 않을 테야'라고 징징거리는 어린아이와 다를 게 무엇인가?

"왜 싫습니까? 설마 운룡검도 당신의 눈에 차질 않는 것은 아니겠지요. 왕민보나 담대진홍과도 좋아라 싸웠으면서 설마 그가 두려운 겁니까?"

"자네……."

"왜, 두렵다고 해 화가 나기라도 했습니까?"

"아니, 처음 만났을 때를 생각하니 웬지 웃기는구먼. 그때는 내가 열 마디, 스무 마디를 하면 겨우 한두 마디로 대꾸하더니 이제는 거꾸로 된 게 아닌가? 강호에 무심한 무영검이라는 말이 왜 생겨났는지 몰라? 이렇게나 말이 많은데 말야."

그러면서 빙그레 웃는 퇴불을 보며 추신은 고개를 숙였다. 아니, 내가 왜 이 미친 중에게 말이 많다는 소릴 듣는 거지? 그렇지 않아도 오

랫동안 품어온 일이 목전이라 마음을 다잡아도 시원찮을 판국이다. 퇴
불이 모용천과 겨루지 못해 아쉽든 모용강과 숙주나물을 동일시하든
무슨 상관이란 말인가! 자신은 그저 할 일만을 할 뿐이다.

"어쨌든 저치는 싫어."

"……."

"아니, 왜 말이 없나? 내가 말이 많다고 해서 그러는 건가?"

추신은 한숨을 쉬었다.

"아닙니다. 왜 싫은데요?"

"그건 나도 몰라."

"누구 놀립니까?"

"자넨 뱀을 좋아하나?"

뜬금없는 질문이었다.

"딱히 싫어하진 않지만 좋아하는 것도 아닙니다."

"그건 싫어하는 거지."

"네, 네. 싫어합니다."

"어쨌든 정력에 환장한 놈들 아니면 대부분 뱀을 싫어한다구. 이건
호오(好惡)의 문제가 아니라 생리적인 거지. 그 미끈한 몸과 비늘, 누런
눈과 두 갈래 혀를 생각해 보게. 그걸 어찌 좋아할 수 있겠나?"

"그래서요?"

"그래서긴 뭐가 그래서야. 사람인 이상 뱀이나 구더기를 보고 질색
하는 것은 당연하다는 이야기지. 보통 여시주들이 벌레나 쥐가 나오면
소리치고 난리가 아니잖아?"

"다는 아니지만 많이들 그러지요."

"내가 아는 어떤 여시주는 쥐 한 마리만 봐도 초상비(草上飛)는 물론

허공답보(虛空踏步)까지 자유자재로 시전해 낸다네. 칼 한 자루만 쥐여 주면 눈 하나 깜짝하지 않고 백 명을 거뜬히 베면서 쥐 한 마리에 놀라 도망치는 꼴이 얼마나 우습다구."

한 포기 풀 위에 설 수 있다는 초상비나 허공을 자유자재로 걸어다 닌다는 허공답보는 모두 경공(輕功)의 일종으로 사실 객잔의 안줏거리 로나 존재하는 것들이다. 사람의 몸으로 어찌 풀 위에 서고 허공을 걸 어다닐까. 과장도 이만저만한 과장이 아니다.

"아니, 그래서 당신이 그 여시주란 말입니까?"

"뭐, 그렇다는 얘기지. 그 여시주와 쥐의 관계가 바로 내가 운룡검을 싫어하는 이치와 비슷하네."

"……."

"뭐, 딱히 잘못한 것은 없지만 난 저 녀석이 싫어."

"그러니까 이유도 없이 괜히 싫다?"

"뭐, 그렇지. 또 두 달 뒤면 자네와 겨뤄볼 수 있는데 굳이 저치를 고집할 필요야 없지."

그 말을 하는 퇴불의 얼굴이 방금 전과 대조적으로 환하게 피어났 다. 험상궂은 얼굴이 싱글벙글 웃으니 그 안면의 움직임을 따라 제멋 대로 자라난 수염도 이리저리 흔들려 썩 보기 좋은 모습은 아니었다.

"그게 그렇게 기대됩니까?"

"자넨 아닌가?"

어찌 아니겠는가! 왕민보, 담대진홍과 싸우는 퇴불을 보며 울렁이는 가슴을 진정시키던 추신이다. 누구보다도 그와 싸워보고 싶었다. 무림 인이라면 누구나 승패의 여부를 떠나 고수와의 일전을 꿈꾸지 않을 리 없다. 비록 명성에 있어 추신은 퇴불의 일초지적도 되지 못하지만 그것은 어디까지나 세간의 평가일 뿐이다. 담 너머로는 그 집의 안마당이나 볼 수 있을 뿐 행랑채 깊은 곳까지는 무리인 법이다. 세간의 평가는 추신에게 가혹했으나 퇴불은 그렇지 않은 듯 보였다. 놀랍게도 처음 만났을 때 퇴불은 추신의 무공이 사람들이 말하는 것보다 높은 경지에 올라서 있음을 간파했다.

그 자신의 생각처럼 이, 삼십대의 고수 중 퇴불과 능히 겨루어볼 수 있는 이는 없을지도 모른다. 단 한 명, 바로 추신 자신을 제외한다면 말이다.

그러나 불행히도 그 약속을 지킬 수 있을지는 추신 자신도 확신할 수 없었다. 아니, 오히려 지키지 못할 확률이 높았다. 십일월 보름의 장사(長沙)는 추신에게 아득히 먼 일이었다. 겨우 두 달 뒤인데도.

'눈앞의 일에 집중하자.'

추신은 다시금 스스로를 다잡았다. 비록 몇 번의 실수도 있었고, 퇴불이라는 혹도 붙었으나 각오했던 것보다는 순조로운 일정이었다. 그리고 퇴불의 말에는 추신도 어느 정도 공감 가는 부분이 있었다.

"저도 같은 생각입니다."

"아, 자네도 나와 겨뤄보고 싶어하다니 굳이 두 달을 기다릴 필요가 있겠나? 오늘 당장 어떤가?"

"아니, 그 얘기가 아닙니다."

추신과 퇴불이 이야기를 주고받고 있는 동안 주악이 다시 울리고, 사람들은 차려진 요리를 먹으며 이런저런 이야기를 하기 시작했다. 모용가(慕容家)는 이리저리 다니며 축하객들의 축하를 받고 서로 안부를 물으며 담소를 나누고 있었다.

모용현은 할아버지인 모용천의 팔에 매달린 모양새로 그를 따라다니고 있었다. 모용천이 누구보다도 사랑하는 사람이 바로 이 모용현이 었으니 할아버지에 대한 손자의 사랑도 과연 남다른 구석이 있었다.

"모용 시주의 고희를 축하드립니다. 나무아미타불 관세음보살."

"허허, 소림에서 이 보잘것없는 늙은이를 위해 두정 선사를 보내주시다니 몸 둘 바를 모르겠습니다."

두정이 먼저 인사하자 모용천이 허리를 굽히며 답례하였다.

"이 몸이 비록 세가 밖을 출입한 지 오래되었지만 두정 선사의 이름은 익히 듣고 있었습니다. 이제야 뵙게 되어 영광이나 이 늙은이가 불민하여 선사께서 직접 이곳까지 힘든 걸음을 하게 만들었으니 죄송스럽기만 하군요."

"무슨 말씀을 그리하시오. 시주께서는 뜻한 바를 이루셨으니 불제자인 제가 부끄럽습니다. 한데……."

두정은 말꼬리를 흐리며 모용천에게 매달려 있는 모용현을 내려다봤다. 모용천은 그 시선의 의미를 알았으니, 이 스님이 불심보다 무를 숭상하기로 유명하니 만큼 눈에 넣어도 아프지 않을 손자의 불행한 체질을 한눈에 알아봤음이다.

"선사께서는 가히 유념치 마십시오. 방금 며느리 자랑을 하느라 부끄럽지만 이 아이의 총명함도 남다른 데가 있으니 저는 이미 걱정하지 않습니다."

"스님, 저도 걱정하지 않습니다."

"소승의 어리석음을 용서하십시오. 나무아미타불 관세음보살."

모용현 역시 자신을 바라보는 두정 선사의 눈에 담긴 의미를 잘 알고 있었다. 이름난 무가의 후예로 태어나 무공을 익힐 수 없는 몸을 가진 자신을 고치기 위해 불려온 수많은 의원들의 눈과 다름없었으니 소년이 특별히 총명하지 않아도 두정 선사의 속을 들여다본 것이다.

그것은 천하제일인이라는 그의 할아버지조차도 포기한 일이었다. 모용천이 '총명함이 남다른 데가 있다' 라고 말하였음은 무가의 자제로 태어나 무의 길로 가지 못함이 아쉽기는 하지만 그나마 타고난 머리가 있으니 제 먹고살 길이 궁색하진 않으리라는 이야기였다.

물론 모용현의 머리가 극히 뛰어남은 사실이었다. 어릴 때부터 한 번 배우면 익히지 못하는 것이 없었으니, 어제 열을 가르쳤으면 오늘은 열을 기억하고 그로부터 다시 열을 알아낼 지경이었다. 모용현을 위해 모용가가 초빙한 선생이 당대의 석학만 지금껏 일곱이었으나 한지에 먹이 스며들 듯 스승의 지식을 빨아들이는 어린 천재에 기겁하여 개중 다섯이 일 년을 채 버티지 못하고 손사래를 치며 그만두었으니 총명함이 어느 정도인지 짐작도 가지 않았다.

하지만 그것이 무슨 소용일까! 이름난 무가의 유일한 손으로 태어났으되 내공을 쌓을 단전이 상실되어 있음은 모용의 이름이 당대에 끊길지도 모름을 의미한다. 지금 모용세가의 위치는 단연 정도무림의 중심이라 두미 방장의 지도 아래 두문불출하는 소림을 대신함에 충분하였으니, 이를 기반으로 다음 가주인 모용현이 분발한다면 오랫동안 군림하는 것도 꿈이 아니었다. 물론 어디까지나 모용현이 할아버지와 아버지의 진전을 이어받을 수 있다는 전제 하에서의 이야기이고, 현실은 그렇지 못하니 어찌할 노릇이며 모용현인들 그런 자신이 얼마나 안타깝고 밉겠는가?

그럼에도 소년은 의젓하게 걱정하지 말라며 오히려 고명한 선사를 위로하였으니 모용천은 이 손자가 여간 대견한 것이 아니었고, 두정은 또 자신의 경솔함에 나이만 헛먹었다며 자책하고 말았다.

4

"너도 인사드리거라."

두정 선사가 그의 옆에 꼿꼿이 서 있는 소사미에게 말했다. 그러자 소사미가 여느 무림인들마냥 포권을 하며 고개를 숙였는데 나이는 비록 모용현과 비슷하나 눈매가 부리부리하고 말 한마디를 해도 의젓한 것이 소림의 제자다웠다.

"소림 제자 조원(趙原)이 모용 대협을 뵙습니다. 아얏!"

두정 선사가 파란 머리를 한 대 쥐어박았으니 조원은 피하지도 못하고 눈물을 찔끔 흘렸다.

"예끼, 이 녀석아! 네 어찌 불제자로서 속세의 흉내를 내는 게냐?"

"하지만 스님, 합장하는 것보다 멋있잖아요."

"허어, 이 녀석이 아직 정신을 못 차렸구나. 허구한 날 보라는 불경은 제쳐 두고 사람 때리는 공부에만 열중하니 그 모양인 것이야. 모용 시주를 보아라. 비록 네 녀석과 같은 연배이지만 생각이 저리 깊으니 장차 중생을 위해 큰일을 할 것이다."

칠십이 다 된 스님과 아이 티를 벗지 못한 소사미가 티격대는 모습이 마치 할아버지와 손자 같아 좌중을 미소 짓게 만들었다. 그것은 모용천도 마찬가지로 손자와 비슷한 연배의 이 어린 스님이 마음에 들었는지 머리를 쓰다듬었다.

"그래, 어린 스님은 무공이 좋으시오?"

"말도 마십시오. 이 녀석이 제일(第一)로 좋아하는 것이 무공이고 제이(第二)로 좋아하는 것 또한 무공입니다. 불법 공부를 제삼(第三)으로 좋아했다면 제가 이렇게까지 득달하진 않았을 텐데 이 녀석은 제삼(第三)도 제사(第四)도 무공이요, 제오(第五)는 다른 동자승과 어울려 노는 것이고, 제육(第六)쯤에나 가야 비로소 불법 공부가 나오니 제 유일한 근심이 바로 이 녀석이랍니다."

놀리는 듯 두정이 무안을 주자 조원은 발끈하여 대꾸했다.

"스님은 꼭 저만 그렇다고 말씀하시는데, 대우나 편미는 저보다 더하다구요. 걔들은… 아구구!"

"너는 어찌 형제들을 팔아 일신을 보중하려는 게냐? 내 너를 잘못 가르쳐도 한참 잘못 가르쳤다."

"선사께서는 너무 나무라지 마십시오."

두정이 조원을 혼내는 듯하여도 진심으로 나무라는 것은 아니었다. 항상 홀로 숭산을 내려오던 두정이 대동하였다는 것만 보아도 그가 조원이라는 소사미를 얼마나 각별히 여기는지 알 수 있었으니 이런 다툼 또한 정겹게 느껴졌다.

게다가 모용천이 보아하니 조원의 근골이 탄탄하고 눈빛이 영민하여 과연 소림 제자답게 기초가 튼실한 데에다 무공을 좋아한다니 장차 대성할 기미가 있었다. 그 또한 한 아이의 할아버지이니 손자 또래의 이 동자승이 어찌 귀여워 보이지 않겠는가? 예전 같으면 모용현을 생각하며 안타까움이 더했겠지만 이미 모든 은원으로부터 자유로워진 지 오래라 그런 마음은 일지 않았다.

사실 모용현은 내공을 담을 단전이 없어 어려서부터 몸이 약한 편이었지만 일상생활에 무리가 있지는 않았다. 또한 그래도 무가의 자식이라 간단한 외공 한두 가지를 익혔으니 일반인들 사이에서는 제 몸 하나 건사하기 어렵지 않을 것이고, 총명한 머리로 무얼 하든 먹고살 길이 막히진 않을 것이다.

모용천은 이것이 모용현에게 차라리 잘된 일이 아닐까 싶었다. 아니, 세가 전체로도 잘된 일이 아닐까? 고수들을 초빙하여 식객으로 삼아 일을 처리하여 세가의 세력을 계속적으로 늘리는 모용강의 방침은 이미 그가 하고자 하는 일이 모든 법도와 이치에 부합되는 모용천에게 결코 환영할 만한 일이 될 수 없다. 그것이 차후 세가에 있어 불행으로 돌아오리라는 것도 모용천은 당연스레 알 수 있었다. 마치 봄이 오고 여름이 가면 가을과 겨울이 이어 올 것을 아는 것처럼. 강한 것은 항상 적을 만들고 멸망하기 마련이다. 그렇지만 그것이 아들의 결정이고 현 가주가 정한 방향이었기 때문에 모용천은 방관해 왔다.

독자인 모용현이 관직(官職)으로 나아가든 상인(商人)이 되든, 혹은 세가의 재산으로 유유자적하게 살아가든 피비린내 나는 무림을 떠날 수 있다면 세 불리기에 급급한 모용가도 그때에는 자연스레 약화될 것이다. 달이 차면 반드시 기우는 법이니 어쩌면 모용현의 이상 체질이 자연의 당연한 안배인지도 몰랐다. 모용현의 대에서라면 모용세가가 강호의 은원으로부터 벗어나는 것도 가능할 것이다.

아쉬운 것이 있다면 자신이 일생에 걸쳐 깨달은 모용의 무학이 모용강의 대에서 끊기는 것이지만 모용천에게 그것이 대수일까. 모용강의 자질이 분명 비범한 것이지만 고금을 통틀어 단 하나의 사람이라는 모용천에 비하면 손색이 있다. 모용강은 나면서부터 아버지라는 거대한 벽에 끊임없이 괴로워했고, 그런 아들을 보는 모용천도 역시 괴로웠다. 지금은 없는 또 다른 아들 모용량(慕容良)의 낙천적인 성품을 반이라도 닮았다면 좋으련만.

손자인 모용현은 특별히 병든 곳이 없고 머리도 좋으나 내력을 쌓을 단전이 없었으니 이것은 자질 이전의 문제였다. 사랑스러운 손자가 아버지의 전철을 밟지 않고 자신이 좋아하는 길로 갈 수 있다면 그것만으로도 얼마나 다행인가.

"어린 스님은 주위에 좋은 스승님들뿐이니 그분들을 믿고 정진한다면 분명 성과가 있을 것이오. 이 늙은이가 소림 제자에게 감히 무학을 논할 수 없으나 사람 또한 물과 흙으로부터 비롯하였음을 잊지 말고 항상 흐름을 타야지 역행하여선 되지 않음을 어린 스님은 명심하였으면 좋겠소이다."

돼지 목의 진주라, 이제 십이, 삼 세에 불과한 동자승이 이 한마디에 담긴 뜻을 어찌 알아듣겠는가? 곁에서 듣고 있던 두정이 합장을 하여 모용천에게 답례했다.

"모용 시주께서 오늘 너에게 깨달음의 편린을 건네어주셨으니 너는 일생 이 말을 가슴에 담아야 할 것이다. 불가와 도가, 유학이 모두 갈래는 다르되 그 근본은 하나였고 갈 곳 또한 하나이니 모용 시주의 한마디가 때로는 백 권의 불경보다 나을 때가 있을 것이야."

그제야 조원이 황망히 포권하며 고개를 숙였으나 두정으로부터 꿀밤을 한 대 더 맞고서야 두 손을 펴 합장하였다. 동자승이 뜻하지 않게 기연을 얻었으니, 언젠가 벽에 부딪쳐 더 이상의 진전이 없을 때 이 가르침을 떠올리고 결국 극복해 낼 수 있으리라. 제아무리 무림의 태산북두로 자존심 강한 소림 제자라지만 천하제일 모용천의 눈에 들어 그로부터 한마디 요결을 얻어들었으니 두정의 입장에서는 고맙고 또 자랑스러웠다.

모용현은 할아버지의 눈에 든 저 소사미에게 살짝 질투가 났지만 어차피 자신과는 상관없는 이라 여기고는 금세 잊어버렸다. 무학 요결이란 자신과 가장 상관없는 이야기가 아닌가? 존경하고 사랑하는 할아버지의 길을 자신도 가고 싶었으나 그것이 불가능한 길이라면 포기하는 것이 마땅했다. 무관심한 아버지와 차가운 어머니 밑에서 소년이 가장 먼저 배운 것은 포기라는 단어였고, 이는 매우 유용한 가르침이었다.

모용현은 대신 연회장을 둘러보았다. 요리를 먹고 술잔을 기울이는 사람들 사이로 얘기에 열중인 두 사람이 대번 눈에 띄었다. 하나는 눈앞의 두정 선사와 같은 스님이라는 사실이 믿어지지 않는 그 유명한 광승 퇴불이요, 다른 하나는 젊은이였으니 추신이라는 이름과 무영검이라는 별호를 지닌 이가 틀림없었다.

모용현은 할아버지의 소매를 놓았다. 무슨 이야기를 할 것은 아니었지만 두 사람을 좀 더 가까이에서 보고 싶었다. 하나 모용천은 두정 외에도 다른 사람들에게 금세 둘러싸였으니 모용현은 결국 그곳을 빠져나가지 못하고 말았다. 소년은 웬지 모를 아쉬움을 느꼈으나 곧 포기했다. 어차피 자신이 가는 길과 겹치지 않을 사람들이었다. 그렇게 말하면 여기 있는 모두가 그러했다. 그러나 아는지 모르는지 사람들은 모용천에게 그 손자의 출중함을 칭찬하기만 했다.

그렇게 천하제일인의 고희연은 막을 내렸다. 근 사십 년 만에 처음으로 공식 석상에 모습을 드러낸 모용천을 목격했다는 감상을 가지고 사람들은 저마다 돌아갈 곳으로 하나둘 떠나갔다. 물론 술에 취해 하루, 혹은 이틀쯤 더 묵어갈 사람도 있었고, 드물게는 모용강으로부터 세가에 남아줄 수 없겠냐는 청을 받은 이도 있었다. 말하자면 모용세가의 일원이 되어달라는 이야기였다.

퇴불은 바로 세가를 떠났다. 모용천을 보고 그의 지금을 알았으니 더 이상의 미련은 없어 보였다. 삼 일간 모용세가에 머물면서 퇴불은 불제자답지 않게 어육(魚肉)과 술을 즐겼는데 차라리 파계하고 환속을 할 것이지 시답지 않게 머리를 깎고 가사를 걸치는 꼬락서니에 어떤 의미가 있는지 추신으로서는 알 길이 없었다.

"장사에 홍화루(紅華樓)라고 큰 술집이 있으니 십일월 보름에 꼭 나와야 할 것이야. 그러지 않으면 내 끝까지 쫓아가겠네."

"그건 좀 싫군요."

추신은 몸이 좋지 않다는 핑계로 좀 더 머무르기로 하고 퇴불을 먼저 보냈다. 광승이 끝까지 자신과 함께 있겠다고 하면 곤란하니 먼저 간다고 나선 게 다행이었으나 어쩐지 섭섭한 마음도 없지 않았다. 삼 일이나 같이하며 이런저런 이야기들을 나눈 상대는 추신에게 있어 퇴불이 처음이었으니, 함께 있을 때는 귀찮고 짜증만 났으나 막상 혼자가 되려 하니 이것은 또 이것대로 어딘가 허전한 것이 마음에 들지 않았다. 추신이 천애고아가 되어 독행(獨行)한 지가 벌써 십사 년째였는데 고작 삼 일의 정(情)으로 홀홀 단신이 낯설다고 느껴지니 그 당혹감은 어디에 하소연할 곳도 없었다.

5

반도 넘게 차 올랐던 달이 어둠에 묻혀 한줄기 빛도 대지에 다다르지 못하는 깊은 밤, 풀벌레 소리도 잠든 지 오래였다. 모용세가의 넓은 장원은 조용하였으나 안으로는 잠들지 않은 이들이 많았으니 귀를 잘 기울여 보면 여기저기에서 술잔을 기울이는 소리를 들을 수 있었다.

몇 달간 준비해 온 모용천의 고희연을 성공적으로 치러낸 뒤여서인지 세가의 고용인들은 저마다 그간의 노고를 치하하기에 여념이 없었다. 요리사들은 남거나 몰래 쟁여둔 재료들을 풀어내 숨겨진 비장의 절기를 펼쳐 내었고, 젊은 하인들도 각자 챙겨둔 먹거리와 술을 가지고 뜻이 맞는 이들끼리 삼삼오오 모임을 형성했다. 근 몇 년간 세가의 가장 큰 행사를 치러내었으니 엄격한 집사인 엄상환도 모용강의 허락을 얻어 아랫사람들에게 도에 지나치지만 말 것을 주문하고 깊은 잠에 빠져들었으니 멍석을 깔아주는 격이었다.

물론 그들이 기거하는 외당(外堂)에는 아직 남아 있는 축하객들이 머무르는 방이 있었으나 장원이 워낙 넓고 살림살이가 많다 보니 허드렛일을 하는 고용인들이 밤새 술을 풀 장소 하나 못 찾겠는가. 그러다 보니 오히려 탁 트인 곳들에는 사람이 지나지 않고 조용하기만 했다.

추신이 움직이는 것은 그러한 사정을 짐작한 때문이었다.

밤이 깊었으나 모용현은 잠을 이루지 못하고 있었다. 아니, 잠들지 않으려 애쓰는 중이었다. 많은 사람들을 대하느라 피곤하기 그지없었지만 나름대로 재미있는 하루였다. 평소 그가 만나는 이들은 세가의 고용인이 전부였다. 할아버지인 모용천은 내당(內堂)에서도 홀로 떨어진 곳에 방 한 칸을 마련해 놓고 기거하고 있었으니 평소에는 쉽게 만나기 힘들었다. 아버지인 모용강과는 용무가 있지 않는 한 만날 일이 없었으니 모용현이 비록 어릴 때부터 세가를 벗어난 법이 없어 다른 가족에 대해 직접 보고 들은 바는 없었으나 이것이 어찌 제대로 된 부자지간이 아님을 모르겠는가?

타인의 앞에서는 누구보다 각별한 부자지간을 연출하지만 집안에서는 서로 마주할 일도 없는 이들이다 보니 타인과 다를 게 없었다. 모용현이 크게 앓아누웠을 때에도 그의 옆에는 할아버지인 모용천만이 있을 뿐 모용강과 남영혜는 보이지 않았다. 아버지인 모용강은 그렇다 해도 자신이 열 달을 품어 낳은 자식을 돌보지 않는 어머니는 뭐라 말해야 할까. 어릴 때부터 유모가 따로 있었고 장난감도 충분했던 모용현이지만 제 살붙이에 대한 그리움은 채울 길이 없었다.

어느 정도 철이 들고 자신이 무공을 익히지 못하는 체질임을 알았을 때 모용현은 비로소 모든 것을 포기할 수 있었다. 아버지인 모용강은 미래가 보이지 않는 사업을 하고 있었던 것이다. 세가를 살찌우고 모용의 이름을 드높이고자 했던 그간의 모든 노력이 당대에서 끝나리라는, 부질없음을 알면서도 기호지세(騎虎之勢)라, 계속 나아갈 수밖에 없는 아버지를 이해하고자 모용현은 노력했고, 또 노력했다. 모든 원인이 자신이라고 판단했기에 아버지와 어머니의 사랑을 모용현은 포기할 수 있었다. 그래도 자신을 귀여워해 주었던 임 할아범 같은 세가의 고용인들과 정말 하늘 같은 사랑을 베푸는 할아버지 모용천이 있었기에 더 이상 바라는 것은 욕심이라며 소년은 스스로를 위로했다.

그것이 소년의 현명한 판단이었는지 아니었는지를 따지기 전에 소년에게는 이미 선택권이 없었다. 포기한 만큼의 상실감을 채우기 위해 글공부에 매달렸는지도 모른다. 모용현의 성취가 남달랐던 것은 타고난 총명함도 있었으나 채워지지 않는 무언가가 가슴 언저리에 자리잡고 있기 때문이기도 했다.

그런 모용현이었기에 오늘 낮의 연회는 색다른 경험이었다. 물론 세가에 자주 외부 손님이 찾아오긴 하였으나 오늘처럼 온통 무림인들로 꽉 채워진 곳에서 이리저리 불려 다니며 인사하기는 처음이었으니 즐거운 것이 당연했다.

그러나 그 외중에도 결국 퇴불과 추신을 만나보지는 못했다. 할아버지 모용천과 한마디라도 나누고자 달려드는 사람들 탓도 있었고, 퇴불과 추신이 다른 이들과 달리 한걸음 물러서 있던 탓이기도 했다. 사실 모용현은 오늘에야 비로소 자신의 할아버지가 강호에 어떤 위상을 가진 인물인지 조금이나마 느끼게 되었는데, 그럼에도 불구하고 두 사람은 관심이 없다는 듯 서로 이야기하며 가끔 모용천 쪽으로 시선을 돌리다 말다 하였으니 참으로 희한한 이들이란 생각이 들었다. 모처럼 세가에 들어와 천하제일인을 보았으면 한마디 인사라도 나누고 싶은 것이 당연한 일 아닐까? 모용현은 결국 그것이 그들을 좀 더 가까이에서 보지 못한 자신의 원망을 기저로 한 판단임을 알고 그만두었다. 어리광이나 다름없지 않은가. 꼴사납게 말이다.

모용현은 촛대를 들었다. 흔들리는 촛불을 따라 모용현의 얼굴에 드리워진 그늘도 흔들리니 소년의 아름다운 얼굴이 일부는 숨고 일부는 드러남을 불규칙하게 반복한다. 강남제일미로 이름난 어머니 남영혜를 그대로 투영시킨 듯, 아니, 그에 소년의 모습과 위태로움을 더하였으니 말로는 표현할 길이 없었다.

"잊을 뻔했네."

모용현은 집어 들었던 촛대를 책상 위에 다시 내려놓고 침상으로 갔다. 침상 위에 깔아둔 얇은 비단 모포를 돌돌 말아 이불 밑에 넣으니 밖에서 보면 소년이 잠자는 모습으로 얼추 비칠 것이다. 침상에 드리워진 휘장이 일부를 가려 더 그럴듯해 보였다.

모용현은 촛대를 다시 들고 책상 밑으로 기어들어 갔다. 모용현은 촛대를 옆에 내려놓고 바닥을 더듬었는데 꽤나 익숙한 솜씨였다. 이윽고 바닥을 더듬던 손가락이 작은 고리를 찾아내었고, 모용현은 그것을 힘껏 당겼다. 그러자 고리에 딸려 뚜껑이 열리고, 바닥에는 꽤나 큰 구멍이 입을 벌렸다.

원래 이 구멍은 어려서 외로워하던 모용현을 위해 모용천과 임 할아범이 뚫은 것으로 모용천이 기거하는 방과 연결되어 있었다. 이는 모용천이 특별히 지시한 것으로 그와 모용현을 제외하면 임 할아범 외에 모용세가에서 이를 아는 이가 없었다. 모용천이 기거하는 방의 증축을 구실로 외부에서 인부를 불러 공사하였으니 가주인 모용강이나 집사인 엄상환도 이 일에 관해서는 까마득히 모르고 있었다.

다만 당시 아홉 살이던 모용현을 보고 뚫어놓았으니 통로의 크기가 일반 성인이 다니기에는 턱없이 좁았고, 사 년이 지난 지금은 모용현도 겨우 지나다닐 정도였다. 이제 한창 근골이 성장할 시기이니 당장 내년이 되면 더 이상 이 구멍은 쓸래야 쓸 수 없을 것이다. 모용현은 그런 생각을 하며 소매를 걷었다. 양팔의 소매를 세 번씩 접어 올린 모용현은 무릎을 가슴에 붙이며 바짓단을 마찬가지로 접기 시작했다. 책상 밑이라는 좁은 공간에서 하려다 보니 운신의 폭이 좁아 불편했지만 모용현은 굳이 밖으로 나가지 않았다. 그렇게 팔다리를 다 걷어

올리고 웃옷을 바지 속으로 집어넣고서야 비로소 구멍으로 들어갈 준비가 끝났다. 이래야 사 년 전에 비해 장성한 모용현이 통로를 지날 때마다 벽면에 옷이 쓸려 더러워지는 사태를 방지할 수 있기 때문이었다.

"가자."

조용히 중얼거리고 모용현은 조심스럽게 오른발을 구멍 안으로 집어넣었다. 아홉 살의 모용현에게 맞춰 제작된 통로인지라 무릎이 채 들어가기도 전에 발을 디딜 곳을 찾을 수 있었다. 모용현은 이어 왼발을 집어넣고 가슴패기까지 구멍 속으로 들어간 후 한 손으로는 촛대를 집어 들고 다른 한 손으로는 뚜껑 반대편에도 붙어 있는 고리를 잡았다. 이윽고 모용현의 모습이 사라지고 뚜껑이 닫히면서 빛도 함께 사라졌다. 통로를 숨기기 위한 뚜껑의 솜씨가 예사롭지 않았는데 촛불의 빛이 한 점도 새어 나오지 않았다.

6

후두둑!

목이 아파 잠깐 고개를 들었더니 머리에 통로의 천장이 쓸렸는지 흙이 떨어졌다. 모용현은 황급히 고개를 숙였으나 흙덩이 하나 큰 것이 그의 목을 타고 등으로 들어가 버렸다. 모용현은 좁은 통로 벽에 닿지 않게 조심하며 오른손을 어깨 뒤로 넘겨 옷 속을 더듬었는데 그 바람에 흙덩이가 잘게 쪼개져 더욱 난감해졌다.

"아휴, 이 비밀 통로도 더 못 쓰겠다."

모용현은 투덜거리며 바지춤에 집어넣은 웃옷 자락을 빼내어 펄럭이니 그 틈으로 흙이 빠져 내리는 것이 느껴졌다. 하지만 그래도 남아 있는 흙이 있었고, 일부는 바지 속으로 들어갔으니 이건 등 뒤를 간질이는 것보다 더 낭패였다.

사실 이 통로를 마지막으로 썼던 것이 몇 달이나 전이었다. 슬슬 커진 몸에 통로가 맞질 않다고 느꼈기 때문에 더 이상 쓰지 못하겠다고 생각했는데 지금은 다니기가 그때보다 더 어려우니 괜히 들어왔다는 생각이 들었다.

"그냥 가면 됐을 텐데."

모용현의 말 그대로 사실 소년은 궁색하게 이런 통로를 이용할 이유가 없었다. 당당히 걸어가면 되는 일이었다. 보통의 부모처럼 '밤이 늦었으니 자야지' 라거나 '할아버지를 귀찮게 하면 못써' 라며 간섭할 모용강이나 남영혜도 아니었다.

요컨대 이 비밀 통로의 목적은 통로가 아니라 비밀 그 자체였다. 세가의 다른 사람들은 모르는, 오직 모용천과 모용현 두 사람만이 공유하는 비밀이라는 것이 모용천이 이 통로를 만든 목적이었다. 정에 굶주린 어린아이에게 할아버지와 둘만의 비밀 통로라는 것은 당연히 긍정적인 요소로 작용했을 것이다.

"그러니 이렇게 바람직하게 자라지 않았겠어?"

머릿속으로 질문하고 입으로 대답하는 모습을 보면 모용현 역시 영락없는 어린아이였다. 아직은 부모에게 어리광을 피워도 괜찮을 나이건만 무리하게 어른스러운 모습을 보이니 그를 아끼는 세가의 고용인들을 안타깝게만 했는데, 그들이 이런 모용현을 보면 안도할 것이다.

오늘밤 갑자기 심경의 변화가 일어 이 통로를 쓰기로 한 것은 역시 할아버지인 모용천에게 어리광을 부리고 싶었기 때문일 것이다. 낮에 목도한 수많은 무림인이 그의 할아버지인 모용천에게 존경을 표하는 모습이란 얼마나 가슴 벅찬 것이었는가! 한없이 손자의 어리광을 받아 주던 할아버지가 천하제일인이라는 사실을 눈으로 확인한 순간의 감동은 아무리 문재(文才)가 뛰어난 모용현일지라도 글로 표현하기 어려웠다.

할 수만 있다면 자신도 그렇게 되고 싶었다. 아니, 낮의 일로 과거형이었던 그 바람이 잠시나마 다시 살아났다.

누구보다도 사랑하고 존경하던 할아버지를 닮고 싶어했던 것은 소년에게 매우 당연한 일이었다. 하나 그는 그럴 수 없는 몸을 타고났고 이는 화타(華陀)나 편작(編鵲)이 살아 돌아온들 고칠 수 없었다.

그 때문에 얼마나 많은 번민과 고통에 휩싸였는가? 오대세가를 넘어 정도무림의 구심점으로 우뚝 선 모용의 이름을 이을 수 없다는 자신이 너무나 싫어 절망의 끄트머리에 다다른 적이 한두 번이 아니었다. 하지만 그때마다 소년을 구해준 것은 다름 아닌 할아버지의 인자한 미소였다. 따뜻한 손길이었다. 어린 모용현의 생채기투성이이던 성정(性情)을 원래대로 돌려놓은 것은 천하제일인이 아니라 한 아이의 할아버지였던 것이다.

그 뒤로 모용현은 할아버지가 천하제일고수라는 사실을 의식적으로 잊고 있었다. 모용천의 무공이 하늘을 찌르든, 제천대성의 꼬리를 여의봉에 묶어 화과산 꼭대기에 매달아놓든 한 소년의 할아버지라는 사실에는 변함이 없었기 때문이다.

그러나 그런 소년의 결심 아닌 결심이 오늘 무너졌으니, 바로 그의 할아버지가 천하제일인임을 목도하고 그로부터 감동했기 때문이다. 소년에게는 다시금 할아버지의 진전을 잇고 싶다는 욕망이 일었고, 그 것은 시도조차 불가능한 환상임을 잘 알기에 곧이어 찾아올 절망 또한 견딜 수 있었다.

이는 자기 살을 자신이 뜯어 다시 먹음으로써 재생시키는 꼴이었으니 어찌 상처가 남지 않을까? 소년이 굳이 이 비밀 통로를 이용하는 까닭은 그 상처를 치료받기 위해서였다.

고희연의 대대적인 뒤풀이가 한창인 때에 우울하게도 동참하지 못하고 외당으로부터 내당으로 통하는 문을 지키는 것은 모용세가의 하급무사 종패(綜貝)였는데, 그래도 자신과 똑같은 처지의 하급무사 김삼(金三)이 있어 외롭지 않다는 것이 그나마 위안거리였다.

"아흠~ 졸립고 배도 고프고, 영 재수가 없어도 단단히 없군."

"그러게. 하필이면 오늘 같은 날 야간 당번에 걸리다니 말이야."

"뭐가 하필이야? 자넨 낮에 하루종일 놀면서 맛있는 것도 실컷 먹었잖아! 그에 반해 난 이게 뭐야? 오늘 하루종일 이곳저곳 일하러 다니느라 떡 하나 구경도 못했어."

"크큭, 오늘은 음식이 문제가 아니었지. 못 들었냐? 마님께서 직접 단 위에 올라 비파를 타셨다니까."

"뭐? 정말이야?"

"내가 세가로 들어온 지 삼 년간 두 번밖에 못 본 거 알지? 그것도 곁눈으로 힐끔힐끔 훔쳐본 게 다잖아. 그런데 오늘은 일 다경도 넘게 마님을, 그것도 당당히 볼 수 있었다는 거 아냐."

"이런 젠장!"

이러자 더 이상 김삼은 종패의 위안이 될 수 없었다. 머리를 감싸 쥐는 종패를 보며 김삼이 놀려대기 시작했다.

"캬아, 너도 봤어야 했어. 과연 저 여인이 열 살 넘은 아이의 어머니라면 누가 믿을까? 백 명, 아니, 천 명을 붙잡고 물어봐도 천 명 모두 아니라고 할 거야. 그 파르라니 떨리던 속눈썹! 아흐~"

김삼이 들고 있던 장창을 얼싸안는 시늉을 하며 눈까지 감자 맞은편에서 역시 장창을 들고 서 있던 종패가 급기야 문에 머리를 찧기 시작했다.

"으윽, 일생일대의 실수다. 내 어찌 그 장면을 두 눈 뜨고 놓쳤단 말인가! 눈을 떠도 장님이나 다를 바 없구나!"

이렇게 두 문지기가 시답잖은 소리로 낄낄대고 있으니 비록 모용세가라 할지라도 오늘 같은 날에는 기강이 많이 풀어졌음을 알 수 있었다. 추신은 조소하며 가볍게 뛰어올라 담벼락을 넘었다.

커다란 장원 안에서도 외당과 내당을 구별 짓는 담벼락은 외당을 두르는 담보다는 얕았으나 그래도 어른 키의 두 배는 거뜬히 넘어보였다. 게다가 벽면이 깨끗이 마감되어 요철 없이 미끈했으니 경공의 고수라도 수월히 넘기가 어려워 보였다. 하지만 추신은 한 번의 도약으로 가볍게 넘었으니 그 일신상의 무공을 측량하기가 어려웠다.

'이제는…….'

떠들썩한 외당과 달리 내당은 조용하기 이를 데 없었으나 신의 밑창이 바닥에 깔린 돌을 스치는 소리도 나지 않았다. 그 신법이 어찌나 표홀한지 누군가 본다면 귀신이 아닌가 싶을 정도였다.

분명 내당에 처음 와보는 것일진대 추신의 행보가 거침없었으니 이는 지난 삼 일간 아무도 몰래 내당을 드나들어 그 구조를 파악하는 노

력이 선행되었기 때문이다. 추신은 일말의 망설임 없이 내당의 건물
안으로 들어섰다.

7

　조심조심, 모용현의 발걸음은 매우 느렸다. 몸에 비해 통로가 좁아
운신의 폭이 좁기도 했거니와 천장과 벽에서 흙 부스러기가 흘러내려
옷이 더러워지는 것을 경계하며 걸었기 때문이다. 초가 녹아내린 양을
보니 평소 반 각이면 도착했을 것이 일각은 넘게 걸린 것 같았다.
　"휴우, 이제야 왔네. 얼른 나가고 싶다."
　통로가 더 이상 앞으로 이어지지 않고 막다른 벽을 눈앞에 들이대자
모용현은 자리에 쪼그려 앉으며 말했다. 모용현은 쪼그려 앉은 채로
고개를 들어 천장을 살펴보니 과연 그의 방과 똑같은 고리가 달려 있
었다. 이 뚜껑을 열고 할아버지를 놀라게 해드려야지.
　'돌아갈 때는 그냥 밖으로 가야겠다.'
　촛대를 이리저리 대어보니 걷어 올린 소매는 흘러내린 지 오래다.
어깨며 팔꿈치며 흰옷 여기저기가 온통 더러워진 것이 유모에게 한소
리 들어도 단단히 들을 것 같았다. 보이진 않으나 등 쪽도 마찬가지일
것이다. 이것이 이 통로를 이용한 마지막 여행이었다고 생각하니 괜히
울적한 감상이 들기도 했다.
　"응?"
　뚜껑을 들어올리려는데 낌새가 이상했다. 모용현의 청력이야 보통

사람의 것이었지만 바로 뚜껑을 열고 뛰쳐나와 할아버지를 놀래키기에는 어딘가 꺼림칙한 데가 있었다. 모용현은 뚜껑을 살며시 들어올렸다. 오랫동안 쓰지 않아서인지 뻑뻑하니 쉽게 들어올려지지 않았다.

"끄응."

한 번 더 힘을 줘서 들어올리자 틈새에 낀 흙덩이가 우수수 떨어졌다. 흙은 옷 속으로 고스란히 들어갔지만 모용현은 숨소리도 낼 수 없었는데 할아버지의 것이 아닌 목소리가 들려왔기 때문이다. 소름 끼치도록 차가운, 바로 아버지의 목소리였다.

"그것이 그렇게 불만이십니까?"

한 번 열린 뚜껑은 삐걱이는 소리 없이 부드럽게 움직였다. 모용현이 살며시 눈을 내놓으니 그의 좌우로 두 쌍의 발이 보였다. 입구와 마찬가지로 출구 역시 모용천이 기거하는 방의 탁자 밑에 나 있었으니 모용현의 머리 위로 조부와 부친이 마주 앉아 있는 형국이었다.

"그리하여 네가 얻는 것은 무엇이고 득이 될 것이 무엇이냐?"

"천하를 얻을 것이고, 모용의 이름을 모두의 위에 올려놓을 겁니다."

모용현은 놀라지 않았다. 소년은 아버지가 단순히 정도무림의 구심점으로 끝낼 인물이 아님을 은연중에 알고 있었다. 다만 그것은 소년과 관계없는 일이었다. 모용현의 귀에 모용천의 목소리가 들려왔다.

"당금 황제가 이미 군림하였고 만백성이 저마다의 주인이거늘 네 어찌 그런 허튼 생각을 품었느냐?"

모용강의 목소리가 들렸다.

“비록 밝은 세상의 주인이 황제이나 어두운 곳까지 그의 힘이 미치는 것은 아닙니다. 무림은 예부터 관(官)과 등을 맞대어 서로의 영역을 침범한 적이 없으니 천 년의 시간 동안 무림의 주인이라 칭할 만한 이가 없었습니다. 주인 없는 땅을 차지한들 그것이 큰 허물은 아닐 것입니다.”

“네 보기에 강호가 어두운 세상이더냐?”

“조정 관리의 눈에 흑백 양도의 구분이 있는 줄 아십니까? 그들에게는 정사를 가릴 것 없이 모두 제 힘만 믿고 법을 우습게 아는 무뢰한들입니다. 거기에 정사를 나누는 것은 밖에서 보기에 비웃음을 살 뿐이지요.”

“네 정녕 그리 생각하여 그들과 손을 잡았느냐?”

두 사람의 대화가 잠시 중단되었다. 모용현은 혹시 밑에서 엿듣고 있는 자신이 발각된 것이 아닌가 싶어 숨소리조차 죽이고 두근거리는 가슴을 진정시켰다. 그러나 그것은 아니었는지 곧 모용강의 목소리가 이어졌다.

“지금 모용의 이름이 정도무림의 중심이라 하나 사파의 무리들은 공경하질 않으니 반쪽짜리에 불과합니다. 또한 정파 안에서도 구파일방의 잔챙이들과 팽가니 남궁이니 하는 세가들의 속이 음흉하기 짝이 없으니 어찌 우리의 내일이 편안하겠습니까?”

모용강의 언성이 높아지자 모용천의 한숨 소리가 들려왔다.

“내 너를 가엾게 여겨 차마 네 가는 길에 아무 말도 하지 못하였더니 돌이킬 수 없을 만큼 빗나가 있었구나. 내 늙음은 알았으되 자식 또한 변함을 알지 못하였으니 이는 내 죄가 실로 크다. 너로 인해 세상이 어지러워 수많은 민초가 고통받을 것을 생각하니 편안히 눈을 감을 수도 없게 되었구나."

"저를 가엾게 여기셨다구요?"

모용강의 목소리가 시퍼렇게 날이 서 있었다. 항상 냉정하고 차가운 아버지였지만 저렇게 노골적으로 적대감을 표출한 적은 적어도 모용현이 알기에는 없었던 일이다. 하물며 그 상대가 할아버지라니…….

"그래요, 아버님 눈에는 평범한 제가 불쌍히 보였겠죠. 아니 그렇습니까?"

"그게 무슨 말이냐?"

"아버님께서는 옛날부터 량(良)을 사랑하시고 저는 언제나 뒷전이지 않았습니까. 그는 저보다도 뛰어난 자질을 가지고 있었으니 언제나 그를 처음으로 두고 절 뒤로 내셨지요."

"그것은 아니야. 강(剛)아, 오해하고 있었느냐? 네 어찌 부모 된 몸으로 내리사랑에 자식 간의 우열이 있다고 믿느냐?"

모용현은 아무래도 심상치 않은 기분이 들었다. 아버지는 자신만큼이나 할아버지와도 왕래가 없었는데 처음으로 들어보는 두 사람의 긴 대화 내용이 점점 격해지고 있었다.

"그래요. 아버님은 언제나 공명정대하셨고 하늘을 우러러 한 점 부끄럼 없으셨겠죠. 아니, 제가 있으니 그건 아니겠군요. 저야말로 당신이 가진 단 하나의 결점 아닙니까?!"

"그렇게 생각한다면 더 할 말은 없다. 하나 내 비록 방구석에 앉아 먼 곳을 내다보지 않는 몸이나 사왕(蛇王)이니 금편선자(金鞭仙子)니 하는 이들이 결코 대의대덕과 거리가 있음은 알고 있다. 그런 자들을 끌어들여 천하를 어지럽히는 것이 네가 진실로 원하는 것이냐?"

"그렇다면 어찌실 겁니까?"

"내 근년에 작은 깨달음을 하나 얻었으나 너를 바로잡지 못하였으니 그게 다 무슨 소용이겠느냐? 이제 바로잡기 힘들다고 놓아버리면 세상에 큰 어려움을 풀어놓는 격이니 그럴 순 없다."

"하! 천하제일의 고수께서 어찌 저 같은 자를 핍박하시려는 겁니까?"

모용강의 말 한마디 한마디에는 가시가 돋쳐 있었으니 그에 맺힌 감정이 결코 가볍지 않았다.

"량이가 살아 있더라면 네가 이렇게까지 되진 않았을 것이다."

"흥, 또 그 얘기로군요. 역시 아버님은 그에게 가주(家主)의 자리를 물려주려 했겠지요? 당신 앞에 살아 있는 것은 바로 저입니다. 모용량이 아니라 모용강입니다!"

모용현은 몰랐던 사실을 알았으니, 바로 아버지에게 형제가 있었다는 것이다. 두 사람의 대화를 들어보니 모용량이라는, 모용현에게 있어 삼촌이 되는 사람이 있었고 지금은 죽었다고 한다.

모용현의 놀람은 아버지에게 죽은 형제가 있었음이 아니라 자신이 그 사실을 여태껏 몰랐다는 데에 있었다. 할아버지는 물론 수많은 세가의 고용인들도 일언반구 모용현에게 그런 이야길 하는 사람이 없었다. 예전부터 일을 해온 엄상환 집사나 임 할아범은 틀림없이 알고 있을 텐데, 특히 임 할아범은 모용현을 특별히 귀여워해 많은 이야기를 해주었지만 그에게 삼촌이 있었다는 말은 한마디도 한 적이 없었다.

"결국 지금까지도 아버님은 저를 인정하지 않으시는군요. 하긴, 영매(瑛妹)의 마음도 아직 그를 향해 있으니 껍데기에 불과한 저로서는 무얼 해도 당신들의 마음에 찰 리 없지요. 그렇지 않습니까?"

"네 정녕……!"

누군가가 자리에서 거칠게 일어났다. 그 반동에 의자가 뒤로 넘어가며 큰 소리를 냈으나 내당에서도 홀로 떨어진 이 방에서 난 소리를 들을 수 있는 자는 세가에 없을 것이다.

당연히 그 뒤를 이은 파공음(破空音)을 들을 수 있는 자도 없었다.

모용현의 눈앞으로 붉은 핏물이 흘러내렸다. 붉은 물처럼 현실감없는 피는 바닥을 흥건히 적시고, 모용현이 들어올린 뚜껑의 틈 사이로까지 흘러들었다. 그렇게 피로 물든 바닥으로 모용천이 쓰러졌다.

털썩!

모용천의 노구가 바닥에 부딪치며 내는 소리가 마치 세상의 것이 아닌 양 모용현의 귓가에 울렸다. 모용현은 쓰러진 모용천과 눈이 마주쳤지만 이 영상이 무엇을 뜻하는지 바로 알아차릴 수 없었다.

모용현과 눈이 마주친 모용천은 한쪽 얼굴을 자신의 피로 물들인 채 힘겹게 입을 움직였다. 소년의 귀는 아직도 모용천이 쓰러지며 낸 소리에 갇혀 있었으니 모용현은 모용천의 말을 들을 수 없었다. 그러나 그의 입은 분명 말하고 있었다.

도.망.쳐.라!

8

깊은 어둠. 눈에 보이는 것은 하나도 없으나 모용현은 아랑곳하지 않고 뛰었다. 손에 들려 있던 촛대는 어디쯤 떨궜는지 기억도 나질 않았다. 소매가 벽을 스치고 신이 바닥을 긁으며 온몸이 더러워졌겠지만 올 때와는 달리 신경 쓰이지도 않았다. 팔꿈치가 튀어나온 돌에 부딪쳐 까졌을 텐데 아픔도 느껴지지 않았다.

"헉헉!"

기의 흐름이 원활하지 않은 모용현에게 더 이상은 무리였는지 소년은 곧 멈춰 섰다. 도끼질하듯 심장이 한 번 뛸 때마다 온몸으로 퍼지는 고통은 분명 현실의 것이었으나 방금 전 모용현이 본 광경은 도저히 현실의 것이라 믿기 힘들었다.

할아버지의 죽음?

사람의 몸을 가진 이상 언젠가 죽을 운명은 당연하다 하겠으나 이 같은 죽음을 맞이할 줄 누가 알았겠는가? 천하에 그를 당할 자 없으니 시간이 아니고서야 죽일 수 없다는 모용천이 누구도 아닌 아들의 손에 살해되었다. 그리고 그 유일한 목격자는 살인자의 아들이며 고인의 손자인 모용현 자신이다.

"우웩! 웩!"

모용현은 현기증을 느끼고 벽에 기대어 구토를 하기 시작했다. 바닥에 흥건한 핏물, 그로 물들여진 할아버지의 얼굴. 한 치 앞도 보이지 않는 어둠 속에서 선명히 떠오른 핏빛 영상은 비린내를 동반한 기억이다.

한참 동안 게워내니 더 이상 나올 것이 없었다. 다행히 옷에 묻은 것 같진 않았으나 식도를 타고 올라온 위액 탓에 가슴이 아팠다.

모용현은 벽을 짚어가며 다시금 걷기 시작했다. 가슴이 아프고 머리도 어지러웠다. 어질러진 방처럼 머릿속이 복잡해 아무것도 생각할 수 없었다. 하지만 생각을 멈추려 해도 멈출 수 없었다. 아직도 할아버지가 쓰러지며 바닥에 부딪쳐 난 소리가 귓가를 떠나지 않고 있다. 머릿속에는 피로 물든 할아버지의 얼굴과 입술만 움직이던 광경이 쉬지 않고 반복되었다.

도. 망. 쳐. 라!

무엇으로부터? 아니, 누구로부터인가? 모용현은 미칠 것 같았다. 총명하기로 소문난 머리도 이런 상황에서는 아무런 소용이 없었다. 비상한 기억력은 오히려 독이 되어 믿을 수 없이 참혹한 장면을 소년의 머릿속에 새겨 넣었으니…….

모용현은 다시금 뛰기 시작했다.

모용강은 냉정했다.

모용강은 품 안에서 천을 꺼내 애검(愛劍) 백아(白牙)에 묻은 피를 닦았다. 천천히, 그리고 세심히. 검신에 묻은 피를 다 닦은 모용강은 피에 젖은 천을 촛불에 갖다 대 불을 붙였다. 끄트머리에 붙은 작은 불이 번지기까지는 잠깐의 시간도 필요없었다. 천은 붉게 타올랐으나 그를 잡고 있는 모용강의 손에는 아무런 상처도 없었다.

"검술도 뭣도 아니었다."

모용강은 차갑게, 그러나 의아한 눈으로 바닥을 내려다보았다. 거기에는 그의 일검을 맞고 쓰러진 아버지 모용천의 시신이 싸늘히 누워 있었다.

베었다는 느낌이 아니었다. 피하지 못했다는 것이 아니었다. 기습이긴 했으나 모용강의 일검에는 어떤 수도 포함되어 있지 않았다. 저잣

거리의 시정잡배들이 휘두르는 칼과 다름없는 한 수를 모용천은 고스란히 받아내어 쓰러졌다. 마치 죽음을 택하듯이.

"그러나 아버님, 소자는 불민한지라 아버님이 남기시려는 의미를 전혀 알지 못하겠나이다."

모용강은 중얼거리며 웃었다. 바로 몇 시간 전, 수많은 무림인에게 보여줬던 정도무림의 영도자로서 의기로 충만한 웃음이 아니었다. 누구에게도 보여주지 않았던 그의 본모습이 바로 이 웃음에 담겨져 있었다.

모용강은 넘어져 있는 의자를 세워 자리에 앉았다. 자신이 이 방에 들어오는 것을 본 사람은 아무도 없었다. 세가의 많은 고용인들은 저마다 그간의 노고를 치하하기 위해 벌여놓은 술판에 빠져 바쁠 것이니 내당에 있을 이는 지극히 드물었다. 세가의 식객으로 머무르고 있는 고수들 역시 크게 다르지 않으리라.

모용강은 다리를 꼬며 탁자 위에 팔꿈치를 대고 턱을 괴었다.

"자, 그럼 이제 어찌한다?"

말은 그렇게 하였으되 모용강의 머릿속에는 이미 모든 계획이 짜여져 있었다. 모용천의 고희연을 구실로 천하 영웅들을 모아놓은 것도 그가 장차 군림하기 위한 포석이었다. 모용천을 살해한 것 역시 어느 정도 염두에 두고 있었던 일이다. 아버지가 자신을 저지하지 않는다면 좋았겠으나 저지하면 그 또한 나름대로의 구실이 될 수 있다. 사실 그 편이 모용강에게는 더 좋은 기회였다.

다만 문제는 무학의 가장 깊은 곳을 보았다는 모용천을 자신의 실력으로 벨 수 있느냐였다. 물론 자신은 있었다. 아버지는 아들에게 아무런 방비 없이 곁을 허용할 것이고, 그 거리에서는 제아무리 천하제일인이라 한들 자신의 검을 피하는 것이 가능할 리 없다. 달마 대사나 삼풍 진인이 현세에 다시 태어난들 자신의 검을 그 거리에서는 피할 수 없다.

그러나 걱정했던 것과 달리 모용천은 너무나 쉽게 쓰러졌다. 자신의 발검을 보는 순간 가슴을 열어주었다는 생각은 지나친 것임에 분명하다. 하지만 아무런 저항 없이 벨 수 있었다는 것 역시 쉽게 납득할 수 있는 문제는 아니었다.

모용강은 자리에서 일어나 모용천의 시신이 쓰러져 있는 탁자 반대편으로 걸어갔다. 진득이 굳어진 것으로 보이는 피 위로 쓰러져 있는 모용천의 몸이 어느 때보다 작아 보였다. 옆을 보고 쓰러져서 위에서 본 모용천의 얼굴은 한쪽밖에 보이지 않았지만 눈만은 무언가 말하려는 듯 떠 있었다.

"눈을 뜬 채로 죽다니……. 내 칼에 가는 것이 그리도 아쉬웠소?"

모용강이 희미하게 중얼거리며 무릎을 굽혀 모용천의 부릅뜬 눈을 감겨주었다.

"…음?"

모용천의 눈을 감기던 모용강의 손길이 멈추었다. 탁자 밑 바닥에 어딘가 위화감을 주는 부분을 발견한 것이다. 희미한 불에 비치는 그림자가 바닥의 어느 부분에서인가 다른 색을 띠는 것이 보였다. 그것도 긴 선을 그리며.

모용강은 탁자 위의 촛대를 가져와 바닥을 비춰보았다. 잘못 본 것이 아니라 그곳에는 분명히 희미한 틈이 있었다. 모용강은 틈 사이로 손을 집어넣어 들어올렸다. 바닥에 깔린 돌이 무엇을 덮은 뚜껑인 양 쉽게 들려졌다.

"……."

모용강은 아무 말 없이 구멍을 내려다보았다. 벌려져 있는 곳으로 스며들었는지 모용천의 피가 흘러내린 채 굳어져 있었다.

"어? 누가 나오는데?"

김삼의 목소리에 종패는 잠을 깼다. 하루종일 일을 하고도 순번이 꼬여 야간 당번을 서고 있자니 몰려드는 잠을 이기기 힘들었다. 김삼이 걱정 말라기에 문틀에 기대 막 잠이 들려던 참이었는데 깼으니 괜히 짜증이 났다.

"아후!"

종패는 눈을 비비며 자세를 바로잡았다. 내당에서 오는 사람이니 누가 되었든 그보다 높은 직급에 있을 것이 분명했다. 괜히 걸리면 자신만 고생이니 김삼의 반대쪽을 주시하며 똑바로 섰는데 다시금 김삼의 목소리가 들렸다.

"이봐, 저거 누군지 알겠나?"

"아이씨, 아직도 사람들 얼굴을 몰라?"

종패는 신경질을 내며 돌아봤는데 내당으로부터 걸어나오는 사람은 아무리 애를 써봐도 기억해 낼 수 없었다. 종패는 김삼과 눈빛을 교환하고 장창을 겨누며 외쳤다.

"누구냐!"

김삼과 종패가 비록 하급무사로 문지기나 하고 있으나 모용세가의 일원인만큼 그 실력이 결코 낮지 않았다. 그들은 자신들이 무림제일 모용세가의 무사임을 자랑스러워했고, 웬만한 상대는 제압할 수 있다고 믿어왔다. 그리고 그것이 두 사람의 가장 큰 실수였다.

저 높은 곳에 바람이 불어 어둠에 묻힌 달의 일부를 빼내어 드니 달빛이 내당으로부터 걸어오는 사내의 모습을 희미하게 비추었다. 회색 장포를 날리며 유유히 걸어오는 사내는 긴 머리로 얼굴을 반쯤 가렸으나 드러난 반쪽에 날카롭게 빛나는 눈이 예사롭지 않았다. 달의 모습이 일부인 것처럼 사내의 모습도 달빛을 받아 일부만을 드러내고 나머지를 어둠에 묻으니 이것이 과연 이승의 사람인지 저승의 귀신인지 구별할 수 없었다.

더 이상의 질문은 필요없었다. 김삼과 종패는 접근하는 사내를 향해 장창을 질렀다. 김삼의 창은 직선으로, 종패의 창은 곡선으로 사내를 핍박하니 두 창의 합벽이 보통 솜씨가 아닌 게 천하제일 모용가의 무사라 자부심을 가져도 충분한 위력이었다.

그러나 김삼과 종패의 창은 허공을 찌르고 말았다. 분명 그 자리에 있어야 할 사내는 간 데 없고 애꿎은 공기만 가른 꼴이었으니 두 문지기는 귀신에 홀린 것이 아닌가 싶었다.

"아니, 이게 대체……?"

놀란 김삼의 중얼거림은 미처 끝을 맺지 못했다. 종패가 창을 놓치고 그 자리에서 쓰러지자 김삼 역시 먼저 쓰러진 종패의 몸 위로 포개어 쓰러졌다.

바람은 다시 어둠을 펼쳐 겨우 드러낸 달의 일부를 덮었고, 추신은 아무 일도 없었다는 듯 걸음의 속도를 늦추거나 높이는 일 없이 어둠 속으로 사라졌다. 그의 한쪽 어깨에는 커다란 포대자루가 하나 얹혀 있었다.

모용현은 동요하는 가슴을 억지로 진정시키고 차분히 생각해 보기로 했다. 일단 눈꺼풀은 움직일 수 있다. 눈을 떴다 감는 것은 가능했다. 문제라면 뜨든 감든 어둠 속이라는 것이다.

다음으로는 손가락을 움직여 봤다. 움직이지 않는다.

눈은 깜박일 수 있고 숨도 쉴 수 있는데 몸은 축 늘어져 미동조차 할 수 없었다. 모용현은 막연히 이것이 말로만 듣던 '혈도를 찍혀 움직일 수 없는' 상태임을 짐작했다.

"……."

혹시나 싶어 입을 벌려보았으나 말이 나오지 않았다. 모용현은 여러 가지 생각해 둔 시도를 모두 포기하고 방금 전의 일을 처음부터 다시 떠올려 보기로 했다. 이는 어려운 일이 아니었으니 모용현이 특별히 기억력이 뛰어났기 때문은 아니었다. 정신없이 뛰어 지하 통로가 끝나는 시점에서 뚜껑을 열고 방으로 올라오자 눈앞이 캄캄해지며 온몸의 힘이 쭉 빠졌다. 몸을 마비시키는 혈을 짚였고, 포대 같은 것에 씌워진 것이 분명했다. 혈을 짚인 것과 자루에 덮인 것의 전후가 불분명했으나 크게 중요한 사항은 아니다.

중요한 사항이라면 누군가 자신을 납치해 어디론가 데려간다는 것이었다. 자루에 담겨져 알 수 없었지만 누군가가 어깨에 들쳐 메고 이동한다는 것쯤은 느낄 수 있었다. 처음에는 보통의 걸음 속도였으나 조금씩 빨라지더니 지금은 마치 말을 탄 것 같았다. 아마도 세가 밖일 것이라 판단한 것은 중간에 굉장히 높이 뛰었다 내린 느낌이 있었는데 그것은 장원의 외벽을 넘었기 때문일 것이고, 지금의 진행 방향이 오르막이었기 때문이다. 세가의 장원은 모두 평지 위에 세워졌으니 이런 오르막이라면 장원의 뒷산일 것이라는 짐작이 갔다. 간혹 나뭇가지로 생각되는 것들이 포대자루 위로 모용현을 때리고 지나갔다.

'설마?'

모용현은 최악의 가능성을 떠올렸다. 자신을 메고 뛰는 사람이 아버지 모용강이라면? 어떤 계기로든 모용강이 탁자 밑의 비밀 통로를 눈치채지 못하리란 보장은 없었다. 아니, 반드시 눈치챌 것이다. 통로와 뚜껑의 틈새로 스며들던 할아버지의 피! 이런 젠장!

'내가 그라면 당연히 나를 처리하겠지.'

일반적인 부자 관계라면 애초에 성립되지 않을 이야기지만 자신과 모용강의 관계는 어디를 봐도 일반적이지 않다. 감정의 부스러기나마 아버지로부터 사랑의 흔적조차 느낄 수 없었던 십삼 년이었다. 더구나 아버지는 이미 할아버지를 베지 않았는가? 한 번 선을 넘은 자가 다시 넘는 것은 어려운 일이 아니다. 거기까지 생각이 미치자 죽음의 공포가 소년을 옭아맸다. 할아버지의 죽음을 슬퍼하고 애도할 틈도 없이 자신의 죽음을 인지하자 전신을 엄습하는 두려움은 혐오스럽기까지 하다.

'그럼 이제 나도 죽는 건가?'

하지만 그것은 가설에 불과했다. 만약 자신을 죽이고 다른 가공의 범인을 내세우려거든 역시 자신의 방에서 죽어 있는 편이 맞다. 애초에 납치까지 해가며 아무도 모르게 데려가 죽일 이유가 없으니 말이다.

얼마나 지났을까. 모용현은 더 이상 자신이 이동하지 않음을 깨달았다. 자신을 담은 포대가 바닥에 놓여졌는데 엉덩이가 푹신한 것으로 보니 납치범이 어느 정도 배려를 한 게 아닐까 싶었다. 곧이어 포대의 주둥이가 열리며 모용현을 담았던 포대가 벗겨졌다. 포대 밖으로 나왔으나 밤인지라 눈이 부시진 않았고, 대번에 자신의 앞에 있는 사내를 볼 수 있었다. 이글거리는 눈으로 자신을 쏘아보는 사내, 바로 무영검 추신이었다.

모용현은 생각지도 못한 전개에 놀라 아무 말도 할 수 없었다. 아니, 말이야 혈도를 찍혔는지 처음부터 할 수 없었지만 그렇지 않았어도 금붕어처럼 입을 뻐끔거리는 것 외에는 어떤 반응도 보일 수 없었으리라. 일단 아버지가 아닌 것으로 충분히 다행이겠으나 분위기를 보아하니 크게 다를 것 같진 않았다. 늑대냐 호랑이냐의 차이라고 할 수 있을까? 달빛이 적어 제대로 보이진 않았으나 추신의 얼굴이 웃는 듯 마는 듯 알 수 없었음은 달을 가린 밤 탓이 아니었다.

"혈을 찍혔으니 보고 듣고 숨 쉬는 것 외에는 무엇도 할 수 없을 것이다."

모용현은 눈을 크게 떴다. 추신은 앉아 있는 모용현을 내려다보며 말했다.

"내가 누구인지 아느냐? 알면 눈을 한 번 깜빡이고 모르면 두 번 깜빡이거라."

모용현은 눈을 두 번 깜빡였다. 당신의 입으로 듣고 싶다.

"나는 추신(秋伸)이라고 한다. 허명(虛名)이 붙어 무영검이라 불리기도 한다. 아니, 내가 누구인지는 너에게 별 관심사가 아니겠지. 내가 너를 납치한 까닭은 너를 죽이기 위해서다."

추신은 잠깐 말을 끊었다. 의외로 일이 쉽게 풀린 탓인지 오랫동안 꿈꿔왔던 환희는 찾아오지 않았다. 다만 이 달도 제대로 뜨지 않은 밤에 아무도 없는 야산에서 어린아이를 상대로 너를 죽이기 위해 납치했음을 설명하는 자신이 어쩐지 이상했다.

"내게 설명할 의무는 없으나 이유도 없이 죽기에 너는 억울할 것이다. 하나 이유를 듣게 된다면 넌 괴로움 속에서 죽을 것이니 이래저래 편한 죽음을 면치 못함은 매한가지다. 어느 쪽을 택하겠느냐?"

모용현은 그저 추신을 올려다볼 수밖에 없었다. 둘 중 무엇을 선택하든 어차피 죽는 것이라면 이유라도 알고 죽고 싶었다. 아니, 죽고 싶지 않았다. 막연한 개념이 할아버지의 죽음을 목격함으로써 직접적인 감정으로 작용하게 되자 슬픔은 간 데 없고 죽고 싶지 않다는 욕구만이 남아 있었다.

침묵의 시간이 잠시 흐르자 추신이 검을 뽑았다. 추신이 검을 한 번 휘둘렀으나 모용현의 눈에는 보이지 않았다. 그러나 어딘가 막힌 곳이 뚫린 듯 시원한 기운이 목뒤로 흘러들더니 입으로 탁한 숨이 뿜어져 나왔다.

"아……."

목소리를 낼 수 있었다. 추신이 검으로 모용현의 혈을 풀어 말을 할 수 있도록 한 것이다. 몸은 여전히 움직일 수 없었으나 모용현에게는 이것만으로도 그간의 답답함이 어지간히 해소된 듯했다.

"택하여라."

시원함을 느낄 틈도 없이 추신의 목소리가 어둠처럼 모용현에게로 내려앉았다. 짙은 증오의 감정을 온몸으로 받으며 모용현이 말했다.

"전자(前者)를 택하겠소."

비록 두려움에 목소리는 떨렸으나 비굴하지는 않았다. 명가에서 태어나 귀하게 자라온 티가 난다고 추신은 생각했다.

"너의 아버지는 강호에 운룡검이라는 이름으로 추앙받는 정파의 당당한 영웅이다. 매사에 공명을 좇지 않고 정사를 가림에 주목하며 젊어서 무수한 협행을 쌓아 세간의 칭송이 자자하다. 그는 아버지인 천하제일인 모용천의 진전을 이어받아 막강한 무력을 가졌으며, 그를 바탕으로 모용세가를 정도무림의 윗자리에 올려놓았다. 이를 알고 있느냐?"

10

"물론 알고 있소."

모용현의 목소리가 떨렸지만 추신은 개의치 않고 말했다.

"그럼 그에게 형제가 있음을 알고 있느냐?"

"알고 있소."

"그에게는 네가 태어나기 전에 죽은 량이라는 형제가 있었다. 모용에 두 마리 용이 있으니 바로 네 아비인 강과 쌍둥이 형인 량이라 하여 당시 많은 소년들의 우상이었다."

모용현은 대답하지 않았다. 추신의 얼굴은 대답을 바라지 않는 것 같았다. 추신은 잠시 숨을 고르더니 다시 말을 이었다. 다시금 달이 모습을 드러내니 달빛에 추신의 얼굴이 드러났는데 그 표정이 서리가 내린 듯 차가웠다.

"그들을 우상으로 삼는 많은 소년들 중에는 목(木)씨 성을 가진 소년도 있었다. 그의 집안은 비록 이름난 명문은 아니었으나 가족 간의 우애가 깊어 살아가는 데에 아무런 불편이 없었다. 당시 가주인 목연서(木然瑞) 나리는 비록 자질이 부족해 가문의 절기인 간월십삼검(間越十三劍)을 삼성도 채 터득하지 못하였으나 사람됨이 진실하고 정이 많아 강호 동도들로부터 인망이 두터웠다. 목씨 성의 소년은 가주의 삼남일녀 중 둘째로 태어나 형제 중 무예에 뛰어난 자질을 보여 큰 사랑을 받았다."

가슴속에 솟구치는 불길을 억누르려는 듯 추신의 얼굴이 더욱 차가워졌다. 모용현은 조용히 귀를 기울였다.

"어느 날 모용량이 급사했다. 강호인들은 모두 안타까워했고, 목가장 역시 애도를 표했다."

추신은 눈을 감았다. 달빛은 또 한 번 어둠 속으로 사라지고 추신의 얼굴 또한 어둠 속에 묻혀 윤곽만이 희미하게 비칠 뿐이었다.

"그것뿐이었다. 실제로 목가장은 모용가와 위치가 조금 가까운 편이었으나 제대로 된 교류는 없었으니 모용의 사람들과 마주친 적도 없었지. 그런데 모용량의 부고를 듣고 얼마 뒤 목가장은 큰 변을 당했다."

추신이 눈을 떴다. 어둠 속에서 빛나는 추신의 눈은 상대방을 꿰뚫는 듯 날카로웠으니 모용현은 감히 마주 보질 못하고 시선을 돌렸다.

"바로 너의 아버지인 모용강이 수하들을 이끌고 목가장으로 쳐들어왔던 것이다. 너는 그 일을 알고 있느냐?"

처음 듣는 일이다. 모용현은 고개를 저었다.

"그럴 것이다. 그 일은 조용히 묻혀져 강호에서도 아는 이가 드물

것이다."

추신의 목소리가 잦아들었다.

"너의 아버지는 수하들을 끌고 목가장으로 와 형제의 피를 받아가겠다며 학살을 시작했다. 얘기했다시피 목가장은 작은 곳이었고 가주는 자질이 부족하여 무학이 깊지 못했다. 아니, 애초에 필요성을 느끼지 못했겠지. 목가장은 이름만 무가일 뿐 무림과 깊은 관계를 맺지는 않았으니까. 어쨌든 가주는 무공이 일천하고 자식들은 아직 어렸으니 목씨 성을 가진 자와 그 고용인들은 모두 죽고 장원은 불에 타 흔적도 없이 사라졌다. 너의 아버지는 형제의 복수를 했노라며 목가장이 있던 자리에 풀 한 포기 남기지 않고 돌아갔고, 강호인들은 곧 그 일을 잊었다."

추신의 목소리가 결국엔 너무 작아 들리지 않을 정도였다. 모용현이 말했다.

"목 장주가 정녕 모용… 나의 백부를 해쳤소?"

모용현의 물음에 추신이 답했다. 어둠이 드리워 얼굴이 보이지 않았으되 소년에게는 그것이 오히려 다행이었으리라.

"아니다. 그에겐 모용량을 해할 재주가 애초에 없었다."

"그렇다면 어째서 다들 가만히 있었던 겁니까? 목 장주가 인망이 두터워 칭송받았다면 강호에 많은 친구들이 있었을 것 아닙니까? 그들 중 아무도 목가장의 결백을 주장한 이가 없었단 말입니까?"

"제 살기 급급한 사람들에게 인의가 다 무슨 소용이겠느냐! 강호의 협사니 정파의 고수니 하는 것들에게 무슨 인의가 있겠느냐! 모용이 하늘의 태양이라면 목가는 땅 위의 반딧불이니 누가 그 편을 들어 하늘에 대항하려 하겠느냐? 너라면 그럴 것이냐?"

"나라면……."

할 것이라 대답하려던 모용현은 말을 멈췄다. 정(情)이란 무엇이고 정(正)이란 무엇인가? 누구보다 자신을 사랑했던 할아버지가 죽었을 때 자신은 무엇을 했는가? 무작정 도망치려 하지 않았던가? 그를 슬퍼하거나 아버지에 대해 분노할 것도 없이 무작정 도망치지 않았던가! 옛 성현의 말씀을 줄줄 외우는 자신이 막상 바르게 처신해야 할 곳에서 바르지 못했다. 오히려 아버지의 무력과 죽음에 대한 공포로 인해 정(情)과 정(正)을 모두 버린 게 자신이었다. 그런 자신에게 그리 대답할 자격이 있는가? 추신의 이야기 속에 나오는 목가장의 참극을 외면한 이들을 욕할 자격이 있는가?

"…하지 못할 것이오."

"그렇다. 강호는 무정(無情)하고 비정(非正)한 곳이니 정(情)을 준다 하여 다시 받을 수 있으리라 생각할 수 없다. 또한 정(正)을 좇는다 하여 손가락질받는 것이 바로 강호, 무림이라는 곳이다. 아니, 이는 비단 강호에 그칠 것이 아니라 사람 사는 세상 모두에 적용될 말이다. 내 말이 틀리다고 생각하느냐?"

"잘 모르겠소."

모용현의 기상이 한풀 꺾였으되 오히려 솔직하였으니 추신은 소년의 성정이 놀라웠다. 추신은 다시 말했다.

"너에게 그것을 겪을 시간이 없음을 안타까워하지 마라. 그를 앎이란 세사(世事)의 괴로움을 모두 겪는 것이니 오히려 그렇지 않은 네가 행복할 수도 있다."

"나는 아직 듣지 못하였소."

"무엇을 말이냐?"

“내가 죽어야 하는 이유 말이오.”

추신은 한숨을 쉬었다. 또다시 달이 모습을 드러냈다. 가을밤의 산
은 쌀쌀하니 바람마저 불어 나뭇가지들을 비벼댔다. 추신은 그제야 모
용현을 유심히 보게 되었는데 어디 흙밭에서 뒹굴기라도 했는지 옷이
온통 흙투성이였다. 팔꿈치에 난 상처는 피가 굳어 딱지가 앉았고 머
리는 헝클어져 엉망이었다.

“네 아비 되는 자는 겉으로는 정인군자를 자처하며 정도무림의 영웅
으로 불리나 실은 뱀같이 사악하고 독한 자다. 그에게 있어 형제의 죽
음은 목가장을 칠 구실에 불과했으니 그가 노린 것은 목가장에 전해
내려오는 한 권의 검보였다.”

“검보?”

“그래. 앞서 말한 목가의 가전절기 간월십삼검의 검보를 모용강은
원했다.”

“가문과 할아버지의 공부를 이어 받은 아버지가 목가장의 검보를 탐
하였단 말이오?”

“내가 아는 것은 모용강이 그것을 노려 목가장을 습격했다는 것뿐이
다.”

모용현은 이해할 수 없었다. 그 역시 모용가의 사람으로서 무공을
익힐 수 없는 몸이었으나 가문의 무학에 대한 자부심만큼은 결코 잃지
않았다. 모용강 역시 가문의 무학에 통달하였고 할아버지의 진전을 이
었으니 군소 가문의 가전절기가 탐날 리 있겠는가? 그것이 탐날 정도
라면 그 무공을 익힌 자가 절세고수라야 앞뒤가 맞을 것이다. 모용현
의 납득할 수 없다는 표정을 읽었는지 추신이 말했다.

“대대로 목씨 성을 가지고 간월십삼검을 쓰는 사람치고 고수가 없었

다. 이는 목씨의 자질이 우둔하였을 뿐 아니라 간월검의 검리(劍理)가 난해하기 짝이 없어 그 안에 담긴 것 중 삼 할도 채 자신의 뜻대로 펼치기가 힘들었기 때문이다."

"아무리 그렇다 해도……."

"됐다. 나에겐 너를 설득할 이유가 없다. 네가 믿을 수 없다면 굳이 믿으려 하지 않아도 된다. 어쨌든 그건 그리 중요한 문제가 아니니까. 중요한 것은 목가장이 너의 아버지 모용강에 의해 멸망했다는 것이다."

추신은 다시 눈을 감았다. 어찌 그 광경을 한시라도 잊을 수 있을까? 사대(四代) 십이 인의 목씨와 팔 인의 고용인이 피를 흘리며 난자당하던 그 광경을! 소박하지만 유서 깊었던 건물들이 차례차례 불에 타 스러져 가던 광경을!

"장주의 자식 중 둘째가 형제 중 무예에 뛰어났다고 했다. 기억하느냐?"

"그렇소."

"목씨가 절멸했다 하나 그 참극으로부터 다행히 하나가 살아남았으니 그가 바로 처음 얘기한 둘째였다. 그는 아버지로부터 간월십삼검의 검보를 받아 도주에 성공했다. 참으로 기적과도 같은 일이었다."

아니, 그것은 기적이 아니었다.

"기적이라기보단 다른 목가의 희생 위에 얻어낸 구차한 목숨이라 할 것이다. 이유라면 그 둘째의 자질이 뛰어나 목가장이 세워진 이래 처음으로 간월십삼검을 온전히 익혀낼 수 있다는 희망 때문이었다. 누군가 복수를 해야 한다면 그 가능성이 있는 자는 둘째뿐이라는 믿음 때문이었다. 네가 짐작조차 할 수 있겠느냐?"

모용현이 짐작할 수 있는 것은 오직 하나였다.

"그래, 당시 열일곱에 불과하였던 소년은 한 자루 검과 한 권의 검보를 품에 안고 불타는 장원을 탈출했다. 가슴은 슬픔과 고통으로 문드러졌으나 눈물을 흘리지 않았으니, 눈물을 흘림은 결연한 각오로 그를 살려낸 가문의 사람들을 욕보이는 짓이었기 때문이다. 목가의 둘째는 천하에 홀로 남았다. 누구도 믿을 수 없었고, 누구도 그를 도울 수 없었다. 모용가의 추적에 안심할 수 없었으니, 오직 한 권의 검보를 가지고 산속에 틀어박혀 복수의 때를 기다릴 수밖에 없었다."

그렇게 말하는 추신의 눈은 모용현을 향했으나 소년이 아닌 다른 곳을 보는 것 같았다. 모용현은 가만히 추신의 말에 귀를 귀울였다.

"세월이 흘러 소년은 청년이 되었으나 그 마음의 증오는 사그라들지 않았다. 사람의 손이 닿지 않는 산속 깊은 곳에서 복수의 순간을 그리며 행여나 그 열망이 시간의 바람에 풍화될까 쓰디쓴 나무뿌리를 씹어가며 검을 휘둘렀다. 산에 들어간 지 열 번째 봄이 찾아왔을 때 청년은 간월검의 극의를 깨달았다. 남은 것은 비무를 통한 완성뿐이었으니, 그는 산을 내려와 검 하나를 들고 강호에 투신하였다. 행여 모용의 눈에 띄어 복수의 기회를 놓칠까 두려워 가족들이 나를 대신하여 받아냈을 상체[刂]를 더하고 장원을 집어삼킨 모용강의 더러운 욕망의 불길[火]을 더하여 목(木) 자를 추(秋) 자로 바꾸었다."

추신은 입을 다물었다. 모용현은 다만 추신을 올려다보았다. 이 사람의 말이 사실이라면 아버지는 큰 죄를 범하였다. 사실 그의 이중성을 누구보다 잘 알고 있는 소년이었고, 추신의 말에 한 치 거짓도 없었으니 고통스러운 기억을 말하면서도 냉정을 유지하는 것은 복수를 향한 의지의 표출일 것이라 오히려 존경스럽기까지 했다.

"산속에 틀어박혀 검을 익히며 나는 끊임없이 생각했다. 그에게 어떤 식으로 복수를 하면 좋을지를 꿈에서도 잊지 않았다. 사람이 생각할 수 있는 가장 악한 일들을 차례로 생각해 보았으나 어느 하나 마음에 드는 것이 없었다."

추신이 다시 입을 열었다.

"그리고 강호에 나왔을 때 모용강에게 독자(獨子)가 있음을 들었다. 그래, 그때 나는 생각했다. 천인공노(天人共怒)할 복수의 계책을 말이다."

모용현은 외쳤다.

"아니, 지금 그……!"

추신의 칼이 움직였고, 모용현은 말을 이을 수 없었다. 추신이 싸늘히 말했다.

"네가 생각한 대로다. 나는 집을 잃고 피붙이를 잃었으나 모용강은 제 한 목숨만 잃는다면 그것이 어찌 복수이겠는가? 마침 그에겐 사랑하고 아끼는 아들이 하나 있으니 그를 해친다면 모용강 자신의 가슴에 검이 꽂히는 아픔이 어찌 아픔이겠느냐? 아무 죄도 없는 아들이 자신이 저지른 죗값을 대신 치른다면 부모 된 정(情)으로 죽는 것보다 고통스러울 것이니 그것이 바로 내 복수다. 크하하핫핫!"

차가웠던 추신의 목소리는 점점 달아올랐고, 냉정했던 추신의 얼굴은 점차 일그러졌다. 복수의 순간이 왔으니 그 어떤 이가 냉정할 수 있으랴! 추신의 얼굴은 광기에 물들어 달빛에 물들어 얼굴을 일그러뜨리고 웃기 시작하니 웃음소리는 귀기(鬼氣)를 싣고 모용현의 가슴을 분탕질했다.

잠시 후 추신은 웃음을 그치고 모용현을 돌아봤다.

"너는 억울할 것이다. 네가 태어나기도 전의 원한에 휘말려 목숨을
잃어야 하니 사람인 이상 억울하지 않을 리 있겠느냐? 그래, 이것은 모
두 내 죄다. 그날 같이 죽지 못하고 홀로 살아남아야 했던 죄이며, 이
리도 악랄한 계책을 생각하고 실행하는 죄이다. 그러나 너는 귀신이
되어 나를 찾아올 생각일랑 하지 말고 부디 성불하여라."

아니, 그게 아니야! 당신의 복수는 복수가 될 수 없어! 미칠 듯이 외
쳐 댔지만 모용현의 목소리는 나오지 않았다.

"파렴치하다 생각하겠지만 내 이미 사람의 길을 벗어났으니 더 이상
의 부끄러움도 없다. 내 할 일이 이제 거의 끝났으니 어찌 미련이 남겠
느냐? 너의 원혼이 구천을 떠돌아도 이미 지옥의 불길에 몸을 담고 있
을 나를 찾을 순 없을 것이다."

추신의 검이 달빛을 받아 번뜩였다.

제1부 3장

소년과 검객

1

아침은 어김없이 돌아왔다. 어렴풋한 빛으로 대지가 온기를 되찾기 시작하면 새들의 지저귐이 따르는 것 또한 여느 아침과 다르지 않았다. 다른 것이 있다면 전날 잔치의 들뜬 분위기가 미처 달아나지 못하고 사람들의 마음 한구석에 남아 있다는 것뿐.

모용세가의 아침도 얼마 후면 여느 때와 마찬가지로 분주할 것이다. 지난밤, 가주의 묵인 하에 벌어진 고용인들만의 비밀스러운 술자리 여파가 남아 있었지만 이는 어디까지나 고용인들만의 이야기. 과정이 어찌 되었든 평소와 다름없이 일과가 이루어진다면 시중을 받는 입장에 서야 상관이 없다.

하녀 주민(周珉)도 마찬가지였다. 다른 고용인들과 달리 세가의 사람들과 함께 내당에 기거하며 직접 시중을 드는 입장이라 외당보다 조심스럽긴 했으나 역시 나름대로의 술판을 벌이긴 했다. 몇 년에 한 번 있을까 말까 한 큰 잔치를 잘 치러냈으니 그 정도야 얼마든지 할 수 있는 것이다. 그녀 역시 분위기에 휩쓸려 밤을 홀딱 새웠지만 맡은 일을 소홀히 할 순 없었다. 어디를 가도 이만한 일자리는 쉽게 얻을 수 없으니 말이다. 그녀의 주된 아침 일과는 새벽잠이 없는 노인네라 항상 일찍 일어나는 세가의 전대 가주 모용천에게 차를 내는 것이다.

전대 가주라는 모용천은 세가의 사람들이 기거하는 내당에서도 다른 건물과 한참 떨어진 곳에 방을 한 칸 지어 살고 있었는데, 조그만 밭을 일궈 차나 식용 나물들을 기르는 것으로 소일하는 게 낙인 노인이었다. 상대를 제압하는 눈빛이라던가 기운 따위는 눈을 씻고 봐도 찾을 수 없는지라 흔히들 상상하는 절세고수의 풍모와는 거리가 있어 주민은 가끔 혼자 실실거릴 때가 많았다.

모용천은 야간 당번을 서는 사람들을 제외하면 아마도 세가에서 두 번째로 일찍 일어나는 사람일 것이다. 왜냐하면 모용천에게 아침마다 차를 내어야 할 주민이 세가에서 가장 일찍 일어나는 사람이었기 때문이다.

주민은 이제 이십대 초반의 처녀였고, 긍정적인 성격을 가지고 있었다. 이른 새벽 누구도 없는 주방에 와 불씨를 확인하고 찻잎을 고르고 물을 길어오는 일은 고되지만 상쾌함을 느낄 수 있어 좋았다. 아침 일찍부터 그를 도와줄 사람이 없었기 때문에 처음 이 일을 맡았을 때는 고생을 좀 했는데, 차를 내는 법은커녕 차 구경도 못해봤기 때문이다. 하지만 차는 보통 모용천이 직접 밭에서 기른 잎을 따서 말렸고, 모용천의 입맛이 까다롭지 않았기 때문에 그런 면에서는 힘들 것이 없었다. 아니, 오히려 다른 일에 비한다면 편하다고 해야 할 것이다.

주민은 신선한 새벽 공기를 마시며 모용천의 방으로 향했다. 쟁반에는 다관과 막 길어온 물, 찻잔이 놓여 있었는데 조금의 흔들림도 없는 것이 능숙한 솜씨였다. 이윽고 문 앞에 도착하자 주민은 걸음을 멈추고 낭랑한—이는 주민 스스로의 평가였으니, 새벽녘에 일어난 지 얼마 안 된 목소리가 잠겨 있으면 잠겼지 낭랑할 리 없었다—목소리로 말했다.

"어르신, 저 왔습니다."

이내 들어오라는 대답이 돌아와야 하는데 방 안은 조용했다. 역시 노인네에게 어제의 연회는 피곤했을 것이다. 주민은 목소리를 높여 말했다.

"어르신, 저 왔다니까요!"

모용천의 대답은 돌아오지 않았다. 주민은 한 손으로 쟁반을 받치고 다른 한 손으로 문을 열었다.

"어르신도 참, 많이 피곤하셨……."

쨍그랑!

문을 여는 순간 주민은 손에 든 다기들을 바닥으로 떨어뜨리고 말았다. 눈앞에 펼쳐진 광경은 너무나 생소하여 무슨 반응을 보여야 할지 주민으로선 알 길이 없었다. 다만 그 자리에 못 박힌 듯 서 있던 주민은 잠시 후 방을 뛰쳐나가며 소리를 질렀다.

"꺄아아악!"

주민의 비명 소리가 세가의 고요한 아침을 찢어발겼다.

"아버님! 아버님……! 크흐흐흑!"

담대진홍의 지휘 아래 처참한 살해 현장은 신속히 치워졌고, 모용천의 사체는 깨끗한 옷으로 갈아입혀져 침상 위에 눕혀졌다. 그러나 그런 배려도 소용없이 모용천의 깨끗한 옷은 오열하는 모용강의 눈물과 콧물로 범벅이 되었는데, 그 모습이 너무나 애절하여 주위에 있는 모든 이들도 따라 눈물을 흘리고 있었다.

"아버님, 어찌 이리 가셨습니까! 크흐흑!"

모용강의 절규는 슬픔이 극에 달하였는지 오히려 가슴 안으로 삭아들고 있었으니, 모여든 좌중의 인물들 역시 가슴이 찢어지는 듯했다. 전대 가주로서의 위엄이나 고수라는 거드름은 어디에도 찾아볼 수 없는 마음씨 좋은 할아버지로 기억되던 모용천이었기에 그의 슬픔을 애도하지 않는 고용인이 없었다. 고희연의 하객 중 명망있는 이들도 모여들었으니 그들 또한 천하제일인을 만났다는 어제의 감격이 채 사라지기도 전에 일어난 뜻밖의 일에 마음을 진정시킬 수 없었다.

"모용 형, 그만 진정하시오. 선친의 일은 안타까우나 가주가 흔들리면 세가 전체가 흔들리는 법이외다. 슬픔이 극에 달하면 쌓아온 공력에도 손상이 있으니 그만 마음을 다잡으시오."

모용강을 위로한 이는 보통 키에 얼굴이 핼쑥한 사내였는데, 바로 사천당가의 사절단을 이끌고 온 천엽비도 당감소였다. 연회가 끝났으나 바로 돌아가지 않는 하객들이 많았는데, 이곳 요녕이 대륙에서도 구석진 곳에 자리잡았기 때문이다. 당감소와 당문의 사절단이 돌아가야 할 사천과도 꽤 먼 거리였기 때문에 이들은 모용세가에서 삼사 일쯤 더 묵을 예정이었다.

"당 형이 그렇게 말씀해 주시니 조금 진정이 되는군요."

하녀가 건넨 수건으로 얼굴을 닦으며 모용강이 말했다. 그러자 당감소가 침울한 얼굴로 대답했다.

"모용 형에겐 가혹하게 들릴지 모르겠으나 우선 서두를 것은 모용 대협을 시해한 흉수를 밝혀내는 것이오. 지금도 흉수는 한 발이라도 더 멀어질 터이니 슬퍼하고만 있다간 끝내 놓치고 말 것이외다.”

당감소의 말이 끝나기가 무섭게 여기저기에서 동의를 표하는 소리가 튀어나왔다. 고희연의 하객으로 모용세가에 왔다가 하루가 지나자 조문객으로 탈바꿈한 자신들의 처지가 무색하게 호전적인 분위기였다.

“당 형의 말이 맞소! 흉수를 찾아내야만 하오!”

“경사스러운 날을 틈타 세가에 잠입한 계략이 너무나 악독하외다!”

“흉수를 찾아 반드시 벌을 내려야 하오!”

이 자리에 모인 이들은 남아 있던 하객들 중에서도 강호에 명성이 높은 이들뿐이었다. 이름을 대면 누구나 알 만한 명숙들이 한결같이 외치니 그 기세가 하늘을 찌를 듯했다. 그런 이들을 향해 모용강이 흐르는 눈물을 닦으며 말했다.

“강호 형제들의 마음만으로 이 모용모는 감사할 따름이외다.”

운룡검 모용강은 젊어서 강호를 주유하며 많은 협행을 펼쳤고, 사파의 마두를 여럿 해치워 명망이 높았다. 천하제일인의 아들로서가 아니라 그 자신 역시 고수 중의 고수로 삼절의 경지에 이르지 않았겠느냐는 세간의 평이 있을 만큼의 강자이기도 한 저 모용강이 눈물을 훔치며 말하는 모습이 보는 사람들로 하여금 가슴을 아프게 만들었다.

챙!

모용강이 그의 허리춤에서 애검 백아를 뽑아 들었다. 젊은 날, 홀로 강호를 전전하던 시절 연이 닿아 손에 넣은 이 보검(寶劍)은 모용강의 손에서 얼마나 많은 악인의 피를 머금었는가!

"지금 이 자리에서 강호 형제들에게 맹세하노니 이 모용모는 반드시 흉수를 잡아 그 목을 아버지의 영전에 바칠 것이오!"

그러자 여기저기에서 찬동의 목소리가 터져 나왔다.

"그래, 이 유모가 모용 형을 돕겠소이다!"

사람들이 돌아보니 유모라 자신을 칭한 이는 바로 산동의 이름 높은 협객 사자검(獅子劍) 유대원(劉大元)이었다. 그가 익힌 내공심법의 특성으로 인해 머리칼과 수염이 갈색으로 물들어 사람들은 그를 사자검이라 부르며 두려워했다. 정사지간의 인물로 성격이 불같이 급한 것으로 유명한 그가 이 자리에서 모용강을 도와 모용천을 시해한 흉수를 잡겠다고 나서자 너나 할 것 없이 손을 들기 시작했다.

"이 남모도 돕겠소!"

"나도 돕겠소이다!"

"나 역시!"

그 모습을 지켜보던 모용강은 백아를 검집에 넣고 주위를 향해 말했다.

"여러 영웅들의 마음은 잘 알겠소. 하나 이는 모용의 땅 안에서 일어난 일이니 전적으로 우리의 책임입니다. 아버님을 시해한 흉수의 의중이 무엇인지 모르나 어찌 여러분에게까지 도움을 청하오리까?"

모용강이 이렇게 완곡히 거절의 뜻을 밝히자 한창 들끓던 사람들이 일순간 조용해졌다. 그도 그럴 것이, 여기서 모용강이 그들의 도움을 받아들이면 모용세가의 위치가 흔들리게 되는 것이다. 물론 장원의 한 가운데에서 벌어진 살인 사건의 범인이 누군지도 모르는 이 마당에 더 흔들릴 권위가 있겠는가마는……

"모용 형은 그렇게 이야기하지 마시오."

침묵을 깬 것은 천엽비도 당감소였다. 당감소는 사람들 틈에서 한 발짝 앞으로 나와 말했다.

"모용 대협은 모용 형의 부친이기 이전에 당금 무림의 정신적 지도자라 해도 과언이 아닐 것이오. 여기 모인 분들을 보시오. 백도의 사람들이 많다 하나 정사지간은 물론 사파의 인물도 꽤 있소. 이들 또한 순수한 마음에서 모용 대협의 고희를 축하드리기 위해 먼 길을 마다하지 않고 달려온 분들이외다."

"당 형이 하고자 하는 말이 무엇이오?"

"흉수는 그런 틈을 노리고 모용세가에 들어올 수 있었소. 이는 모용 대협을 존경해 온 모든 이들의 순수한 마음을 농락한 격이라 할 수 있으니 우리 역시 그에게 빚을 지고 있다는 말이오!"

당감소의 말이 끝나기가 무섭게 사람들의 박수 소리가 터져 나왔다.

"맞다! 당 형의 말씀이 백번 맞소이다!"

"흉수는 강호 동도들의 마음을 이용했소!"

"악질 중의 악질이다!"

당감소가 손을 들어 좌중의 소란스러움을 멈췄다. 과연 사천당문의 대표다운 기상이었다.

"모용 형, 이 당모의 마음을 받아주시오!"

당감소가 포권을 하며 모용강에게 자신도 도울 것을 이야기하자 좌중은 다시금 술렁거렸다.

사자검 유대원이 나섰을 때 그에 휩쓸려 손을 든 이들은 모두 일정한 세력 없이 강호를 떠도는 이들이었으니, 각 문파를 대표하여 온 이들 중 선뜻 손을 든 이가 없었다. 그들의 뒤에는 각자의 사문이 있었으니, 사절단의 대표라는 직책만으로 모용가를 돕고자 나서기가 여의치 않았던 것이다.

당감소가 누구인가? 지금은 세가 약해졌다 하나 명문인 당가로부터 보내진 축하사절단의 대표이다. 그 비도술이 어찌나 현묘한지 당문에서 직접 그를 자신들의 사람으로 끌어들이고자 당씨라는 성을 주었을 정도다. 물론 외인(外人)인 그는 차기 가주가 되지는 못할 것이나 누구도 그를 우습게볼 수 없었다. 그런 그가 모용강을 도울 것이라 천명했으니 망설이던 이들에게 미친 영향이 실로 지대했다.

사문의 뜻을 몰라 망설였던 자들도 당감소가 앞장섰을 보고 앞을 다투어 모용강을 돕겠다 맹세했다. 그러자 모용강은 어쩔 수 없다는 얼굴로 말했다.

"여러분의 마음이 그러니 더 이상 사양한다면 이 모용모는 예(禮)를 모르는 이가 될 것이오. 여러분의 뜻, 감사히 받겠소."

비로소 사람들은 저마다 상기된 얼굴로 반드시 흉수를 잡자며 서로를 독려하였다. 모용강은 그런 이들을 보며 감격에 겨운 얼굴로 연신 포권을 취하였으니, 바야흐로 좌중의 분위기는 무슨 영웅연(英雄宴)을 방불케 했다. 그러던 중 사람들의 귓가에 그러한 분위기에 휩쓸리지 않은 듯한 평상심을 유지한 목소리가 들려왔다.

"흐음, 이거 이상한데?"

2

"이상하다. 정말 이상해."

이상하다는 말을 연신 중얼거린 자는 젊은 거지였는데, 떠들썩한 무리로부터 한 걸음 떨어져 누워 있는 모용천의 시신을 내려다보고 있었다. 이 자리에는 하객들 가운데에서도 나이가 제법 있고 강호에 명성이 높은 이들만 모였으니, 안면이 있는 사람들이 많았는데 누구도 이 거지를 알아보는 이가 없었다. 궁금함을 참지 못하고 누군가가 큰 소리로 거지에게 물었다.

"그대는 누구요?"

이제 갓 스물을 넘겼을 것으로 보이는 거지는 들었는지 못 들었는지 머리를 긁적이며 모용천의 시체를 내려다보기만 했다. 누더기나 다름없는 옷과 땟국물이 잘잘 흐르는 얼굴은 둘째 치고 머리 위에 허옇게 내려앉은 비듬이 머리를 긁을 때마다 달궈진 철판 위의 원숭이마냥 이리저리 튀었으니, 사람들은 감히 가까이 갈 생각을 하지 못했다.

"소형제는 어느 사문의 누구신가?"

사람들이 꺼려함을 보자 모용강이 직접 거지에게 다가가 이야기했다. 젊은 거지는 그제야 모용강을 보더니 대답했다.

"저 말인가요?"

"그래."

모용강이 거지에게 다가가니 몸에서 풍기는 냄새가 고약한 게 보통이 아니었다. 모용강은 자기도 모르게 미간을 찡그리며 물었는데, 젊은 거지는 빙그레 웃으며 대답했다.

"저로 말할 것 같으면 이름은 남종(南終)이라 하고 나이는 올해로 스물하나를 먹었습죠. 가난한 농민의 자식으로 태어났는데, 제 위로 남자 형제가 일곱이고 여자 형제가 다섯으로 제가 열세 번째 아이였으니, 무심한 부모님께서 더는 낳지 않겠다는 결연한 의지의 표현으로 아이 이름을 글쎄, 종(終) 자로 지으셨지 뭡니까? 물론 제 손위 누이의 이름이 말(末)이었음에도 실패한 것으로 미루어 짐작할 수 있으니, 제 아래로도 동생이 둘이나 더 낳았으니 마을에서도 알아주는 집안이었죠. 자식이 많은 것으로도 유명하나 자식들이 하나같이 말썽 부리기 대장이니 하루도 조용할 날이 없었답니다. 여물 대로 여문 호박들은 어떻게 알았는지 따기로 마음먹고 가보면 항상 말뚝이 박혀 있었고, 동네 개중 꼬리가 성한 개가 없었으니 그 위세가 어느 정도인지 아마 짐작들도 못하실 겁니다. 헤헷.”

거지가 웃으며 말하는 것을 가만히 들어보니 정말 자신이 살아온 길을 하나하나 자세히 풀어내려는 듯했다. 그보다 입 냄새가 더 참기 힘들었던 모용강은 거지의 말을 중간에서 잘랐다.

“그래, 이름은 잘 들었네. 한데 이곳엔 어찌 왔는가?”

그러자 남종이라고 자신을 소개한 거지는 눈을 동그랗게 뜨고는 별우스운 질문을 한다는 투로 대답했다.

“아니, 잔칫집에 거지가 찾아든 것이 뭐 그리 신기한 일입니까?”

모용강이 다시 남종을 보니 무공을 익힌 흔적이 없을 뿐 아니라 개방의 제자임을 표시하는 포대자루 하나도 짊어지고 있지 않았다. 모용강은 으레 개방의 제자이겠거니 생각했던 자신을 탓하며 말했다.

“그런가? 미안하네만 보다시피 잔치는 끝났으니 어서 나가게나. 곧 천하 영웅들이 모여 중요한 일을 논의할 것이니 소형제와는 무관한 일이네. 내 말하여 놓을 테니 나가는 길에 남은 음식이나마 싸다 줄 것이야.”

개방의 제자도 아닌 거지가 그저 무리에 휩쓸려 선친의 시신 가까이 왔음에도 한마디 화를 내지 않고 오히려 부드럽게 타이르는 모습을 보고 모용강의 인품을 칭찬하지 않는 이가 없었다. 그런데 젊은 거지는 모용강의 배려를 아는지 모르는지 고개를 갸우뚱거렸다.

"아니, 그런데 말입니다. 참 이상한 게 있다구요."

모용강이 말했다.

"뭐가 이상하단 말인가?"

남종이 고개를 돌리자 방 안에 모여 있는 고수들의 모습이 한눈에 들어왔다. 많은 눈들이 자신을 주목하자 남종은 다시 머리를 긁으며 말했다.

"여기 여러 영웅들이 모여 모용 대협을 시해한 흉수를 잡고자 외치시는데 정작 흉수를 알아내기 위한 일을 하시는 분이 없다는 말입니다."

"허어, 무례하기 짝이 없구나!"

"저런 거지새끼가 어디서 망발이냐!"

남종의 입에서 생각지도 못한 건방진 말이 나오자 참지 못하고 욕을 하는 이들도 있었다. 남종은 아랑곳하지 않고 계속 말했다.

"제가 비록 배운 게 없긴 하나 한 입이라도 덜어보고자 기특하게도 제 발로 집을 나온 지 십일 년입니다. 그동안 이곳저곳 천하의 큰 도시들을 떠돌며 주워들은 바로는 사람이 죽었다면 반드시 그 현장을 보존해야 하는 법이라 알고 있습니다. 그리하면 이 사람이 어떤 방법과 어떤 도구로 살해당하였으며 죽은 시간은 언제쯤일 것인지, 심지어는 흉수의 모습까지도 알아낼 수 있다 들었습죠. 그런데 여기 모용 대협은 비록 시신을 욕보이는 일이라 하더라도 그런 절차 없이 이리도 깨끗한 옷으로 갈아입혀져 있으니 그것이 이상하단 말입니다. 설마 이 거지도 아는 사실을 천하의 모용세가가 모를 리 없으니 이것이 이상하지 않으면 무엇이 이상한 일일까요?"

젊은 거지의 말솜씨가 청산유수일뿐더러 이치에 부합하니 어느새 사람들은 귀를 기울이고 있었다. 사실 그러한 일에 의문을 가졌으나 나설 용기가 없어 침묵하던 이들이 여럿이었으니, 자신들을 대신해 나선 거지에게 동의를 표했다.

"소형제 말이 듣고 보니 맞구먼."

"모용 형이 실수한 것 아니오?"

곁에서 지켜보던 담대진홍이 보니 남종이라는 젊은 거지가 비록 무공을 익힌 것 같지는 않으나 눈빛이 살아 있고 뒤통수가 볼록한 것이 꽤나 총명해 보였다.

"그것은 내가 설명하겠소."

담대진홍이 나서자 한마디씩 하던 사람들이 이내 조용해졌다.

"말하자면 여기 소형제의 말이 백번 옳소이다. 현장을 보존하는 것이야말로 흉수가 누구인지 밝혀낼 수 있는 가장 기본적인 조건이라 할 수 있소. 그러나 이 경우에는 그러한 절차가 애초에 필요없었기 때문에 고인의 명예를 생각하여 신속히 처리한 것이외다."

담대진홍의 말을 듣자 남종의 눈이 기묘하게 번뜩였다.

"그 말인즉슨……?"

"그렇소. 우리는 이미 흉수가 누구인지 알아냈소."

담대진홍의 말이 끝나기도 전에 격렬한 반응이 뒤따랐다.

"누구요? 흉수가 대체 누구요?"

"흉수가 누구인지 안다면 일은 끝난 것이나 다름없소! 모든 강호인들의 공적이 될 것이오!"

"자자, 진정하시오!"

담대진홍이 두 손을 들어 좌중의 소란을 진정시켰다.

"흠흠, 실은 어젯밤 일어난 불행한 사건이 모용 대협의 일만은 아니었소. 간밤에 문지기를 하던 두 무사가 살해당했고, 그들에게는 뚜렷한 검상이 남아 있었소."

"검을 쓰는 자인가?"

누군가 소리쳤으나 담대진홍의 말을 끊은지라 주위의 따가운 눈총을 한 몸에 받고는 바로 입을 다물었다. 사람들은 숨소리도 내지 않고 담대진홍이 다시 입을 열기만 기다렸다.

"그렇소. 흉수가 자신의 정체를 숨기기 위해 일부러 독문병기를 쓰지 않았을 수도 있으나 조사해 본 결과 그 솜씨가 숙련되어 결코 다른 가능성을 생각할 수 없었소. 범인은 검을 쓰는 자가 확실하오."

"그래서 대관절 누구란 말이오?"

"답답해 죽겠소이다! 어서 이야기하시오!"

사람들의 원성을 들으며 담대진홍이 말했다.

"흉수는 바로 무영검 추신이외다!"

3

무영검(無影劍) 추신(秋伸)! 이 자리에 모인 사람치고 그 이름을 모르는 이가 없었다. 강호에 본격적으로 나선 지 몇 년 되지 않았으나 의로운 일에 검을 들었으니, 사람들은 추신의 검이 한 번이라도 꺾이었다는 이야기를 듣지 못하였다. 한곳에 정착하지 못하고 독행하는 것으로 유명하여 간혹 그와 인사를 나눌지언정 깊은 친교를 맺었다는 이는 없었다. 그에 관한 일화가 여럿 있었으나 강호에 무영검이라는 이름이 널리 퍼지게 된 계기는 두 번 있었으니, 그중 하나가 귀양을 주름잡던 흉흉쌍귀와의 대결이었다.

흉흉쌍귀는 귀양을 근거지로 활동하던 연년생 형제를 가리킴이니, 본명은 형 되는 이가 도운지(都煩紙)고 동생 되는 자가 도운기(都煩旗)였다. 이들은 천성이 포악하고 일신에 지닌 무공이 높았는데, 특히 두 사람이 하나가 되어 펼치는 합벽이 매우 위력적이라 강호의 뭇 인물들도 흉흉쌍귀와 얽히기를 꺼려하는 실정이었다. 게다가 그들이 귀양에서 왕 노릇을 하며 백성들을 괴롭혔으나 관아의 사람과도 연이 닿아 피해자들이 읍소하였음에도 번번이 모른 척 넘어갔으니, 자연 그 기세가 하늘을 찔렀다. 그런 흉흉쌍귀를 당시 이십대 후반에 불과했던 추신이 단칼에 베어버렸다.

현장에는 몇 명의 증인이 있었으니, 그들의 말에 따르면 도시 한가운데에서 길을 가던 흉흉쌍귀를 웬 청년이 불러 세웠다고 한다. 청년은 그들이 흉흉쌍귀임을 확인하자 바로 검을 뽑았는데 당시 자리에 있던 사람 중 누구도 그 한 수를 보지 못했다고 한다. 이는 애송이가 용기도 가상하다며 낄낄거리던 흉흉쌍귀도 마찬가지였으니, 당시 그 장면을 목격한 수많은 이들이 기억하는 것은 오직 피를 뿌리며 쓰러진 흉흉쌍귀의 시체뿐이었다.

그로부터 일 년 뒤, 하북에서 그 이름을 강호인들에게 단단히 각인시킨 일이 일어났다. 바로 강호에 이름 높은 하북팽가의 팽영옥(彭英玉)과 시비가 붙은 일인데, 팽영옥이란 이가 팽가의 두 아들 중 차남이었으나 팽가도법(彭家刀法)에 관한 이해는 차기 가주였던 장남을 능가

하였다. 게다가 이 인간이 장차 가주라는 막중한 책임을 맡지 않아도 되는 신분에 얼씨구 좋아라 엉덩이에 뿔난 망아지마냥 날뛰었으나 아버지나 형이나 팽가의 사람답지 않게 성격이 나약하고 아들과 동생에게 특히 약하였으니, 나서서 버릇을 고칠 생각은 미처 못하고 그저 뒷수습을 하기에 바빴다. 그로 인해 결국 팽영옥이라는 이름은 하북 지방을 넘어 전 중원에 명가(名家)에서 난 망나니의 대명사로 위세를 떨치는 중이었다.

그런 팽영옥과 마주친 추신은 어떤 계기였는지는 전해지지 않으나 시비가 붙자 검이 아깝다며 검집으로 그를 후려쳤는데, 마치 복날에 개 패듯 사정없었다고 한다. 그것도 대낮에 사람들로 가득한 유명 객잔에서 일어난 일이었으니, 팽영옥이 그 뒤로 부끄러워 세가 밖으로 출입을 꺼려했다. 비록 팽영옥이라는 인물이 흉흉쌍귀에 비견될 고수는 아니었으되 그 뒤에 하북팽가라는 명가가 버티고 있었으니 보통 껄끄러운 상대가 아니었다. 그럼에도 불구하고 추신이라는 자가 팽가를 염두에 두지 않고 제 할 일을 하였으니, 그 기상이 실로 대쪽 같아 무영검이라는 세 글자는 날개를 단 듯 강호에 퍼졌다.

이렇듯 추신의 행보가 제멋대로이긴 하였으나 결코 의롭지 않은 일에 검을 뽑는 법이 없었으니, 사람들은 나름대로 그를 정도의 인물로 규정하고 있는 터였다. 때문에 담대진홍의 입에서 그 이름이 나오자 많은 사람들이 동요하기 시작했다.

"담대 형은 지금 그 말을 뒷받침할 증거를 제시해야 하오!"

앞으로 나선 것은 사자검 유대원이었다. 담대진홍은 그를 보며 말했다.

"그 물음은 당연한 것이오. 나 담대진홍이 지금 강호명숙들 앞에서 사자검 유 형의 물음에 대답하겠소."

모용강은 담대진홍으로부터 등을 돌려 모용천의 시신 옆으로 다가갔다. 시신이 안치된 침상 옆에 무릎을 꿇은 모용강이 싸늘히 식어 있을 모용천의 손을 두 손으로 꼭 쥐어 자신의 이마에 갖다 대며 눈을 감으니 사람들은 차마 그 모습을 더 보지 못하고 담대진홍의 말에 귀를 기울였다.

"먼저 본 사건을 일으키기 위해 몇 가지 조건이 필요하다는 것을 여러분에게 알려 드리는 바이오. 그 첫째는 바로 본 장원의 구조를 잘 알아야 함이오. 둘째는 비록 암습이긴 하나 천하제일인을 시해할 만큼의 무공을 갖추어야 함이며, 마지막으로는 그 뒤에 어떤 조직이 있어야 함입니다."

그리고 담대진홍이 숨을 들이쉬니 수십 개의 눈이 어서 말을 이으라 독촉하였다.

"첫 번째 조건은 여러분도 지금 이곳까지 와보셔서 알겠지만 모용대협은 내당에 기거하되 다른 식구들과 떨어진 곳에 따로 방을 지어 기거하셨소. 이는 내인(內人)이 아니고서야 모를 일이니, 외인으로서 이를 알기 위해서는 단 하루라도 세가에 들어와 조사할 시간이 필요했을 것이오."

"그렇다면 모용가의 사람일 수도 있지 않나요?"

담대진홍의 말에 끼어들어 이죽거린 것은 거지 남종이었다. 사람들의 무리에 섞이지 않고 홀로 떨어져 팔짱을 끼고 있다가 한마디 툭 던지니 모두들 젊은 거지의 무례함에 어이가 없었다.

"감히 일개 거지가 끼어들다니? 이 일의 중대함을 모르는 것이냐?"

성격이 급한 유대원이 버럭 화를 내니 산발한 머리카락과 텁수룩한 수염이 삐쭉 서서 과연 사자검이라는 별호가 절묘했다. 그러나 남종은 호리호리한 체구 어디에 그런 용기가 숨어 있는지 전혀 위축되지 않고 말하였다.

"그대야말로 일의 중대함을 모르고 하는 말이오. 나는 여기 담대 대협이 성급한 판단을 내려 일을 그르칠까 두려운 겁니다. 생각해 보세요. 흉수가 꼭 외부인이라는 보장이 있습니까? 고용인 중 누군가가 직접 하지 않았더라도 외부인에게 정보를 팔았을 수도 있는 것 아닙니까? 아니면 일신의 무공을 숨기고 하인으로 들어와 신용을 쌓았을지도 모르는 것 아닌가요? 비록 일이 년으로 쌓을 수 있는 신용이 아닐지라도 천하제일인을 시해하는 데 과연 십 년이 긴 시간인가 물어보고 싶네요."

남종의 신분이 비록 일개 거지이긴 하나 말 한마디 허투루 하는 법이 없었다. 더군다나 그가 하는 말마다 담대진홍의 허점을 찌르니 사람들은 묘한 눈으로 남종을 보게 되었다. 담대진홍이 말했다.

"소형제가 궁금한 게 많은 모양이군."

"하하, 제가 원래 궁금한 걸 참지 못하는 성격이랍니다."

"호기심이 많은 자치고 오래 사는 법이 없다는 것도 아는가?"

"평범한 거지가 무림의 일을 어떻게 알겠어요? 전 이제껏 이 성격으로 인해 남에게 도움을 줬으면 줬지 피해를 입힌 적은 한 번도 없습니다."

젊은 거지가 맹랑하게도 천하의 고수 담대진홍에게 한마디도 지지 않으려 드니 용감한 것인지 세상 물정을 모르는 것인지 알 길이 없었다. 오히려 흥미를 느끼는 이도 적지 않았다.

"젊은 친구가 말은 잘하는군. 하지만 소형제의 말은 모용세가의 내

분을 불러일으키려는 책략으로도 들릴 수 있으니 조심해야 할 걸세.”

　젊은 거지가 비록 말을 잘하나 강호 경험이 풍부한 담대진홍이 잠자코 듣고 있을 리 없다. 논리가 아닌 완곡한 협박이 때로는 큰 효과가 있으니 과연 남종이 입을 다물었다. 담대진홍은 만족한 얼굴로 말했다.

　“두 번째 조건은 당연한 이야기라 설명이 따로 필요없을 것이오. 소제가 이야기하고 싶은 것은 바로 마지막 조건에 관한 것이외다. 여러분도 알다시피 모용천 대협께서 끝내 강호에 적을 찾지 못하고 은둔한 지 사십 년이 지났소. 사십 년이면 강산이 네 번은 변할 시간인데 그동안 대협께서는 단 한 번도 무림의 공사에 영향력을 행사한 적이 없습니다. 모용 대협께서 그 무력과 명성을 가지고 강호의 일에 간섭하거나 한 적이 있습니까? 모두들 알다시피 그런 일은 없었습니다. 그만큼 청렴하고 결백한 분이시며 어떤 원한을 산 일도 없습니다. 세가 밖으로 출입하질 않으셨으니 원한을 살래야 살 수도 없었을 것이오.”

　담대진홍의 일장 연설이 시작되자 사람들은 모두 꿀 먹은 벙어리처럼 조용해졌다. 그의 말대로 은거한 후 모용천은 한 번도 자신의 무력을 사용한 적이 없었다. 정사지간의 다툼에 있어서도 나서질 않았으니 그를 원망하는 이도 있었으나 직접적인 원한의 대상이라기엔 아무래도 무리가 있었다. 더구나 모용천이 한창 강호를 주유하던 시절, 이십대에 불과하던 그의 상대는 모두 당대의 최고수들로 사, 오십대의 장년들이었다. 동년배에서 그의 상대를 찾기란 불가능한 일이었고, 그나마 당대의 절정고수라 칭송받던 이들도 차례로 무릎을 꿇었으며, 원망은커녕 감복할 정도였으니 당시의 원한이 지금까지 남아 있으리라고 생각하기는 어려웠다.

"때문에 우리는 원한 관계로 모용 대협이 죽었다고 보기 어려웠소. 그렇다면 무엇 때문이겠소? 모용 대협이 죽었을 때, 누군가 그로 인해 이득을 보는 이가 있기 때문이 아니겠소? 그러나 어느 개인이 모용 대협의 죽음으로 이득을 취할 수 있겠소? 또한 추신이 이러한 일을 저지르고 도주할 때, 혼자 힘으로 무사히 도주하리라 믿을 수 없소. 개인의 힘이 아닌 어떤 조직의 힘이 있어야 가능한 것이오!"

당감소가 말했다.

"무영검 추신을 흉수로 지목한 까닭은 무엇이오?"

담대진홍이 기다렸다는 듯 대답했다.

"어젯밤 고인의 고희연이 끝난 뒤 바로 떠나지 않고 다시 하루를 묵은 축하객, 아니, 그날 밤까지 세가에 머무르던 모든 이 중 오늘 아침에 사라진 이가 바로 그 추신 하나뿐이오."

4

남종이 다시 끼어들었다.

"그것만으로 무영검을 흉수라 지목할 수 있나요? 급한 사정이 생겨 세가를 나갔을지도 모르는 일 아닙니까?"

담대진홍이 대답했다.

"야간에 외문을 지키던 이들은 누구도 추신을 보지 못했다네. 그가 떳떳하다면 당당히 나가지 않았겠는가? 또한 죽은 두 문지기의 검상을 보건대 상상도 못할 쾌검에 의한 것이니 무영검으로 이름 높은 추신이 아니고는 누구도 떠올릴 수 없었다네."

"그렇다면 문지기들의 검상과 모용 대협의 검상이 같은 것인지 확인해 보는 것이 우선 아닌가요? 그 두 살인이 꼭 한 사람에 의한 것이라는 법은 없잖습니까?"

아차, 이 젊은 거지가 제 머리를 믿고 달려드나 실수를 하고 말았으니, 이 자리에 모인 이들이 모두 모용천의 죽음을 애도하고 있다는 사실을 간과한 것이었다. 모용천의 시신을 문지기들의 시신과 대조해 보아야 한다는 남종의 말은 곧 고인을 모독하는 꼴이니 제아무리 이치에 합당한들 감정적으로 고양된 무리에게 먹혀들 리 없었다.

"저것이 지금 무슨 소리를 하는 건가!"

"어린것이 말이면 다 말인 줄 아는가 본데 따끔한 맛을 보여줘야겠구먼!"

"감히 모용 대협을 모독하려 드는 게냐!"

사람이란 물건은 하나하나 떨어뜨려 본다면 누구나 영특하고 사리가 분명한 법이다. 하나 이 물건의 희한함은 따로 있으니, 똑똑한 백 명이나 어리석은 백 명이나 무리 지어 놓으면 죄다 똑같다는 것이다. 한 번 감정에 휩쓸리면 자신의 의지를 잃고, 그보다는 무리를 아우르는 감정이 자신의 의지라고 착각하는 것이 사람이란 물건이다. 남종이란 거지가 거리에서 굴러먹었을지언정 그 속에서 이치를 찾아냈으니, 어디를 가도 말로써 자신이 진다는 생각을 해본 적이 없었다.

거지가 달리 거지인가? 세상 가장 밑바닥에서 인간 이하의 대접을 받으며 어딜 가나 환영받지 못하는 약자 중의 약자가 바로 거지이니, 세상에 항상 옳은 자가 옳고 그른 자가 그른 법이 없음을 아는 것도 바로 거지다. 그런데 남종이 이 자리에서 그러한 이치를 따지지 않고 논리를 들이대다 낭패를 당하게 생겼으니, 이제껏 거지를 자처했음이 부끄러워 얼굴이 달아올랐다. 물론 시커먼 얼굴 탓에 밖으로 드러나진 않았지만.

그러나 모용강이 다시 일어나 손을 들어 사람들을 진정시키더니 이야기했다.

"여러분은 머리를 식혀야 하오. 이 소형제의 말이 비록 고인을 욕되게 하는 것이지만 바른말임에는 틀림이 없소이다. 당연히 아버님을 시해한 흉수와 문지기들을 죽인 이가 동일인이라는 법은 없소."

모용강이 자신을 구해주었을 뿐 아니라 자기 말이 맞다며 두둔해 주니 남종은 좀 전까지의 부끄러움이 사라지는 대신 호기심이 샘솟았다.

"그러나 굳이 여기서 다시 대조해 보아야 할 필요는 없소. 담대 총관이 보았고, 아들인 내가 본 결과 검상이 일치하여 동일인의 솜씨가 틀림없음을 확인하였소. 소형제는 이제 만족하는가?"

아버지를 잃은 슬픔에서 아직 헤어 나오지 못하는 모용강의 얼굴을 보며 남종은 고개를 끄덕였다. 확인의 과정이 공개되지 않았으니 석연찮은 구석이 남았지만 같은 실수를 두 번 되풀이하지 않아야 거지로서 살아남을 수 있는 법이다.

한편 모용강이 침울한 어조로 입을 여니 모인 이들은 침묵할 수밖에 없었다. 밖에는 가을 햇살이 찬란한 때에 안에서는 시신을 두고 여러 사람들이 그저 고개를 숙이고 있었다.

"나리, 들어가도 되겠습니까?"

모용강이 고개를 돌렸다. 문밖에는 집사인 엄상환이 침울한 표정으로 조그마한 상자를 들고 있었다.

"무슨 일인가?"

"등천표국에서 물건이 왔는데 보내는 이의 이름도 없고 그저 가주께 전해 드리라고만 하여 가져왔습니다."

모용강이 상자를 받아보니 별다른 특징이 없는 보통의 나무 상자에 불과했다. 납봉을 뜯어보니 상자 안에는 또 다른 상자 하나와 한 통의 서찰이 들어 있었다. 모용강이 상자를 다시 엄상환에게 들리고 서찰을 펼쳐 보니 별다른 말 없이 '木'이라는 한 글자뿐이었다. 그러나 그 서찰을 받고서야 모용강은 간밤에 벌어졌던 일들 중 자신이 몰랐던 일이 눈앞에 펼쳐지는 듯하였으니, 머릿속이 환히 밝혀져 자신도 모르게 입꼬리가 올라갔다. 서찰이 얼굴을 가려 아무도 보지 못했음이 다행이었다.

뭇사람들은 서찰의 내용이 무엇이기에 모용강이 저리도 오래 붙잡고 있는지 주목하였다. 한참 후 모용강이 서찰을 구기며 입술을 깨무니 붉은 선혈이 한줄기 턱을 타고 내려 정갈한 수염을 적셨다.

"무슨 일이오?"

당감소가 놀라 외쳤으나 모용강은 대답하지 않았다. 괴로운 얼굴을 한 모용강의 손에 어스름한 기가 서리더니 구겨진 서찰이 재가 되어 날리고, 그 모습을 본 사람 중 누구도 감히 나서서 서찰의 내용을 묻는 이가 없었다.

모용강은 피를 닦지도 않고 엄상환에게 맡겨놓았던 상자를 돌려 받았다. 그 안에서 서찰과 함께 들어 있던 작은 상자를 꺼내 탁자에 올려 놓고 뚜껑을 여니 놀랍게도 그 안에 들어 있는 것은 사람의 안구(眼球)가 아닌가!

안구는 상자 바닥에 깔린 몇 겹의 천 위에 올려져 있었는데, 동공(瞳孔)의 뒤편으로 식물의 잔가지처럼 뻗어 나온 적출의 흔적에는 말라붙

은 핏덩이가 그대로 남아 있었다. 피 튀기는 싸움에 길들여진 무림인
들도 눈살을 찌푸리지 않을 수 없었는데, 정갈히도 놓여 있는 모습이
마치 여인의 장신구 같았다.

"아니, 누가 이런 해괴한 짓을……?"

탄식을 지른 것은 바로 아미파(峨嵋派)의 축하사절단을 이끌고 온 단
정(斷情) 사태였다. 아미파의 현 장문인인 상양(常讓) 사태의 사제인 그
녀의 별호는 전대 장문인이었던 사부가 친히 지어준 것이었는데, 워낙
정이 많고 눈물이 많아 뜻을 이루기 어려울 것을 염려한 것이었다. 검
리의 조예가 깊었으나 사부의 염려도 소용없이 오십이 되어 흰머리가
하나둘 늘어나는 지금까지도 다정(多情)하여 제자들에게도 모질게 대
하질 못하였다.

모용강이 비통한 얼굴로 말했다.

"실은 여러분께 용서를 구할 일이 하나 있소. 방금 담대 총관이 어
젯밤 세가에 머무르던 이들 중 오늘 아침에 사라진 이가 추신 하나뿐
이었다 했으나 이는 사실이 아니었소. 실은 그 외에 아침에 사라진 이
가 하나 더 있소이다."

"그게 누구요?"

다급히 물은 것은 점창파(點蒼派)의 장로인 절명검(絶明劍) 맹일곡(孟
一曲)이었다. 사문의 비전인 사일검법(射日劍法)을 십성 익힌 것으로 유
명했는데, 그보다는 사람됨이 줏대가 없고 매사에 자신이 없기로 더 유
명했다. 지금도 궁금해서 나선 것이 아니라 아미파의 단정 사태를 보고
따라나선 것에 불과했다. 실상 고희연이 끝나고 지금까지 남아 있는 이
들 중 구파일방의 사절단은 아미파와 점창파 둘뿐이었다. 맹일곡 자신
은 괜히 하루 더 묵어가기로 했다가 귀찮은 일에 말려들었다며 후회하

고 있는 터였으니, 그저 사태의 추이를 보다가 적당히 빠져나갈 생각뿐
이었다. 그런데 사천당가의 당감소가 모용세가를 돕겠다며 적극적으로
나서더니 아미파의 단정 사태마저 나서는 것이 아닌가? 이런 때에 뒷전
에 물러나 있다면 장차 강호에서 점창의 제자가 어찌 얼굴을 들고 다니
겠는가.

이런저런 계산 끝에 말을 꺼낸 맹일곡에게 모용강이 말했다.

"바로 제 아들입니다."

모용강의 입술이 힘겹게 떨리고 있었다. 사람들은 모두 모용현을 익
히 알고 있었는데 그가 왜 사라졌는지 궁금해했다.

"큰일이 닥쳤으니 아들이 사라진 것이 어디 대수겠습니까? 여러분
께 괜한 근심을 더하지 말고 당분간 숨기라고 담대 총관에게 지시한
것이오. 그러나……."

말끝을 흐리는 모용강을 보며 누구 하나 숨소리도 내지 않았다.

"이 또한 모두 하나로 엮여 있었으니, 이제 소제가 여러분에게 말하
는 것이오. 방금 본인이 일시의 격분을 참지 못해 서찰을 없애 버렸으
니 그 안에 담겨 있던 내용을 직접 말하리다. 이 상자와 서찰은 바로
흉수 무영검 추신이라는 작자에게서 온 것이오."

사람들의 동요가 눈에 보이기 시작했다. 모용강은 숨을 한 번 들이
키고 다시 말했다.

"그는 아버님을 시해한 흉수가 자신임을 서찰을 통해 시인하였소.
또한 자신의 도주를 용이하게 하고 모용세가의 세력을 억누르기 위해
소제의 아들을 간밤에 납치하였소."

"설마 저 안구는……?"

"그렇소. 추신은 아들의 한쪽 눈을 뽑아 경고의 의미로 보낸 것이오.

물론 한쪽 눈이 없다고 사람이 죽지는 않으니 이는 다행일 것이나…
으헉!"

말을 잇지 못하고 모용강이 입에서 붉은 피를 쏟아냈다. 하룻밤 새 아버지가 살해당하고 아들은 납치당해 한쪽 눈을 잃었으니 심장이 철로 만들어지지 않고서야 어찌 감당해 낼 것인가! 담대진홍이 얼른 모용강을 부축하니 비틀거리면서 쏟아낸 피가 모용강의 흰옷을 온통 적셨다. 그 모습이 어찌나 안타까운지 단정 사태가 눈물을 글썽이며 앞으로 나서며 외쳤다.

"모용 대협은 몸을 보전하시오! 스승으로부터 받은 단정(斷情)이라는 이름을 걸고 내 반드시 천하의 악질을 잡아 자제 분을 구해내리다!"

당감소가 외쳤다.

"이렇게까지 되었으니 이는 더 이상 모용세가와 여기 모인 사람들의 문제가 아닙니다! 무영검 추신이 이제껏 정도의 인물로 세간의 이목을 속여왔으나 이제 그 본모습을 드러내니 실로 무림의 공적이 아닐 수 없소! 이는 모두가 나서서 해결해야 할 문제니 우리 사천당문도 힘을 아끼지 않을 것이오!"

"그 말이 옳소! 그 악적은 이제 강호의 공적이외다! 반드시 잡아서 모용 대협을 시해한 까닭을 묻고 배후가 있다면 그 역시 없애야 할 것이오!"

사자검 유대원이 맞장구치자 자리에 있던 사람들이 모두 동의를 표했다. 맹일곡도 분위기에 휩쓸려 얼떨결에 동의를 표하니 사람들은 더욱 힘을 얻어 자리에 없는 추신을 성토하기 시작했다. 붉은 피를 한 사발 쏟아낸 모용강은 담대진홍에게 기대어 추신을 욕하는 사람들을 바라볼 뿐이었다.

5

"거 배운 사람들이라고 다를 게 없구먼."

남종은 모용천의 시신이 안치된 방을 빠져나오며 중얼거렸다. 자리에 있던 몇십의 사람들은 입을 모아 추신이란 자를 욕하기 바빴으니, 개방의 제자도 아닌 남종이 자리를 뜨는 것에 신경을 쓰는 사람이 없었다.

남종은 원래 호남(湖南) 사람으로 그의 말처럼 거지 생활을 한 지 십여 년이 넘었다. 정식으로 학문을 익히진 않았으나 타고난 머리가 있었고, 호기심이 강해 궁금한 것이 있으면 참지 못했으니 이것저것 주워들은 지식이 제법 있었다. 또 넉살이 좋아 어딜 가도 어울리지 못하는 곳이 없었으니, 그가 오늘 모용세가의 안에 들어와 있게 된 연유도 그 좋은 성격 덕이었다.

본래 개방은 알려진 바와 같이 거지들로 이루어진 방이다. 모든 거지가 개방 제자일 순 없으나 반드시 개방의 제자가 아니더라도 그 위세에 기대는 일도 잦았으니, 어림잡아 천하 거지의 칠팔 할은 개방의 영향권 아래 있다 해도 틀린 말이 아니었다. 또한 세상천지에 사람이 모여 사는 곳치고 거지가 없는 곳이 없었으니, 그네들의 눈과 귀가 모두 개방의 눈과 귀라 정보를 수집하는 역량만으로 따진다면 천하에 개방을 따라올 문파가 없었다.

개방의 또 다른 특징은 일정한 근거지가 없다는 것이니, 각 지방과 도시에 거지들이 모여 사는 곳이 바로 그곳의 개방 분타가 되는 것이다. 물론 그네들도 구파일방의 하나로서 체계를 갖추고 있었으니, 방주로부터 시작하여 장로는 물론 총타주, 당주 등 남들 하는 짓은 똑같이 따라 했으나 어디까지나 형식적인 것에 불과했다. 방주가 어디 한 곳에 머무르질 않으니 그를 보좌하는 장로도 하는 일이 없고, 방주와 장로가 기거할 총타가 없으니 총타주는 또 무슨 소용이겠는가?

어쨌든 모용세가의 잔치에도 개방은 심양(沈陽) 분타의 거지들이나 좋아라 쳐들어갔으니, 자연 법도니 뭐니 따질 것이 아니었다. 남종이 그러한 분위기에 편승해 같은 거지라며 슬그머니 끼어들었으니, 개방의 인물들이 어디 그를 꺼리겠는가?

이 남종이라는 놈이 물건은 물건인지라 그렇게 개방 제자들 틈에 끼어 모용세가로 들어와 평생 먹을 음식을 다 먹었음에도 불구하고 좀 더 얻어먹을 요량으로 돌아가지 않았다. 개방 제자들이야 이 도시가 제 집이니 대궐 같은 장원에 있다가 기껏 채워 넣은 배가 거북해질까 거지의 도(道)를 살려 바로 돌아갔으나 남종은 다른 곳으로부터 흘러들어 온 놈이니 기왕 들어왔으면 뽕을 뽑겠다는 각오가 남달랐다.

남종이 몸은 호리호리하나 뱃속에 다른 거지가 하나 들어 있는 것처럼 먹는 양이 어마어마했다. 연회가 파할 때까지 쉴 새 없이 먹어대고는 구석에 잠시 누워 있는데 하늘에 하나둘 별이 보이자 여기저기서 세가의 고용인들끼리 술판을 벌이는 것이 아닌가? 붕어도 아니건만 이제껏 제가 먹어놓은 양을 생각지도 않고 술판에 끼니 그 넉살에 사람들도 환영이라 밤을 새워 먹고 또 먹었던 것이다.

"힘들다, 힘들어."

그렇게 먹어댔으니 힘든 게 당연하다. 남종이 올챙이처럼 볼록한 배

를 잡고 모용세가를 나섰다. 심양이라는 도시가 비록 중앙으로부터 파
견된 관리가 다스리나 그 이면에는 모용세가의 구역이었으니, 모용천
의 고희연을 끝낸 여파가 거리에도 고스란히 남아 있었다. 해가 중천
인데도 상점들은 문을 열지 않았고, 노점상도 보이지 않았다. 이 거리
에도 지난밤 거나한 술자리가 여기저기 벌어졌는지 여기저기 토사물은
물론 담벼락마다 방뇨의 흔적이 역력하니 고약한 냄새가 코를 찔렀다.
　"아이고, 구리다."
　남종이 코를 막고 얼굴을 찡그렸으니 똥 묻은 개가 겨 묻은 개 나무
라는 격이다. 제 몸의 냄새를 제 코로 맡지 못하니 당연한 일이었지만.
　어쨌든 남종이 터벅터벅 걸어 어느새 도시 중심가를 벗어나 교외로
나가니 잠시 후 한 사당에 도착했다. 사당이래 봤자 한 사람이 겨우 들
어갈까 말까 한 작은 건물로, 그 앞에는 낙엽이 쌓여 있고 안은 거미들
의 소굴이었으니, 근 몇 년간 사람의 손길이 닿지 않은 것이 분명했다.
남종이 사당 뒤로 돌아가니 장정이 안아도 남을 커다란 은행나무 밑에
한 늙은 거지가 앉아 있었는데, 허연 수염은 그럴듯했으나 어지간히 술
을 좋아하는 듯 코가 빨갛고 눈이 거슴츠레 풀려 있었다. 옆에는 한 자
루 봉을 세워놨는데 흔하디흔한 죽봉(竹棒)이나 손때가 얼마나 묻었는
지 전신이 매끈하여 보통 오래된 물건이 아니었다.
　늙은 거지는 남종을 보자마자 크게 소리쳤다.
　"야, 이 잡것아! 너, 지금이 대체 언제냐? 어디서 자빠져 처자다가
이제야 오는 거냐, 이 쌍놈아! 어른이 일을 시켰으면 냉큼 다녀올 것이
지 그것 하나 못하냐?"
　"입 다무시고 이거나 드쇼."
　늙은 거지가 한바탕 욕을 퍼부었지만 남종은 아랑곳하지 않고 품속

에서 꾸러미 하나를 꺼내 던졌다. 늙은 거지가 꾸러미를 받아 열어보니 잔치 음식이 종류별로 갖춰져 있어 개중 하나를 씹어보니 막 쪄낸 온기는 없으나 맛은 일품이었다.

"쩝쩝, 야, 이놈아. 뭘 하느라 어제 보낸 놈이 하루가 꼬박 지나고서, 쩝쩝, 온 거냐?"

늙은 거지가 남종이 싸온 요리를 먹으면서 말했다. 먹을 것 하나로 잡것에서 놈으로 승격한 남종은 머리를 긁으며 대답했다.

"그게 말이죠, 뭐, 어쩌다 보니 밤새 술자리가 벌어진 터라⋯⋯."

남종이 허리춤에서 작은 술병을 꺼내 던지니 늙은 거지가 반색을 하며 받아 들고는 마개를 열고 쭉 들이켰다.

"캬~ 이틀을 곪은 보람이 있구나. 모용가의 음식도 맛있고 술도 맛있는 것이 황궁에 못잖구나."

"황궁 요리, 드셔나 보셨수? 뭘 먹어본 사람처럼 이야기하고 그래요?"

남종이 이죽거리자 늙은 거지가 옆에 세워둔 봉을 들었다. 남종이 그 모습을 보고 피하려 했으나 눈앞에 번쩍 별이 보이니 어느새 앞이마에 혹이 하나 튀어나와 있는 것이 아닌가!

"아후, 말로 합시다, 말로!"

"네 녀석은 혀를 조심하지 않으면 언젠가 크게 당할 거다. 자고로⋯⋯."

늙은 거지가 봉을 휘저으며 설교를 시작하려 하니 남종이 당황하여 말했다.

"아니, 잠깐! 그래도 내가 모용가에서 하룻밤을 지내고 온 바람에 얻은 소식이 있다구요!"

"그게 무엇이냐?"

"모용천이 죽었답니다. 아니, 죽었어요."

"뭐? 그게 사실이냐?"

늙은 거지의 눈이 휘둥그레졌다. 남종이 의기양양, 뭘 그리 놀라느냐는 투로 말했다.

"이 두 눈으로 똑똑히 봤으니 하는 말이죠. 아니, 뭐, 내가 모용천의 얼굴을 아는 건 아니지만 다른 사람들이 맞대니까 맞지 않겠소? 여튼 할아범의 시체가 누워 있는 걸 봤소."

"어찌 죽었다더냐? 노환으로 죽었느냐, 아니면 병에 걸렸느냐?"

"살해당했수다."

딱!

말이 끝나기가 무섭게 남종의 눈앞에 별이 한 번 더 뜨고 이마에는 혹이 둘로 늘어나 있었다.

"아야야! 이 고약한 늙은이 보게! 보고 온 것을 그대로 말해주는데 왜 때리는 거요?"

"이 잡것아, 모용천 그놈도 사람은 사람이니 늙어 뒈지거나 병에 걸리거나 죽을 수야 있겠지만 살해당했다는 것은 말이 안 된다! 세상에 누가 그 괴물을 죽일 수 있겠느냐?"

"아니, 그 늙은이가 뭐 그리 잘났다고! 사람이 사람에게 죽는 것이 뭐 그리 어려워!"

남종이 고래고래 소리를 지르니 늙은 거지가 다시 봉을 들었다. 그러나 이번에는 남종이 재빨리 머리를 감싸며 말했다.

"아니아니, 글쎄, 내 말을 끝까지 들어보라니까! 살해당한 게 확실하다구요! 아니면 그 사람들이 그렇게 난리를 쳤겠어!"

그 말을 듣자 늙은 거지가 봉을 내려놓고 남종이 싸온 음식 꾸러미의 주둥이를 묶어 품 안에 넣었다.

"모용가에서 보고 들은 일들을 말해라. 더하거나 덜하는 것 없이 그대로 말해야 할 것이야."

'저 늙은이가 먹을 것을 뒤로 물리는 걸 보니 이게 보통 심각한 문제가 아닌가 보다.'

남종이 그리 생각하고는 아침의 일들을 이야기하기 시작했다.

6

"맛있게 드십시오!"

어린 점소이가 싹싹하게 말하며 방을 나가니 무슨 귀인이라도 모시는 듯했다. 얼마나 묵을지 몰라 선금으로 꽤 많은 돈을 냈더니 이런 융숭한 대접을 받는 것이다. 그래 봤자 매 끼 식사를 방으로 갖다주는 정도였지만. 추신은 젓가락을 들고 점소이가 가져온 소면을 먹기 시작했다.

추신이 묵고 있는 객잔은 심양에서 반나절 거리에 불과했다. 일반적으로 생각한다면 최대한 도망쳐 모용세가의 세력권으로부터 멀어지는 것이 급선무지만 추신의 경우는 달랐다. 애초에 목을 베어 수급을 보내려 했으나 막상 모용현을 손에 넣고 보니 좀 더 악독한 방법이 떠올랐다. 소년의 신체 부위를 하나하나 잘라내 모용강에게 보냄이 그것이었는데, 그에 따른 모용세가의 반응도 알기 위해선 이 정도 거리가 적당했다. 잘라 보내는 것만으로는 너무 일방적이지 않은가! 놈이 괴로워한다는 소식이라도 들어야 복수의 쾌감이 있을 것이다.

"……."

방은 이인실로, 탁자 하나를 사이에 두고 두 개의 침상이 마주 보는 구조를 취하고 있었다. 추신은 소면이 반쯤 남은 그릇을 내려놓고 맞은편 침상 위에 누워 있는 소년을 내려다봤다.

이마 위로 흐트러진 새까만 머리칼은 십이, 삼 세의 소년답게 가늘기만 하다. 어린 나이임에도 깊게 패인 눈은 닫혀진 채였으나 속눈썹이 길다. 화가의 솜씨인 듯 유려한 콧날과 붉은 입술, 아직은 젖살이 빠지질 않았으나 충분히 알 수 있는 매끈한 턱 선은 그야말로 그림에서 방금 빠져나온 미동(美童)이었다. 그러나 그의 오른 눈이 있어야 할 자리에는 흰 천이 덧대어 있었다. 소년에게는 이제 한쪽 눈밖에 없다.

'그러고 보니 그런 이야기가 있었지.'

추신은 잠들어 있는 모용현을 바라보다 오래된 이야기를 떠올렸다.

옛날 어느 화가가 있었는데, 이 이의 솜씨가 극히 뛰어났는지 도력이 있었는지 살아 있는 물건을 그리면 그것이 화폭에서 튀어나오는 것이었다. 때문에 화가는 살아 있는 물건을 그릴 때면 완성시키는 법이 없었다. 말을 그리면 한쪽 다리를 그리지 않았고, 새를 그리면 눈을 그리지 않는 식이었다. 그런 화가가 어느 날 미인도(美人圖)를 그렸는데 역시나 살아 움직일까 한쪽 눈을 그리지 않았다. 한데 이 그림 속의 미인이 어찌나 아름답던지 그만 화가가 사랑에 빠졌던 것이다. 며칠을 끙끙 앓던 화가는 결국 미인의 한쪽 눈을 마저 그려 넣었고, 어김없이 그림 속에서 튀어나온 미인은 화가에게 눈길 한 번 주지 않고 사라진다는 이야기였다.

잠들어 있는 모용현 역시 한쪽 눈이 없지만 그림은 아니다. 하나 그의 목숨은 이미 추신의 손에 달려 있으니 스스로의 뜻으로 살아 있다 할 수 없었다. 추신은 이미 두 개의 눈을 가지고 있던 소년에게서 한쪽 눈을 빼앗았다. 이야기 속의 화가는 미인에게 눈을 주어 생명을 주었는데 자신은 소년에게서 눈을 뺏고 생명을 거두려 한다. 옛이야기와 현실이 이루는 묘한 대치.

몸이 약한 모용현은 눈을 잃은 고통으로 졸도한 지 이틀째에도 깨어날 기미가 없었다. 눈이 뽑힌 상처를 치료하기 위해 부른 의원으로부터 몸이 약하니 주의하라는 이야기를 들을 때만 해도 흘려들었던 추신이지만 모용현이 깨어나지 않으니 계획을 수정할 필요를 느꼈다. 복수의 과정은 치밀하고 은밀하나 결과는 신속해야 했다. 시간을 두고 고통을 주는 것과 지지부진한 것은 엄연한 차이가 있다.

'몸을 완전히 회복시키지 않으면 곤란하겠군.'

어차피 죽일 소년의 건강을 생각하는 것이 우스웠는지 추신은 피식 웃고 말았다. 눈을 뽑고, 다음에 다시 어딘가 베어냈을 때 모용현이 죽지 않도록 회복시켜야 하는 것은 누가 봐도 바보 같은 짓거리다. 어차피 자신이 하는 복수의 방법이 사람의 길에서 벗어났으니 굳이 이치에 맞출 필요는 없는 것이다.

아버지의 죄를 자식에게 묻는 것이라면 차라리 나을 것이나 추신은 복수의 도구로 모용현을 소모할 뿐이니 이보다 추악한 짓이 어디 있겠는가?

추신은 그런 자신을 잘 알고 있었다. 모용강과 그 수하들로부터 목가장이 불타 사라졌을 때부터 오직 복수의 한 길을 달린 그다. 애초에 복수를 완성한 뒤의 일을 생각한 적이 없었다. 그렇기 때문에 자식의 사지를 하나씩 베어 보내 모용강을 괴롭히겠다는 발상을 행동으로 옮길 수 있었던 것이다. 그것으로 복수가 끝나면 추신은 자결할 생각이었으니 더 이상의 미련이 없기 때문이었다. 위험을 무릅쓰고 모용세가의 세력권 안에 머물고 있는 것도 그러한 각오가 있어 가능한 일이었다.

'미련이 없다고?'

추신은 과연 자신에게 남은 무언가가 없는가 생각해 보았다. 가문의 복수를 위한 힘겨운 여정 속에서도 하나의 즐거움이 있었다면 그것은 바로 무학과 검리에 대한 끝없는 깨우침의 나날이었다. 대저 배움의 길이란 어느 분야에서든 끝없기 마련이라 추신은 복수의 수단이었던 간월십삼검 속에서 깨우침의 낙(樂)을 얻었고, 그로 인해 이제껏 온전한 정신을 유지할 수 있었던 것이다. 그마저 없었다면 추신은 복수를 하기도 전에 인간이 아니라 귀신이 되었을 터다. 그래 추신은 마치 귀신같던 퇴불을 떠올렸다.

모용천이 끝내 적을 찾지 못해 은거하였고, 삼절 또한 차례로 강호로부터 발을 뺐으니 표면에서 활동하는 이들 중 절대자라 할 만한 고수가 없었다. 있다면 바로 광승 퇴불과 운룡검 모용강뿐. 추신이 살아생전 마지막이었을 교분을 맺은 자가 바로 그 광승 퇴불이었다. 십일월 보름 장사에서의 약속은 이제 지킬 수 없게 되었으니 안타깝고 또 미안했다. 그에게 미련이라면 바로 그 하나이다.

"으음……."

모용현이 신음 소리를 내며 몸을 뒤척였다. 추신이 일어나 가니 모용현이 서서히 정신을 차리고 있었다.

"정신이 드느냐?"

“…….”

모용현이 정신을 차렸으나 하루 하고도 반나절을 꼬박 졸도해 있었으니 눈이 제대로 떠지질 않았다. 눈을 비비려 했으나 팔을 들 힘도 없었다. 아직도 혈도가 짚여 있어서인가? 모용현은 시험 삼아 입을 열었다.

“여긴 어딥니까?”

“기의 소통을 막으면 회복이 더디니 일단은 혈도를 풀어놓았다. 그렇다고 허튼 생각을 하지는 말아라. 어차피 나는 너와 함께 죽을 것이다.”

그제야 모용현은 이 무모한 작자가 하는 생각을 알 수 있었다. 추신이 이미 자신의 목숨을 버렸으니 어디 모용현의 목숨을 고려하겠는가?

“당신은 잘못하고 있는 겁니다. 이는…….”

모용현이 말하나 추신은 기다려 주지 않았다.

“그것은 나도 잘 알고 있으니 네가 굳이 알려줄 필요가 없다. 내가 따라 죽는 것으로 너에게 지은 죄를 속죄할 생각은 추호도 없으니 마음껏 나를 미워해라. 눈은 아프지 않느냐?”

멀쩡한 왼쪽 눈이 아플 리 없으나 이제 있지도 않은 오른쪽 눈이 아플 리는 더 더욱 없다. 다만 그 자리에 통증이 남아 있을 뿐. 모용현은 추신의 검이 자신의 눈을 후벼 파던 기억을 되살리고 몸서리쳤다. 격심한 고통은 무엇에도 비할 바 아니었으니 졸도한 것이 오히려 다행이었다. 얼마나 누워 있었는지 모르겠으나 통증은 많이 가라앉은 상태였다.

“당신의 의도가 뭔지 알고 있지만 그건 소용없는 일입니다.”

추신이 말했다.

"뭐가 소용이 없다는 거냐?"

"나를 죽인다고 내 아버지 되는 사람이 슬퍼할 것이라 생각하면 큰 오산이오. 밖에서 보았을 땐 어떨지 모르나 우리 부자는 일반적인 부자지간이 아닙니다."

"그게 무슨 말이냐?"

"내 아버지가 비록 다른 사람 앞에서는 자상하나 실상은 전혀 그렇지 못하오. 나는 이제껏 아버지에게서 사랑을 받아보질 못하고 자랐으니까요."

"너희 부자가 강호에서도 사이가 각별하기로 유명한데 어찌 그런 말을 하느냐?"

모용현이 힘겹게 몸을 일으켰다.

"당신은 당신 입으로 내 아버지의 이중성을 잘 알고 있다 말하면서 어찌 내 말을 믿지 못하는 거요?"

추신이 비웃으며 대꾸했다.

"흥, 네가 지금 교묘한 말장난으로 눈앞에 닥친 죽음을 피해가려는 데 내가 넘어갈 것 같으냐?"

"답답하군요. 당신이 나를 죽인다고 그가 눈 하나 깜빡일 것 같소? 그는 내가 아는 사람 중 가장 비정한 사람이오. 내 비록 그의 자식이나 이는 틀림없는 사실입니다. 나를 죽인다고 그의 성정에 생채기 하나 내지 못한단 얘기요!"

"모용강도 불쌍하구나! 아들이라는 것이 제 목숨을 아껴 아버지를 모략하니 슬픈 일이다, 슬픈 일이야!"

모용현은 도리어 자신이 천하의 패륜아로 찍히니 분함을 금치 못했다.

“당신이 확인해 보면 알 것 아니오! 내 모용세가의 유일한 후계자로 이제껏 무공을 익히지 않았으니 그 이유가 무엇이겠소?”

추신이 생각해 보니 모용현이 무가로 이름난 모용의 사람답지 않게 근골이 약하고 기의 흐름이 원활하지 못해 건강한 몸이 아니었다. 팔다리의 근육 또한 어려서부터 무공을 익힌 것이 아니니 모용현이 무공을 모른다는 얘기는 정말인 듯싶었다.

“까닭이 무엇이냐?”

“나는 선천적으로 단전이 없이 태어난 몸이오! 내공을 담아둘 그릇이 없으니 무공을 익혀 무얼 한단 말이오! 이런 내 몸을 가엾이 여긴 것은 내 할아버님뿐이었소. 아버지는 항상 이런 내 몸을 원망하여 나에게 다정한 말 한마디 건넨 적이 없었소!”

그리 말하는 모용현의 얼굴이 단호하니 거짓이라 보기 어려웠다. 그러나 자식이 어찌 부모 된 자의 마음을 헤아릴 수 있겠는가? 추신이 비록 부모 된 입장은 아니되 어려서 고아가 되었고 한 아이의 아버지가 되어도 무방할 나이가 되었으니 모용현의 말이 가당키나 하겠는가?

“네 말이 진실이라 해도 부모 된 자가 어찌 아들의 생사 여부에 초연하겠느냐? 너는 더 이상 말하지 말아라.”

추신이 모용현과 말을 하다가 자신도 모르게 원수를 두둔하고 있었으니 우스운 일이었다. 추신이 아예 이야기를 끊으니 모용현은 배가 고파 더 이상 말할 힘도 없고, 다시 이야기할 기회를 노리고자 입을 다물었다. 잘못해서 그가 다시 혈도를 짚어 아예 말을 못하게 되면 그보다 더 큰 낭패가 없었다.

추신이 자리에서 일어나 말했다.

“잠시 나갔다 올 것이니 필요한 게 있으면 지금 말하거라.”

"곧 죽을 목숨이 뭐가 궁하겠소?"

모용현의 입은 그렇게 말하였으나 배가 즉시 반발하고 나섰으니, 꼬르륵 소리가 요란했다. 하루하고 반나절을 졸도해 있어 아무것도 먹지 못했으니 당연한 일이었다. 모용현이 부끄러움을 느낄 새도 없이 추신이 말했다.

"지금은 끼니를 챙길 시간이 아니니 조금만 참도록 해라. 네 처지가 처지니만큼 내가 없는 동안 점소이들에게 부탁하여 식사를 올릴 수 없구나."

그리고 추신은 모용현의 손발을 묶고 입에 재갈을 물렸다.

"몸의 회복이 우선이니 이걸로 대신하겠다. 허튼 생각일랑 말아라."

7

추신이 모용현을 데려온 곳은 요양(遼陽)에서 심양으로 이어지는 관도를 끼고 세워진 객잔이었는데, 심양에서 말을 타고 한 시간이면 충분한 거리에 있었다. 객잔의 위치가 이리도 어중간했으니 자연 손님이 많지 않아 추신에게는 더없이 좋은 조건이었다.

추신이 방에서 나와 일층으로 내려가니 어찌 된 일인지 오늘따라 손님이 제법 있는 편이었다. 추신은 구석 자리에 앉아 점소이를 불렀다.

"부르셨습니까요, 나으리."

추신이 어제 아침에 방을 잡고 묵은 지 이틀째라 이 어린 점소이가 얼굴을 익혔는지 살갑게 구는 게 수완이 좋아 보였다.

“근처에 물건을 살 만한 곳이 있느냐?”

“무슨 물건 말씀이십니까?”

“글쎄, 옷 같은 것이 필요하다.”

추신이 모용현을 납치했을 때 소년이 입고 있던 것은 한 겹의 잠옷이었다. 그나마 밤늦게 어디서 뒹굴다 왔는지 여기저기 더러워지고 한두 군데 찢어지기도 했으니 비록 추신이 모용현을 방 안에 가두어놓을 작정이었으나 곧 날이 추워질 터, 잠옷을 계속 입혀놓을 수는 없었다. 그러나 점소이는 곤란하다는 표정으로 말했다.

“나으리, 죄송한데 옷은 구하기가 어렵습니다. 보시다시피 저희 객잔의 위치가 애매해서 말입니다.”

“너는 옷을 어디서 구하느냐?”

“저 말입니까? 가끔 짬을 내 다른 사람들과 심양으로 나들이 갈 때 한두 벌 사 입습니다요. 사실 점소이 생활에 옷이 뭐 그리 필요하겠습니까?”

추신은 입을 다물고 곰곰이 생각했다. 역시 심양만큼 큰 도시가 아니면 옷을 사 입기란 쉽지 않은 모양이다. 심양까지 그리 멀지 않으니 경공을 시전해 다녀오면 되겠지만 왕복하는 시간과 또 옷가게를 찾는 시간 등을 계산해 보면 아무래도 모용현의 거취가 불안했다. 괴로워하고 있을 모용세가를 직접 보고 오는 것도 나쁘진 않겠으나 행여 눈에 뜨일 것도 염려스러웠다.

“나으리, 혹시 옷을 구하시는 것이 방에 묵은 동생 분 때문입니까?”

투숙할 때 적당히 동생이라 얼버무렸던 일을 점소이가 기억하고 있었다. 추신이 고개를 끄덕이자 점소이가 말했다.

“마침 제게 남는 옷이 있습니다. 동생 분께는 좀 클 것이오나…….”

말꼬리를 흐리며 웃는 점소이가 추신은 그리 밉지 않았다. 이 아이
도 기껏해야 열다섯? 모용현보다 두세 살 정도 많아 보이나 점소이 생
활이 오래니 돈 맛을 볼 대로 본 바이다. 추신이 고개를 끄덕이니 점소
이가 옷을 가져왔는데 급한 대로 팔다리 들어갈 구멍은 있으니 달리
선택이 없었다.

“넉 냥을 주고 가져왔던 옷입니다요. 사고 딱 한 번 입어봤을 뿐입
니다.”

그러며 눈치를 살살 보니 추신은 품 안에서 다섯 냥을 꺼내주었다.
점소이는 한 번 입었던 옷이니 제 값을 받지 못할 것이라 원래 두 냥을
주고 산 옷을 넉 냥이라고 두 배나 부풀렸다. 그런데 추신이 오히려 한
냥을 더해 주니 입이 귀에 걸려 내려올 줄 몰랐다.

점소이 덕에 시간을 절약했으나 그렇다고 방으로 바로 돌아가려니
다른 용무가 있는 척 나왔던 것이 걸렸다. 추신이 하릴없이 벽을 보고
앉았는데 마침 건너편에서 칼을 찬 두 장정의 대화가 들려왔다.

“정말 안타깝구나, 안타까워. 모용 대협께서 그리 살해당할 줄 누가
알았겠어?”

“천하의 모용천도 사람은 사람이었던 모양이구먼.”

모용천이 죽었다고? 추신은 뜻밖의 이야기에 얼이 빠졌다. 며칠 전
추신이 본 모용천은 학을 타고 날아가면 날아갔지 세속적인 죽음과는
너무나 거리가 멀어 보였다. 물론 인간인 이상 죽기야 하겠지만 그만
큼 강한 인상으로 남았기 때문에 추신은 모용천이 죽었다는 얘기를 믿
을 수 없었다.

“그래, 그 모용 대협을 살해했다는 흉수의 이름이 뭐랬지?”

“뭐랬더라? 그래, 추신. 추신이라더군.”

"추신이라면 무영검 추신? 그치는 그래도 정도인 아냐?"

"몰라. 듣기로는 저 광승 퇴불과 아주 절친한 사이라더만. 그걸 보면 정도인이라고 쉽게 얘기 못하지."

"으음… 의외인걸?"

모용천이 죽음보다 더 충격적인 사실이 기다리고 있었으니, 추신은 자신도 모르는 살인을 저지른 것이다. 서방 코쟁이들이 하는 말 중에 오른손이 하는 일을 왼손이 모르게 하라는 말이 있지만 이건 양손이 한 일을 머리가 모른 격이니 추신이 느낀 황당함은 어이가 없다는 표현이 부족했다.

뭔가 잘못 돌아가도 단단히 잘못 돌아가고 있었다.

*　　　*　　　*

담대진홍이 창밖으로 몸을 내밀자 하늘에서 새 한 마리가 날아와 그의 팔 위에 앉았다. 담대진홍이 새 다리에 묶여 있는 서찰을 풀어 펼치는 동안 전서구는 담대진홍의 팔에서 떨어져 창가에 가만히 앉아 있으니 훈련이 잘되어 있었다.

"찾았습니다. 의외로 멀지 않은 곳에 있군요."

모용강이 그 말을 듣고 침상에 누워 있다가 상체를 일으켰다.

"그는 나에게 복수하는 것이 목적이니까. 적어도 내가 괴로워하는 모습을 봐야 직성이 풀리지 않을까?"

모용강이 그리 말하며 웃었다. 얼굴은 비록 창백하였으나 웃는 모습이 아주 밝아 이틀 전 성정이 뒤틀려 피를 토하고 내상을 입은 사람으로는 보이지 않았다. 담대진홍이 냉정히 말했다.

“적기단(赤旗團)을 보내겠습니다.”

모용강이 웃으며 말했다.

“벌써? 좀 더 두고 볼 생각은 없는 건가?”

“외인들의 손에 떨어지기 전에 움직여야 합니다. 도련님이 괜한 소리라도 하면 큰일입니다.”

“아니, 난 그 목가의 생존자에게 좀 더 괴로워하는 모습을 보여주고 싶다네. 무엇보다 그자 덕에 일이 너무 쉽게 풀려 버렸으니 정말 감사하고 있어. 음, 정말이야.”

모용강의 커다란 구상의 첫걸음이 바로 모용천의 죽음과 그로 인한 강호 역량의 결집이었다. 모용천의 사양에도 불구하고 떠들썩한 고희연을 열고, 천하 무림인들에게 초청패를 보낸 것이 모두 그를 위함이었으니 추신이 아니라도 누군가 한 사람은 모용천을 시해한 흉수가 되어 줘야만 했다. 그런 여러 가지 공작을 하는 것도 귀찮았거니와 모용현에게 현장을 보인 실수도 난감했는데 그러한 어려움들을 추신이 나서서 모두 해결해 준 격이었으니 모용강이 고마움을 느끼는 것도 무리가 아니었다.

목가의 둘째가 이날을 위해 살아남아 주었구나! 선(善)이든 악(惡)이든 업(業)을 쌓으면 반드시 자신에게로 돌아온다는 말이 이렇게 꼭 들어맞을 수 없었다.

“옛말에 틀린 말 하나 없다더니…….”

한편 담대진홍은 곧 갈 테니 계속 감시하고 있으라는 글을 써 대기하고 있던 전서구의 다리에 묶어 창밖으로 날렸다. 전서구는 모용세가의 하늘을 한 바퀴 돌더니 어디론가 날아갔다.

“그럼 다녀오겠습니다.”

“자네가 직접 가시려고?”

“사안이 사안인만큼 직접 가야 하지 않겠습니까?”

그러자 모용강이 손사래를 치며 말렸다.

“이봐, 자네는 나 같은 꾀병이 아니잖아. 어깨가 부러진 주제에 어딜 가겠다는 거야? 이제 밑에 사람에게 맡기고 좀 그러게. 상관이 여기저기 다 나서면 아랫사람들은 어느 세월에 공적을 세우겠나.”

담대진홍이 겉으로야 멀쩡해 보였지만 퇴불의 한 수에 왼쪽 어깨를 한동안 못 쓰게 되었으니 천하제일 모용세가의 총관 체면에 선명한 금이 그어진 꼴이었다. 물론 상대가 저 광승 퇴불이었으니 금이 간 정도로 그쳤지만 담대진홍으로서도 억울한 면이 있었다. 퇴불의 패도적인 공격에 말려 심명신장의 위력을 반도 채 펼쳐 보이지 못했으니 그날의 비무는 인생의 오점이었다.

“그럼…….”

“자네 말대로 적기단을 보낼 요량이었으면 당연히 적기단주(赤旗團主)가 가야지. 그게 맞지 않나? 총관이라고 자기 부하들을 데리고 간다 치면 적기단주 기분이 뭐가 되겠나?”

“그럼 그렇게 하겠습니다.”

바야흐로 가을이 깊어 바람이 차가워지는 때에 모용세가로부터 서른한 필의 말이 저마다 사람을 태우고 달려나갔다. 말들이 하나같이 준마로 위풍당당했으며 그 위에 탄 사람들도 기세가 대단했는데 다들 붉은 옷을 입고 있었다. 이는 세가의 사정을 잘 아는 심양 사람들도 처음 보는 광경이었으니 바로 모용세가가 자랑하는 적기단의 출동이었다.

8

모용현이 손발을 묶이고 입에는 재갈이 물려 침상에 누워 있으니 배고픔이 극에 달했다. 몸을 뒤척여 보니 탁자 위에 반쯤 남은 소면이 한 그릇 있었는데 세가의 자제로 항상 몸에 좋은 것, 귀한 것만 먹으며 자란 모용현의 성에 찰 것이 아니었다. 더구나 추신이 먹다 남긴 음식이니 어디 모용현이 먹고 남기기나 해봤지 남이 먹던 것을 먹어봤겠는가?

모용현이 포기하고 다시 잠을 청하려니 이번엔 오른쪽 눈이 몹시 가려왔다. 정확히는 오른쪽 눈이 있던 자리겠지만. 물론 상처 부위가 가렵다고 긁는 것은 어리석은 짓이다. 하지만 참을수록 가라앉기는커녕 가려움이 더했다.

이윽고 가려움이 고통으로 화할 때 추신이 돌아왔다. 추신이 괴로워하는 모용현을 보고 입에 물린 재갈을 풀었다.

"손, 손을 풀어주시오."

"왜 그러느냐?"

"가려워 미치겠소. 너무 가렵단 말입니다."

그러자 추신이 미리 알고 있었다는 듯 침상 위에 올려놓은 봇짐에서 작은 병을 하나 꺼냈다. 모용현의 오른 눈을 덮고 있던 천을 들춰내자 과연 안구가 없고 흔적만 남아 끔찍한 모습이었다. 추신이 마개를 열어 기울이자 병으로부터 약수가 흘러 모용현의 상처 위로 떨어졌다. 약수가 흐르면서 상처의 진물이 함께 씻겨 나가니 이루 말할 수 없이 시원했다.

"고맙소."

추신이 겸연쩍은 헛기침을 몇 번 하고는 모용현의 상처를 덮고 있던 흰 천으로 진물과 섞여 흘러내린 약수를 닦아낸 후 새로 가져온 천으로 상처를 덮었다.

추신은 모용현의 손발을 풀어주며 탁자 위를 손짓하니 한 그릇 죽이 놓여 있었다. 허여멀건한 죽이었지만 김이 모락모락 나는 것이 쑤어 바로 가져온 것이라 어떤 요리와도 비교할 수 없었다.

모용현이 자리에서 냉큼 일어나 죽을 먹으려 하나 손을 뻗어도 숟가락이 제대로 잡히질 않았다. 그 모습을 본 추신이 말했다.

"눈이 하나뿐이라서 그런 게다."

아닌 게 아니라 모용현이 탁자에 앉으려 해도 어려움이 있었다. 어지러운 거리감을 극복하고 어떻게 간신히 한 숟갈 떠 먹으니 맹숭맹숭한 죽이었으나 온갖 고난과 시장 끝에 먹은지라 그 맛이 각별했다.

죽 한 그릇을 게눈 감추듯 비우고 나자 추신이 옷을 건넸다. 황갈색의 옷이 시장 바닥에서 두 냥이면 살 옷이었으니 귀한 집 도련님 눈에 찰 리 없겠으나 모용현은 군말없이 갈아입었다. 모용현이 옷을 다 갈아입자 추신이 말했다.

"힘이 좀 나느냐? 지금 나가야 한다."

"이제 속을 달랜 정도인데 무슨 힘이 난단 말입니까? 그리고 또 어딜 가려는 거죠? 남은 눈을 마저 뽑으려는 겁니까?"

"네가 소경이 되면 내가 귀찮으니 눈은 하나로 족하다. 손가락이나 귀 둘 중 하나로 생각 중이니 네가 직접 고르겠느냐?"

원래 추신이 허튼소리라는 걸 하지 못하는 사람이다. 질문에 충실히 대답해 준 것뿐이나 그것만으로 충분한 위협이 된다. 모용현은 차마 대꾸하지 못하고 자리에서 일어났다.

"허튼짓을 하면 바로 죽여 버릴 것이다. 명심해라."

죽이기 위해 잡아놨으니 죽여 버리겠다는 협박이 맞는 것인지 모르겠지만 모용현은 일단 추신을 따라가기로 했다. 이 남자가 원하는 것이 복수라면 소년에게 아직 살길이 있는 것이다.

추신은 모용현을 앞세우고 방을 나섰다. 나무로 만들어진 계단을 타고 내려가는 도중 객잔의 문으로 여섯 명의 사내가 들어오는 모습이 보였다. 사전에 맞춰 입은 듯 특이하게 모두 붉은 옷을 입고 있었는데 허리에 칼을 차고 태양혈이 튀어나온 것이 멀리서 보아도 정심한 내공의 소유자로 무림고수인 것을 알 수 있었다. 그중 앞장선 이와 계단을 내려오는 추신의 눈이 딱 마주쳤다.

"아이고, 어서 오십시오! 몇 분이… 아이쿠!"

웃으며 인사하던 주인이 애꿎게 뒤로 나가떨어졌다. 뭐라 할 것도 없이 추신과 눈이 마주친 순간 사내가 계단으로 달려들었다.

"잡아랏!"

추신이 이리저리 말할 것 없이 모용현을 옆구리에 끼고 계단을 도로 올라갔다. 모용현은 저들이 세가의 오기(五旗) 중 하나인 적기단이라는 것을 알고 있었다.

"타앗!"

놀랍게도 선두에 섰던 남자가 기둥을 타고 이층 난간을 넘어 복도로 올라섰다. 훌륭한 경신법이었다. 추신이 잠시 멈칫하는 사이 나머지 사내들이 계단을 올라왔다.

샤악!

예리한 소리를 내며 추신의 앞을 막아선 사내가 검을 뽑았다. 추신은 아랑곳하지 않고 모용현을 옆구리에 낀 채 사내를 향해 돌진했다. 사내는 동료들이 계단을 올라올 때까지 시간을 벌어 협공할 작정이었는데 추신이 망설임없이 달려들자 적잖이 당황한 눈치였다.

"이런!"

당황했으면서도 사내의 검이 정확히 추신을 향해 찔러 들어갔다. 그 한 수의 날카로움이 결코 강호의 일류고수에 뒤지지 않는다. 이번엔 추신이 놀라 사내의 검을 피하였으나 모용현을 옆구리에 끼고 있는 바람에 칼을 뽑는 것이 쉽지 않았다.

"쳇!"

추신은 혀를 차며 모용현을 던졌다. 사내는 적기단의 무사이고, 모용현은 세가의 차기 가주라는 귀한 몸이니 소홀히 할 수 없다. 그들이 출동한 두 가지 이유 중 하나가 바로 인질인 도련님을 구하는 것 아닌가? 사내는 검을 회수하며 모용현을 받으려 했다. 그러나 그 순간 던져진 모용현을 받기도 전에 사내의 두 눈이 커졌다. 그의 높은 실력으로 상황을 이해할 수 있었으나 아무래도 믿을 수는 없었다 보다. 그 짧은 시간에 추신의 검이 사내를 벤 것이다.

"……!"

추신은 검을 검집 안으로 집어넣고 짐짝처럼 던진 모용현을 자신이 받았으니 그 동작의 신속함이 도저히 사람의 눈으로 따르지 못할 경지였다. 모용현을 받으려던 사내는 왼손을 내민 모양 그대로 쓰러졌다.

추신이 모용현을 왼손으로 안고 뒤를 돌아보니 다섯 명의 사내가 이미 계단을 올라 있었다. 추신의 믿을 수 없는 쾌검을 목도한지라 칼을 뽑은 사내들의 눈빛에 경계의 빛이 가득해 흉흉하기 짝이 없었지만 섣 불리 접근할 생각은 없어 보였다. 한쪽은 벽이고 한쪽은 나무로 된 난간으로 복도는 두 사람이 겨우 지나다닐 만큼의 폭이었으니 건장한 사내들이 칼을 휘두르기에는 적당치 않았다. 한 번에 한 사람이 겨우 달려들 정도였으니 다들 앞장서기를 두려워하는 눈치였다. 추신이 말했다.

"모용가의 무사들인가?"

"그렇다."

"나의 원한은 개인적인 것이니 너희에게 책임을 묻지 않겠다. 방해하지 않는다면 벨 생각은 없으니 살고 싶은 자는 길을 비켜라."

그러자 사내들 중 하나가 외쳤다.

"적반하장도 유분수다! 우리야말로 복수를 위해 왔으니 너는 모용 대협이 흘린 피를 이 자리에서 보상해야 한다!"

"모용 대협의 복수라면 잘못 찾아왔지만 어쩔 수 없지."

추신이 단호하게 말하며 검을 겨누었다. 비록 왼손으로 모용현의 어깨를 둘러 행동의 제약이 있을 텐데 그 기세가 무서웠다. 모용세가의 밥을 빌어먹는 이들 중에서도 오기의 일원이라면 그 실력은 누구나 인정하는 바인데 그런 그들이 다섯이나 있으면서도 추신 한 사람의 기에 눌려 있었다. 추신이 한 발을 내디디자 다섯 명이 약속이라도 한 듯 한 발 물러섰다.

'누가 무영검 추신의 실력을 폄하하였는가!'

무사 중 한 사람이 추신의 중압감에 뒷걸음치며 속으로 외쳤다. 물론 누구도 추신의 실력을 폄하하지 않았다. 오히려 이제 막 서른을 넘긴 젊은 청년이라고는 생각할 수 없는 실력으로 무영검이라는 별호가 유명할 뿐이다. 하지만 직접 추신과 맞서보니 유망하다는 세간의 평가조차 부족함이 있었다.

"차앗!"

중압감을 이기지 못했는지 개중 한 명이 기합을 지르며 달려들었다. 그러나 치켜든 검을 내려치기도 전에 한줄기 빛이 번뜩이며 허공에 붉은 피가 뿌려졌다. 그러나 시체가 쓰러지기 전에 또 하나의 살기가 추신을 엄습했다. 약간의 시간 차를 둔 협공이었고, 동료의 시체를 이용해 추신의 시야를 가린 의도는 훌륭했지만 거기까지였다. 앞사람을 벤 추신의 검이 궤도를 바꾸며 뒷사람마저 베니 그 두 검이 처음부터 하나의 초식이기라도 한 듯 자연스러웠다. 두 구의 시체가 피를 흘리며 사이좋게 포개어 쓰러지니 남은 세 사람은 기가 막혔다. 넓은 곳에서 한꺼번에 덤벼들어도 승리를 장담 못할 상대인데 이렇게 좁은 곳에서 한 사람씩만 달려들어야 한다면 죽여달라며 목을 내미는 꼴이다.

"흥!"

남은 세 무사는 차마 움직이지 못하고 있었는데 객잔으로 붉은 옷의 사내들이 다섯이나 더 들어왔다. 이층 복도의 광경을 보자 사내들의 얼굴빛이 어두워지며 하나같이 칼을 뽑아 들었다. 무림인들의 칼부림이 자신에게 피해만 가지 않으면 더없이 좋은 구경이라 넋을 잃고 올려다보던 객잔의 손님들도 자신들의 옆에서 무사들이 칼을 뽑아 들자 모두 비명을 지르며 나가 버렸다. 객점의 주인은 무림인들의 다툼에 가게가 망가질 것을 걱정하는지, 말릴 새도 없이 도망쳐 버린 손님들에게 받지 못한 음식값을 걱정하는지 울상을 지으면서도 자리를 지키고 있었다.

　새로 들어온 사내들 중 둘이 경공을 발휘해 이층 복도로 올라섰다. 매끈한 기둥을 도약대 삼아 뛰어오른 솜씨가 아까의 사내보다 더하면 더했지 못하지 않았다. 좁은 복도에서 한 사람을 사이에 두고 앞뒤로 다섯이 검을 겨누고 있으니 제아무리 추신이라 한들 곤란한 구도이다. 옆에 끼고 있는 모용현 때문에 아무래도 신경이 분산되니 이 역시 난점이었다.

　"쳇!"

　추신은 지체없이 옆에 있는 문을 부수고 방으로 뛰어들었다. 방 안에는 마침 한 쌍의 남녀가 부끄러운 눈으로 연담(戀談)을 나누던 중이었는데 잠근 문을 부수고 뛰어들어 온 추신을 보자 놀랐는지 여자가 비명을 질렀다.

　"꺄악!"

　"죄송합니다."

　주변머리하고는 담을 쌓은 추신이 묵묵히 그들을 지나치자 보다 못한 모용현이 사과한다. 추신이 모용현을 다시 옆구리에 끼고 창문을 뛰어내렸는데 그 모습이 한 마리 새를 방불케 했다. 이층에서 뛰어내리는 것도 보통 일이 아닌데 모용현을 데리고 뛰어내렸으니 추신이 알려진 바와 달리 경신법에도 일가견이 있는 듯했다.

　그러나 추신이 뛰어내린 곳에는 이미 말을 탄 붉은 옷의 사내들이 기다리고 있었다. 이십여 명은 될 듯한 적기단원들이 말을 몰아 추신의 앞을 가로막았다.

“……..”

추신이 뛰어내린 창으로 여덟 명의 적기단원들이 뛰어내렸으니, 추신을 중심으로 붉은 원이 그려진 형상이었다. 물론 삼십여 명의 검을 찬 적기단원들로 그려진 흉험하기 짝이 없는 원이다.

“그대가 추신인가?”

붉은 원의 테두리 중 하나가 튀어나왔다. 같은 적색이나 다른 단원들과 구별되는 검은 허리띠를 차고 있으니 그가 바로 적기단주인 표리검(彪利劍) 번위(樊威)였다.

“그렇소.”

추신이 대답하자 번위가 웃으며 말했다.

“나는 번위라 한다.”

“누군가 했더니 표리검이군. 이 년 전 은거했다더니 들어간 곳이 겨우 모용강의 밑이었나?”

추신이 차갑게 쏘아붙이자 번위의 낯빛이 어두워졌다.

“네가 최근 강호에 이름을 조금 날렸다고 기고만장했구나. 무슨 암수를 써 모용 대협을 해쳤는지 오늘 한번 알아보자.”

번위는 말을 뒤로 물리고 소리쳤다.

“모두 말에서 내려 검진(劍陣)을 형성해라!”

모용세가의 무사 중 정예들로만 구성된 오기 중 적기단은 단주 휘하 삼십 명의 무사로 구성되어 있었다. 그들이 모두 강호의 일류고수에 준하는 무위를 지녔음에도 보다 큰 위력을 지니는 검진을 연마했다는 것은 적기단이라는 단체가 단순한 무력 집단이 아님을 보여주는 것이었다.

붉은 옷의 무사들이 검을 들고 진을 형성하니 마치 붉은 검이 추신에게로 겨누어진 모양이다. 표리검 번위는 그 모습을 보며 흐뭇해했다.

모용세가의 오기(五旗)라 함은 적(赤), 청(靑), 백(白), 흑(黑), 자(紫)의 다섯 색을 각각 상징으로 삼은 무력 집단이다. 수백의 무사 중에서도 자질이 특출한 자를 선별해 키우니 그 무위가 강호의 일류고수에 버금갔다. 각 단마다 삼십 명을 정원으로 모용세가는 백오십 명의 일류고수를 보유한 격이었다. 그러나 그들이 실전에 투입된 일은 없었으니, 근래 들어 무림에 큰 분쟁이 없었던 탓이다.

특출난 고수들이 세력을 형성해 천하 패권을 노리는 일이 없지는 않았다. 오히려 그런 이들이 난립하여 백도와 흑도, 정파와 사파를 가리지 않고 큰 분쟁이 일어날 뻔한 시기가 있었으니 바로 사십여 년 전, 모용천이 강호에 출도해 적을 찾아 헤매던 때였다. 각 문파와 세력에 백 년에 한 번 날까 말까 한 기재들이 비슷한 시기에 태어나 저마다 무림제일이라는 명예에 목말라하던 때 홀연히 나타난 것이 바로 모용천이었던 것이다.

전통적인 명가라고는 하나 대대로 손이 귀하고 독자적인 세력을 키우지 않은 탓에 세가라고 불리지 못하고 도외시되어 온 모용의 일족이 배출한 천재 앞에 쓰러지지 않는 자가 없었다. 각파의 장로들에게 헛된 꿈을 심어주었던 기재들이, 그것도 최절정기의 순간에 이제 막 약관을 넘은 청년을 당해내지 못하고 쓰러졌으니 무림 통일의 꿈도 단지 꿈으로 끝났을 뿐이다. 더구나 그 청년이 십 년을 주유한 끝에 적을 찾지 못하고 칩거한다는 사실은 절망을 안겨주었다.

그 후 가장 큰 분쟁이라 하면 삼십여 년 전 무당의 태허 진인과 혈도선 허우의 분쟁이었다. 그러나 이 역시 그리 큰 규모가 아니었으니, 당시 삼십대의 혈기 왕성하던 태허 진인은 무당의 일대제자들을 동반하였고 당시 혈마라 불렸던 허우 역시 무리를 거느리길 귀찮아하던 터라 친하게 지내던 사파의 고수 몇이 도우러 왔을 뿐이다. 두 세력을 합쳐 사십을 넘지 않았으니, 그 후로도 쪽수로는 이보다 큰 규모의 분쟁이 여럿 있었으나 이만큼의 영향력을 행사한 예는 없었기에 사람들은 태허 진인과 혈도선의 분쟁을 그나마 큰 규모의 것으로 치고 있었다.

그런 연유로 모용세가의 오기 역시 세가 안에서 수련을 거듭할 뿐 실전에 나서본 일이 없었다. 그나마 실전을 방불케 하는 오기끼리의 시합도 썩 만족스러운 것이 못 되던 와중에 가주인 모용강이 적기단을 직접 지목하여 실전 경험을 쌓을 수 있으니 이보다 더 좋을 순 없었다. 이는 오기 중에서도 적기단이 한발 앞서 간다는 의미이며, 그 단주인 번위의 위상이 세가 안에서 그만큼 높아진다는 이야기다.

번위가 말 위에서 보니 검진의 정묘함이 첫 실전이라고 하나 수련할 때와 다름없었다. 비록 객잔으로 들어간 이들 중 셋이 돌아오지 않았으나 애초에 인원의 가감을 반영하여 만들어진 검진이니만큼 위력에 별반 차이가 없었다. 다만 문제는 인질로 잡힌 저 도련님을 상하지 않게 하는 일이다. 번위가 말했다.

"이봐, 거래를 하자."

"거래?"

"그래. 모용 공자를 무사히 돌려주면 나는 너를 죽이지 않겠다. 생포하여 압송하더라도 네가 배후와 목적을 불기만 하면 죽이기까지야 말아달라고 내 선처할 것이다. 약속한다."

강호인들에게 있어 한마디 말은 천금보다 더한 무게를 가진다. 모용세가에서 적기단주라는 직위를 가진 번위의 말을 신뢰할 수 있는 것도 사실이다. 하지만 추신에게 그런 것들은 눈곱만큼의 값어치도 없었다.

"말이 많은 걸 보니 세가의 안에서 짖는 법을 배운 모양이군. 꼬리 흔드는 법까지는 아직 배우지 못했나?"

명백한 조롱의 뜻을 담으니 번위가 노하여 소리쳤다.

"쳐라!"

그러자 붉은 검진이 마치 생명을 가진 듯 요동치기 시작했다. 추신은 쓰게 마음먹었다. 개인과 개인의 관계로 끝내려 했으나 모용강이 그를 거부한다면 자신도 가만히 당할 수는 없다. 물론 깔끔한 복수의 길을 택하지 않은 것은 추신이 먼저였지만.

추신은 모용현의 혈도를 짚고 뒤로 던졌다. 아무렇게나 던져진 소년이 가볍게 땅에 착지하니 추신의 고명한 내공수법이라, 가장 탄복한 것이 모용현 자신이었다. 그러나 소년이 놀란 것은 추신이 자신을 내세워 우위를 점하고자 하는 전략을 포기한 점이었다. 모용가의 차기 가주를 방패 삼아 싸우는 것을 포기했다는 것은 삼십 명에 육박하는 적을 맞서 목을 내미는 것이나 다름없다. 저 사내는 죽으려는 것일까?

추신은 결코 죽고자 하는 마음이 없었다. 인질이 있으면 전황을 자기 것으로 만들 수 있으나 군이 그럴 필요는 없다. 오히려 모용현을 끼고 있으면 그만큼 움직임이 제한될 뿐이다.

붉은 사내들이 이리저리 움직인다. 그네들의 검이 따라 움직이고, 그 움직임이 실로 변화무쌍, 예측하기가 쉽지 않다. 가을 햇빛을 받아 검날에 비치는 빛이 어지럽기만 하다. 눈이 부신 만큼 치명적인 빛의 무리가 섞이고 때론 헤어지며 추신을 핍박해 들어갔다.

"하앗!"

추신이 낮은 기합 소리를 내며 검을 움직인다. 본래 이름이 간월십삼검(間越十三劍)이라는 이 검법은 초식이 따로 없다. 십삼검이라는 이름은 검보에 있는 열세 구의 검리(劍理)에서 따왔을 뿐이다. 이 검법의 묘리는 바로 간월(間越)이라는 앞의 두 글자에 있으니 추구하는 바가 극단의 쾌검임은 미루어 짐작할 수 있다. 그뿐이라면 왜국의 검술과 다를 바 없으나 간월검의 검리라는 것이 이미 검리가 아닌 무학의 요체를 담은 것이라 추신의 검은 이미 검이 아닌 경지에 이르렀다.

"…저럴 수가!"

추신의 보이지 않는 검을 따라 붉은 검진이 파훼되고 있었다. 검진으로 형성된 철저한 공수 일체의 합벽도 추신의 검 앞에서는 무력할 뿐이다. 한 마리 늑대가 양 떼를 유린하듯 모용세가가 심혈을 기울여 만들어낸 적기단이 한 사람의 무력 앞에서 너무나 허무하게 무너지고 있었다.

'누가 무영검 추신을 폄하했는가!'

먼저 간 수하와 똑같은 생각을 하면서 번위가 말에서 내렸다. 검을 들고 서 있는 적기단원이 십여 명에 불과했다.

"모두 물러나라!"

추신의 놀라운 무위를 눈으로 목격하고도 번위가 검을 뽑았다. 어차피 이대로는 세가로 돌아갈 면목이 없다. 벌을 받는 것은 두렵지 않으나 목적을 달성하지 못한 채 부하를 반이나 잃고도 살아 돌아온 무능력한 비겁자란 낙인이 두려웠다. 게다가 추신의 상태 또한 성치는 않다. 치명적인 상처는 없었으나 여기저기 십여 군데 자잘한 검상에서 피를 흘리고 있으니 싸워볼 만하다는 계산이 섰다.

살아남은 적기단원들이 뒤로 물러나고 번위가 앞으로 나서자 추신이 비웃었다.

"흥, 수하들을 희생시켜 힘을 빼놓은 후 덤비는 것이 당신의 방식인가? 죽어간 이들이 퍽 고맙겠군."

그 말을 듣자 의식하지 못했던 시선이 느껴졌다. 살아남은 적기단원들의 시선이 창처럼 번위의 등에 꽂히는 것이다. 물론 어디까지나 그의 느낌에 불과하지만 추신의 말이 인지상정이다.

"죽어랏!"

번위의 검이 추신을 향했다. 자홍관일(紫虹貫日)의 초식이 예리하기 그지없었으니 추신이 감히 경시하지 못하고 검을 들어 막아냈다.

챙!

검과 검이 부딪친 순간 날카로운 쇳소리와 함께 번위의 공력이 추신에게로 전해졌다. 과연 표리검으로 이름 높은 강호의 고수! 게다가 번위의 검이 보검이었는지 추신의 청강검이 타격을 입었다. 추신이 예기치 못한 사태에 당황하여 뒤로 물러나니 번위가 용기백배하여 달려들었다.

그러나 추신이 물러난 것은 당황했기 때문은 아니었다. 번위의 검이 허공을 가르고 추신에게 뒤를 허용하고 말았다. 그러나 번위 역시 강호 경험이 풍부한 고수였으니 빙글 돌아 추신의 검을 막아냈다. 실로 표리검이라는 이름이 부끄럽지 않은 움직임에 지켜보던 적기단원들이 환호를 질렀다. 그러나 이 일전을 보고 있던 모두가 자신의 눈을 의심할 일이 벌어졌으니, 검로를 읽고 미리 차단해 낸 번위의 검을 아랑곳하지 않고 추신의 검이 번위를 베어버린 것이다.

"어, 어찌 이럴……?"

그것이 바로 간월십삼검의 정수이니 피아(彼我)의 거리[間]를 무(無)로 만들어 어떠한 제약도 없이 상대를 베어버리는 일검이었다. 보는 이들의 눈에는 추신의 검이 번위의 보검을 유령처럼 통과한 것처럼 보였을 것이다. 그리고 이 사실을 가장 믿지 못한 번위는 피를 뿌리며 허무하게 쓰러졌다.

10

삼십 명의 적기단원 중 겨우 십여 명이 돌아왔다. 몇 년간 심혈을 기울여 키워낸 고수들을 제대로 써먹지도 못하고 이토록 허무하게 잃다니! 그보다 더 큰 손실은 적기단주 표리검 번위을 잃었다는 것이다. 적기단원이야 다시 키워내면 되는 것이지만 번위만한 고수는 키운다고 키워낼 수 있는 인물이 아니었다. 손해가 막심했다.

"역시 제가 갔어야 했습니다."

담대진홍이 침울히 말했다. 침상에 반쯤 누운 자세로 비보를 들은 모용강의 얼굴도 어두웠다. 생존자들의 이야기를 들어보니 다소 과장이 섞였음을 감안해도 추신의 무공 수위가 예상을 훨씬 뛰어넘은 것이다.

"놈의 본신 실력이 그 정도일 줄 누가 알았겠는가?"

"그러나……."

"목가의 둘째가 간월십삼검을 대성했음이 분명하군. 하긴 그렇지 않고서야 내 앞에 나타날 리 없겠지."

모용강이라고 간월십삼검의 위력을 잘 알 리 없었다. 단지 모용세가의 서고에서 간월십삼검에 대해 언급한 책을 읽었고, 이야기 속의 무공이라 여겨졌던 것이 목가의 피를 타고 유유히 전해졌음을 알았다. 추측할 수 있는 것은 역대 목가장주들의 검법이 단순한 쾌검에 그쳤으니 그를 넘어선 경지라는 것뿐이다. 애초에 언제 누구로부터 비롯되었는지 모를 이 검법을 대성한 이가 무림 역사상 최초로 나타났다는 것이 놀라웠고, 그자가 바로 자신과 원한을 맺고 있다는 사실이 껄끄러웠다.

"암천대(暗天隊)에게 지시하게. 더 이상의 손실은 곤란하니까."

암천대란 모용세가 내에서도 아는 이가 별로 없는 비밀 집단으로 첩보와 공작을 주로 하는 이들이었다. 추신과 모용현의 행방을 알아낸 것도 이들인데, 개개인이 일급살수들이나 어디까지나 임무를 우선으로 하는 이들이었다. 공을 다투었다면 추신을 발견했을 때 스스로 처리하러 나섰을 것이다. 그들은 적기단의 습격이 실패로 돌아갔을 때에도 도우려 나서지 않고 상황을 지켜봤지만 모용강은 그것을 나무라지 않았다. 오기가 모용세가의 낮이라면 암천대는 세가의 밤이라 할 수 있었다. 모용천이 정도무림의 상징으로 지금처럼 우뚝 서기까지는 다른 이들보다 암천대의 공이 컸다.

"암천대를 쓰시겠습니까?"

담대진홍이 마뜩찮은 표정으로 말했다. 세가의 이인자 모용강의 절대적인 신뢰를 받고 있는 그로서도 암천대는 껄끄러운 상대였다. 그들이 하는 일들이나 수법이 담대진홍에게는 혐오감을 불러일으키기 일쑤였다.

물론 그는 주군인 모용강에게 마음속 깊은 곳으로부터 충성을 맹세하였고, 모용강이 할 수 없는 더러운 일들을 하는 역할을 자처해 왔다.

그러나 그것은 어디까지나 무림 일통(武林一統)이라는 대의를 위한 어쩔 수 없는 희생이다. 그를 위해서라면 자신의 명예쯤이야 어떻게 되든 상관없다. 그러나 암천대의 대원들은 그런 희생과는 가장 거리가 먼 족속들이었다.

"그래."

"홀로 적기단을 궤멸시킨 무영검입니다. 암천대의 상위 이십 명을 모두 보낸다 해도 무리일 겁니다."

"그래도 좋군."

담담한 모용강의 어조가 담대진홍의 목덜미에 식은땀을 흐르게 했다. 담대진홍이 모용세가의 총관으로 모용강과 함께한 지 벌써 십 년이 넘었다. 그런 담대진홍조차 모용강의 의중을 파악하지 못할 때가 많다. 그리고 뒤늦게 깨달았을 때는 그 냉혹함에 소름이 끼칠 정도였다.

"아직 쓸 데가 많습니다."

"그건 그때 가서 생각하지. 정리는 마음먹었을 때 하는 게 좋아."

모용강은 추신을 이용해 암천대를 정리하고자 했다. 토사구팽(兔死狗烹)이라, 모용강이 지금보다 더 앞으로 나아가기 위해 손발이나 마찬가지인 암천대를 제거할 필요가 있다. 그 손이 더럽다면 누가 잡을 것인가?

"아, 그리고 현아를 처리하도록 지시하게."

"네?"

뜻밖의 말에 담대진홍이 놀랐다. 모용강이 아들인 모용현에게 깊은 정을 느끼지 못하는 것이 사실이지만 이렇게 단호히 내칠지는 그도 생각지 못한 일이었다. 더구나 모용강의 말대로 모용현이 그날 밤의 일을 목격하였다는 것 또한 아직은 심중에 불과하다. 그런데도 이 남자는 아들을 죽이라 명한다.

"진심이십니까?"

"언제부터 내 의중을 떠보았는가?"

너무 놀라 반문했던 담대진홍은 싸늘한 모용강의 시선에 고개를 떨궜다.

"즉시 시행하겠습니다."

모용강의 싸늘한 시선이 강호에 이름 높은 담대진홍을 오그라들게 만들었다. 담대진홍이 방에서 물러나자 모용강은 창문을 열었다. 늦가을의 찬바람이 환자에게 좋을 리 없으나 어차피 꾀병이다. 사람들 앞에서 붉은 피를 한 사발이나 토해냈으니 아무렇지 않을 리 없지만 모두가 걱정하는 만큼 내상이 깊은 것은 아니다.

창 너머로 보이는 세가의 정원에는 단풍과 은행이 선명하다. 시간의 흐름에 저항하듯 잎을 떨구지 않으려 애쓰는 거목들의 밑으로 세가의 안주인 남영혜가 시녀 둘을 거느리고 서 있었다. 온통 검은 상복을 입었음에도 그 미모는 가릴 수 없으니 멀리서도 금세 알아볼 정도다.

"……"

남영혜가 약속이라도 한 듯 고개를 돌리니 부부의 눈빛이 허공에서 만나 얽히고설켰다. 깊은 눈과 새하얀 피부, 붉은 입술……. 미인을 그리는 진부한 표현이지만 어떤 시인도 남영혜의 앞에서 참신한 글귀를 떠올릴 만큼 머리를 굴릴 수 없을 것이다. 경국지색(傾國之色)이요, 침어낙안(沈魚落雁)이라는 오래된 글귀를 써 붙이기에 급급하겠지만 그것만으로는 역시 모자람이 있다. 젊은 시절 남영혜의 앞에서 당대의 문장가들은 모두 붓을 꺾어야 했다.

그것이 벌써 십오륙 년 전의 일이건만 남영혜의 미모는 시간의 영향을 받지 않는 듯했다. 마치 그녀에게 가지를 드리우는 저 거목들처럼 시간의 흐름에 몸을 맡기지 않으려 애쓰는 듯 남영혜의 미모는 삼십대인 지금도 여전했다.

그런 남영혜를 부인으로 얻었으나 결혼 생활은 행복하지 않았다. 모용강은 그녀로 인해 끊임없이 괴로워했다. 지금도 마찬가지로 깊은 내상을 입어 누운 남편을 보는 남영혜의 눈은 어둡고 차가웠다. 그리고 그 위로 그녀를 닮은, 그만큼이나 모용강 자신을 닮은 소년의 얼굴이 겹쳐졌다.

모용강은 시선을 거두고 창을 닫았다.

*　　　*　　　*

휘요오오!

새 우는 소리가 밤공기를 타고 산을 울린다. 사람이 다니지 않을 깊은 곳인데도 모닥불을 피워놓고 노숙을 하는 이들이 있었다. 한 사람은 삼십대의 청년으로 회색 장포를 입고 있었는데 여기저기 옷이 찢어진 부분이 붉게 물들어 상처가 많아 보였다. 그 앞에 무릎을 감싸고 앉아 있는 소년은 이제 십이삼 세쯤 되어 보이는 미동으로, 앞머리를 내려 오른쪽 눈이 보이지 않았다. 바로 추신과 모용현이었다.

타닥타닥!

장작이 타는 소리가 일정한 박자를 타니 마치 음악 소리인 듯하다. 추신은 그의 검을 불빛에 비추어보고 있었다. 손잡이는 평범했으나 붉게 물든 검신이 날카로워 장인의 솜씨로 빚어낸 보검이 분명했다. 바로 낮에 추신에게 베인 적기단주 표리검 번위의 검이었다.

원래 추신이 가지고 있던 검도 그리 나쁜 것이 아니었으나 평범한 청강검에 불과했다. 번위의 보검과 한 번 부딪쳐 이가 빠졌으니 더 이상 쓰기 힘들었다. 도망치는 적기단의 잔당을 쫓지 않고 추신은 이 빠진 검을 버리고 번위의 보검을 취한 뒤 모용현을 데리고 산으로 들어섰다. 일단은 쉽게 쫓지 못할 곳으로 가야 했다.

모용현이 가만히 불 건너 추신을 보니 이리저리 보검을 살피는 모습이 어린아이가 장난감을 손에 넣은 것 같았다. 표정의 변화는 없으나 그만큼 좋아하고 있는 게 분명했다. 남을 죽이고 빼앗은 물건을 보며 좋아하다니 소년에게는 이해할 수 없는 일이었다.

"좋은 검이다. 그에겐 아깝다."

모용현의 생각을 꿰뚫어 보기라도 한 듯 추신이 말했다. 모용현은 속을 내보인 듯 부끄러움에 오히려 발끈했다. 추신이 낮에 보여주었던 끔찍한 무위를 잊은 채 말이다.

"그래서 좋나요? 사람을 죽이고 그 물건을 강탈한 것이?"

추신은 여전히 보검을 살피며 대답했다.

"그가 나를 죽이려 했기에 대응했을 뿐이다. 너라면 검을 겨누는 상대에게 목을 내어줄 것이냐?"

"그렇다 해도 시신의 물건을 가진 것은 도의에 어긋나는 일이오."

비로소 추신이 모용현을 보며 말했다.

"네가 보기에 내가 도의를 지킬 인물이냐? 아니, 이미 사람의 길에서 벗어날 대로 벗어났으니 그쯤이야 무방하지 않겠느냐?"

"그대가 이미 한 번 그르친 것은 복수를 위함이니 타인이 감히 비방할 수 없는 일이오. 하지만 사체의 물건을 취함은 그와는 상관이 없습니다.”

“책상머리에 앉아 글만 읽은 티를 내는구나. 네 논리대로라면 상산의 조자룡도 도의와는 영 거리가 있겠구나?”

이는 조자룡이 저 유명한 장판파(長坂坡)의 전투에서 조조가 총애하던 하후은을 죽이고 조조로부터 하사받은 보검 청홍검(靑紅劍)을 탈취한 고사를 빗댄 것이다. 공교롭게도 모용현이 삼국지에서 가장 좋아하던 영웅이 바로 조운이었는데 그를 강도에 비교하였으니 순간 발끈했으나 남달리 총명한 소년은 바로 자신의 잘못을 깨달았다. 아무 말 없는 모용현을 보고 추신이 말했다.

“네 말이 사실 옳다.”

“네?”

“내가 말하지 않았느냐? 무림이라는 곳이 무정하고 비정한 곳이니 그 속을 살아가는 이가 어디 제대로 된 이들이겠느냐? 무림인이라는 족속들은 불한당에 불과하다. 백도의 대협이라느니 명가의 명숙이라느니 하는 것들은 죄다 개소리다.”

“하지만 우리 할아버지는……!”

백도의 대협이라 함은 모용천을 비아냥거리는 것이니 모용현이 더 이상 참고 듣기 어려웠다. 모용현이 제아무리 총명하다고 하나 아직 어린아이에 불과했다. 추신이 그런 모용현을 놀리듯 말했다.

“내가 언제 너의 할아버지를 욕했다고 달려드느냐?”

“방금 한 말이 그것 아니오?”

“내가 존경하는 무림인이 있다면 그건 바로 모용천, 모용 대협 한 사람뿐이다. 왜인 줄 아느냐?”

그렇게 물어보는 추신의 얼굴이 웃고 있었다. 그가 평생에 걸쳐 증오하는 이가 모용씨이거늘 그가 존경하는 단 한 사람 또한 모용씨란 말인가? 모용현이 솔직히 말했다.

"모르겠어요."

"그건 네 할아버지가 한 번도 스스로를 정도의 인물이라 자처한 적이 없기 때문이다. 많은 사람들이 모용 대협을 정도무림의 최고수라 떠받들지만 그건 그네들이 원하는 모습일 뿐이지. 네가 아는지 모르겠지만 모용 대협이 십 년간 강호를 주유하며 한 번이라도 협행이라는 걸 한 적이 있는 줄 아느냐?"

"할아버님이 비록 드러내 놓고 한 일은 없으나 악독한 사파의 거마(巨魔)들을 여럿 잡았다고 알고 있어요. 그로 인해 백성들이 평안을 찾았으니 모두들 입을 모아 칭송했다던데요?"

"그래?"

추신의 미소가 석연치 않았다.

"뭐가 '그래?' 입니까? 할 말이 있으면 어서 하세요."

"너는 그것을 네 조부에게 직접 들었느냐?"

"그건 아니지만……."

"내가 알기로 모용 대협의 협행이라는 것들은 대부분이 그런 식이다. 어디어디의 마두를 해치워 민중을 구했다는 이야기지. 하나 너는 네 조부가 고통받는 백성을 위해 부정한 관리를 해치웠다는 얘기를 들은 적이 있느냐?"

"없소."

"너는 네 조부가 태주(台州)의 의병을 도와 왜구를 물리쳤다는 이야기를 들은 적이 있느냐?"

"…없소."

자신없는 목소리로 시인하는 모용현에게 추신이 말했다. 흔들리는 모닥불이 추신의 얼굴에 드리운 그림자를 춤추게 한다.

"네 조부는 아마 뼛속까지 무인(武人)이었을 것이다. 고통받는 백성을 위해 마두를 잡은 것이 아니라 그 마두가 천하의 고수였기 때문에 비무를 하고 죽였을 것이다. 사람들이 그를 보고 협행이라 칭송하나 이는 일의 인과를 거꾸로 본 것이다. 협(俠)을 위해 행(行)한 것이 아니라 행(行)하니 협(俠)이 마침 따라왔을 뿐이다."

모용현은 귀를 기울였다.

"결국 사람들은 자신이 원하는 대로 매사를 해석하게 마련이다. 마왕(魔王) 황종류(黃宗琉)와 권왕(拳王) 우진(于震)의 차이가 무엇이냐?"

마왕 황종류와 권왕 우진은 모두 전대의 고수들로 중원십왕의 일원이었다. 사람들 사이에서 최고수로 불리우던 십왕은 정사의 인물이 각각 다섯 명씩 꼽혔는데 그중에서도 정사를 대표하던 인물이 바로 마왕과 권왕이었다. 천하를 호령하며 건곤일척의 싸움을 준비하던 두 사람은 당시 약관을 갓 넘긴 모용천에게 패하여 목숨을 잃었다.

"한 사람은 정파의 영도자였고 한 사람은 사파의 대마두죠."

모용현이 대답하자 추신이 고개를 흔들며 부정했다.

"그것은 표면적인 것에 불과하니 당시 네 조부에게 문제될 것이 아니었다. 네 조부의 눈에 비친 두 사람은 그저 당시 천하제일로 손꼽히던 고수 그 이상도 이하도 아니었을 것이다."

처음 모용천이 권왕 우진을 죽였을 때 사람들은 모용천을 욕하기에 바빴다. 그러나 곧바로 모용천이 마왕 황종류를 죽이자 사람들의 태도가 싹 바뀌었다. 모용천이 아니었더라면 정사대전(正邪大戰)이 일어나 많은 생명이 죽어갔을 것이라며 입을 모아 칭송하기 시작한 것이다.

"그가 위대한 것은 어떠한 가식과 위선 없이 오로지 무(武)의 한길을 팠기 때문이다. 내 보기에는 네 조부가 달마나 삼풍 진인보다 낫다. 최소한 중이나 도사 나부랭이는 아니니까."

소년이 누구보다 사랑하는 할아버지를 칭찬하는 것임에도 모용현은 추신의 말이 마음에 들지 않았다. 못마땅해하는 소년의 얼굴을 보며 추신이 말했다.

"그러고 보니 너에게 말할 것이 있다. 너는 듣겠느냐?"

"알려주면 알려주고 말려면 말 것이지 애써 물어보는 건 무슨 심보요? 그냥 말하세요."

"그래, 오늘 낮에 너의 조부가 죽었다는 소식을 들었다."

직접 눈으로 본 사실이나 이렇게 남의 입을 통해 들으니 또 새로웠다. 다시는 떠올리기 싫은 그날의 광경이 소년의 눈앞에 펼쳐진다. 추신이 계속 말했다.

"그리고 네 조부를 시해한 흉수가 나라고 한다. 객잔에서 몇 명이 얘기하는 것을 들었을 뿐이지만 지금쯤 많은 이들이 그렇게 생각할 것이다. 얼마 안 가 전 중원에 그 소식이 퍼질 것이다. 놀랍지 않느냐?"

사랑하는 조부의 부고를 들었음에도 소년의 표정 변화가 없자 추신은 너무 놀란 나머지 굳어버린 게 아닐까 싶었다. 그러나 소년은 이내 대답했다.

"그렇군요. 당신이 죽인 것으로… 세가에서 그리 발표했군요."

"물론 나는 죽이지 않았다. 네가 믿을지 모르겠지만 말이다."

"그랬단 말이지……."

격렬한 분노, 혹은 끔찍한 슬픔을 기대했던 추신에게 소년의 반응은

예상외의 것이었다. 놀랍게도 모용현은 착 가라앉은 얼굴로 타오르는
불길을 직시하며 중얼거릴 뿐이었다.

11

"이번엔 또 어떤 놈들인가⋯⋯."

추신이 중얼거리며 자리에서 일어났다. 풀벌레 소리가 어느샌가 멈
추고 야밤의 산속이 적막에 휩싸인 것이다. 살기를 인간에게 감출 수
있어도 한낱 미물에게는 감출 수 없는 법이다. 만월(萬月)에 가까워지
려는 달빛이 순간 가려졌다. 허공에 뜬 인영(人影)이 추신의 시야에서
달빛을 가리며 뛰어들었다.

"흥!"

추신이 비웃으며 번위의, 이제는 추신의 것이 된 보검을 집었다. 간
단하지만 효과적인 방법. 한 사람이 미끼가 되어 이목을 흐리고 다른
쪽에서 공격하는 전술일 것이다. 인영의 양손에 달린 갈고리가 달빛을
받아 번쩍인다. 갈고리의 날 끝이 날카롭거니와 푸르스름한 것이 독을
발랐을 가능성이 높았다. 이런 경우 미끼로 나선 쪽은 이미 죽음을 각
오했으니 맞서는 쪽이 손해다.

추신은 떠오른 인영이 내지른 갈고리를 피하며 검을 휘둘렀다. 휘두
른 검의 방향이 추신을 기습한 이와 정반대였으나 그곳에는 어느샌가
접근한 다른 습격자가 있었다.

"⋯⋯!"

기습에 실패한 그림자가 헛숨을 들이키며 뒤로 물러난다. 아니, 물러나려 했으나 몸이 뜻대로 움직여 주질 않았다. 기습을 저지한 것으로 족한 줄 알았던 추신의 일검이 어느새 그의 가슴패기에 긴 혈선을 그려 넣었던 것이다. 벌어지는 상처 사이로 폭포수처럼 피가 뿜어져 나온다.

"으윽!"

추신의 검이 그의 머리를 넘어 반원을 그리니 뿜어져 나오는 피가 허공을 가른 검로를 따라 두 갈래로 갈라진다. 공교롭게도 추신을 가운데에 놓고 앞뒤로 기습하던 자들에게 갈라진 핏줄기가 쏟아졌다.

"크윽!"

동료의 피를 맞고 주춤했던 시간은 극히 짧았으나 대가는 컸다. 추신의 손이 움직이는가 싶더니 그의 앞뒤로 달려들던 이들도 앞서 간 동료를 따라 풀숲 위로 쓰러졌다.

순식간에 세 사람이 쓰러졌다. 모용현도 놀라긴 했으나 그 자리에 있었다. 추신이 쓰러진 세 사람을 살펴보니 모두 짙은 색의 옷이었는데 완연한 검은 빛은 아니었다. 하나 이런 밤에는 검은색보다도 오히려 더 은신하기에 좋아 보였다. 한 사람은 양손에 갈고리를 끼었고 두 사람은 단검을 쥐었다. 공통점이라면 모두의 병기 끝에 푸른 독기가 서려 있다는 것이다.

핏빛 흥분이 차가운 밤공기를 달구어놓았다. 고조된 적막을 깬 것은 모용현의 중얼거림이었다.

"…암천대?"

"그게 무엇이냐?"

추신이 물어보자 모용현은 망설였다. 이는 세가의 일이니 함부로 외인에게 발설할 것이 아니다. 그러나 소년의 입은 머리와 상관없이 움직였다.

"세가의… 아니, 아버지가 거느린 집단이라고 알고 있소. 나도 풍문을 들어 알 뿐 실제로 본 것은 아니나 정보 수집과 여타 공작 활동을 주로 하는 이들이라 했소."

정도무림의 상징을 자처하는 모용세가가 이런 암약 집단을 가지고 있다는 것은 큰 파장을 불러일으킬 일이다. 모용현은 그를 잘 알면서도 추신에게 이야기했으니 막상 추신으로선 놀랄 일이었다.

"그런 사항을 나에게 이야기해도 되느냐?"

"나도 잘 모르겠군요."

모용현이 쓰게 웃으며 고개를 저었다. 그 웃음에 서려 있는 감정은 결코 십삼 세의 소년이 낼 수 있는 것이 아니다. 소년은 밝게 웃어야 한다. 모진 풍파를 겪어 여린 가슴에 딱딱한 비늘이 돋아나는 것은 세상으로부터 자신을 지키는 방책이지만 그 자체로 이미 고통스러운 일이다. 그 과정은 시간을 두고 천천히 이루어져야 한다. 그렇지 않으면 무작정 돋아난 비늘에 오히려 다치고 만다. 그 대표적인 예가 바로 추신 자신이다.

추신은 모용현에게서 자신과 같은 웃음을 보았다.

'하긴 내가 저 아이를 그렇게 만들었지. 모용강이 나에게 했던 것처럼.'

추신은 모용현의 쓴웃음이 자신으로부터 비롯되었다고 생각했다. 모용현이 누구보다 사랑하고 존경했을 아버지 모용강의 과거는 소년에게 차라리 고통이었을 것이다. 더군다나 그 아버지의 죄로 인해 자신이 처지가 이리되었으니 추신이 착각하는 것도 무리는 아니었다. 자신과 같은 고통을 소년에게 강요했으니 모용강보다 더한 짓이 아닐까 생각하는 추신의 가슴 한구석이 아려왔다.

물론 그것은 큰 착각이었지만.

한편 멀리서 지켜보던 암천대의 수장 일호(一呼)는 놀라움을 감추지 못했다. 본래 암천대는 이백 명이 넘는 대규모 집단이나 하위 대원들은 모두 강호 곳곳에 흩어져 몇 년, 혹은 십 년 넘게 임무를 수행 중이다. 그들을 제외한 상위 번호를 가진 일호부터 이십호까지의 스무 명이 진정한 암천대라 할 수 있었는데 개개인의 무위는 강호의 일급살수에 비해도 전혀 손색이 없었다.

때문에 담대진홍으로부터 암천대의 전 인원을 가동하여 목표를 사살하라는 명을 받았을 때 일호는 내심 콧방귀를 뀌었던 터다. 목표가 강호에 위명이 자자한 무영검 추신이랄지라도 상위 이십호 중 자신을 포함해 열이면 떡을 치겠다는 계산이 섰다.

하나 웬걸, 강호에 무영검 추신을 모르는 이 없으나 똑바로 아는 이도 없었다. 암천대 세 명의 합공이라면 구파일방의 장문인이라도 피할 수 없다 자신하였거늘 너무나 간단히 파훼된 것이다. 무영검 추신이라는 청년의 무위가 어쩌면 담대 총관과 동수를 이룰지도 몰랐다.

'아니, 주군과 비견될지도 모른다!'

이런 법은 없었다. 상대를 정확히 파악하지 못하고 뛰어드는 것은 살수로서 실격이요, 불을 향해 날아드는 곤충이나 할 짓이다. 한데 이런 경우, 상대를 정확히 파악했다는 것이 오히려 임무 수행에 차질을 빚었다. 임무를 완수하더라도 너무나 큰 손실이 예상되니 도리어 꺼리는 마음이 생긴 것이다.

담대 총관이 아닌 가주에게서 직접 명을 받는 편이 나았다며 일호는 혀를 찼다. 그랬다면 가주의 의중을 읽어 판단을 내렸을 터인데 지금은 그것이 불가능하다. 암천대의 역할과 비중은 매우 큰 것이어서 오히려 지금처럼 상위 대원들의 피해가 불을 보듯 뻔한 경우 이대로 임무를 계속해야 할지 망설여지는 것이다. 그나마 다행인 것은 일호가 속내와 달리 담대진홍의 말을 듣고 이십 명을 모두 가동시킨 것이다. 열이라면 필패(必敗)할 구도가 스물이라 신승(辛勝)의 그림으로 바뀐 것이다.

그러나 과연 이 임무가 암천대 상위 이십 명을 가동해 신승할 만한 가치가 있는 것일까? 여기에 일호의 갈등이 있었다. 과연 상위 이십 명 중 십여 명을 희생해 목표를 제거하였을 때 가주는 그를 받아들일 것인가? 보통의 경우라면 틀림없이 아니라 할 것이다. 그만큼 암천대의 역할은 중요하다. 그것은 누구보다 일호가 잘 알고 있었다. 표면의 전력인 오기단처럼 결원이 생기면 바로 보충할 수 있는 것도 아니다. 한 사람 한 사람이 더없이 중요한 인재이다.

그러나 가주의 명은 잔혹했다. 자신의 아들인 모용현, 모용 공자가 인질의 역할을 하여 치욕스러운 삶을 이어가느니 차라리 죽일 것을 명했다. 그런 결단을 내리기까지 겪었을 가주의 고통을 생각하니 어떤 피해를 감수하고서라도 목표를 제거해야 할 것도 같다. 물론 이러한 판단은 어디까지나 일호의 추측에 불과했지만.

일호의 머릿속이 복잡해졌다. 담대 총관을 거치는 바람에 가주의 정확한 바람을 읽을 수 없었다. 하긴 지금껏 그런 것이 필요한 임무도 없었다. 명령은 언제나 명확했고, 모두 그들의 능력에 마땅했다. 물론 이번 임무 또한 명확하긴 하다. 그러나 저 사내는 감당키 어렵다. 어쩌면 명확한 가주의 바람이 목표물에 대한 두려움 때문에 흐려진 것일지도 모른다.

'젠장!'

결국 일호는 결심을 굳혔다. 추신과 모용현을 중심으로 원을 형성해 숨어 있을 다른 대원들에게 신호를 보냈고, 본격적인 사냥이 시작됐다.

12

적막뿐인 밤의 산속에서 추신이 빼 든 검이 이질적으로 빛을 내고 있다. 달빛을 받아 흰 기운을 내더니 모닥불에 비추어 붉은 기운으로 변하기도 한다. 검을 늘어뜨린 추신의 자세가 자연스러운 것이, 마치 올 테면 와보라는 식이었다. 추신은 덤비는 자들만 벨 작정이었다. 도망칠 필요도 없고 모용현을 간수하기도 힘들다.

모닥불 너머 굳어 있는 표정의 소년이 보인다. 앞머리를 늘어뜨려 오른 눈을 가린 소년의 얼굴에 붉은 그림자가 춤을 춘다. 추신의 검이 닿는 영역 안에 있으니 모용현이 혼란한 틈을 타 도망칠 수는 없을 것이다. 저들이 목숨을 희생할 각오가 되어 있다면 모르나 처음의 습격으로 보아 모용현의 구출보다는 추신의 제거에 초점이 맞추어진 듯하다.

'뭐가 됐든 상관없다.'

추신이 검을 한 번 휘두르니 검압을 못 이기고 주위의 풀들이 누워 버린다. 그 영역이 자그마치 일 장을 훌쩍 넘기니 암천대를 향한 시위다. 이걸 보고도 용기가 난다면 어서 덤벼라.

그 광경을 보고 암천대의 일호가 주먹을 꽉 쥐었다. 사냥감에게 기세에서 밀린다면 그 사냥은 실패다. 남은 열여섯의 대원들에게 어둠 속에서도 식별이 가능한 특수한 신호를 보냈다.

"음?"

추신의 양옆에서 어두운 그림자가 동시에 나타났다. 추신의 영역을 계산한 거리가 절묘하다. 추신은 망설임없이 한쪽을 포기하고 달려들었다. 한 발을 내디딤과 동시에 쏘아지는 검속이 상상을 초월한다. 그러나 표적이 된 그림자가 예상하기라도 했다는 듯 신속히 뒤로 물러났다. 애초에 적절한 거리가 그의 편이었다.

"……!"

그러나 추신의 신법의 쾌속함은 그의 검법에 비견될 것이었다. 어느새 거리를 자신의 것으로 만든 추신을 보며 암천대의 십일호가 대경하여 소리없는 비명을 지른다. 검이 지나간 자리에 여지없이 그려지는 붉은 선이 치명적이다.

그러나 추신의 검이, 정확히는 검을 든 오른손이 십일호를 벤 자리에 멈춰 섰다. 달빛이 허공에 살짝 선을 그으니 눈에 보이지 않을 만큼 가는 실이 추신의 팔뚝을 휘감은 것이다. 추신이 고개를 돌리니 반대편의 인영이 추신의 오른손을 봉쇄한 듯 실을 잡고 있었다. 복면에 가려져 보이진 않으나 득의만만한 기세가 눈에 선하다.

그러나 그 기세를 감상하고 있을 시간이 없다. 팔뚝을 휘감은 실이 옷을 자르고 살을 파먹어 들어 있다. 보통의 실로도 사람 살을 벨 수 있는데 이 정도의 인물들이 쓰는 실은 어느 정도일지 상상도 가지 않는다.

실의 강도를 가늠해 볼 틈도 없이 세 사람이 풀숲에서 튀어나와 추신에게 달려들었다. 추신이 알 리 없겠으나 각각 암천대의 팔, 구, 십오호다. 애용하는 병기는 달랐으나 그 끝에 독이 발라져 있음은 같다. 그러나 눈에 보이지 않는 검이 움직이고, 검이 지나간 자리를 따라 빛이 움직이고, 그 빛을 따라 허공에 붉은 선이 그어진다. 실이 끊어진 인형처럼 세 개의 그림자가 나란히 피를 흘리며 쓰러졌다.

"어떻게?"

추신의 오른팔을 봉쇄하고 있던 십구호가 암천대의 금기를 깨고 나지막한 의문을 터뜨렸다. 오른손에 있던 추신의 검이 왼손에 쥐어져 있으나 그 과정이 눈에 보이지 않았고, 왼손의 검술이 오른손에 떨어지지 않음에 대한 의문이었다. 그러나 그 의문은 자신의 천잠사(天蠶絲)가 끊어지는 믿지 못할 광경을 보자 경악으로 바뀐다. 천산의 누에로 빚은 실에 약물을 처리하고 유리를 먹인 기병(奇兵)이다. 강도가 떨어질 것을 염려해 독을 바르지 않았으나 그 자체로 충분히 위협적이고, 지금껏 주인의 기대를 저버린 적이 없다. 그런 천잠사가 추신이 왼손을 한 번 휘두르자 맥없이 끊어져 땅으로 떨어지자 십구호는 믿을 수 없었다. 활처럼 추신의 신형이 퉁겨지고 십구호의 목에서 피가 뿜어져 나왔다.

추신이 오른팔을 보니 특수한 처리를 하였는지 감긴 실이 살 안쪽으로 들어가 쉽게 뺄 수 없을 듯했다. 적어도 지금 상황에서는 조용히 치료할 여유가 없으니 오른팔은 쓸 수 없다고 봐야 했다. 왼손으로도 무리없이 검을 쓸 수 있지만 아무래도 오른손에 비할 수는 없다. 적의 전력도 제대로 모르는 상황에서 큰 낭패였다.

한편 모용현은 추신이 보여준 무위에 새삼 놀라워했다. 객잔에서 적기단을 패퇴시키고 적기단주 표리검 번위를 벤 것으로도 아직 이 사람의 깊이는 가늠할 수 없었다. 모용현이 비록 내공을 쌓을 수 없는 몸으로 무의 길을 포기하였으나 모용세가의 차기 가주로서 내로라하는 고수들을 수없이 봐온 터, 그 안목만큼은 일류고수에 버금간다 할 수 있었다. 그러나 모용현의 기억 어디에도 눈앞의 사내와 비교할 만한 인물이 떠오르지 않았다. 단지 끝을 알 수 없다는 느낌만은 담대 총관과 가주인 아버지를 닮았다.

'간월십삼검이라는 무공이 이 정도라면 아버지가 노릴 만하다.'

모용현이 말했다.

"암천대의 정확한 수는 알 수 없으나 중요한 임무를 수행하는 것은 상위 이십 명일 것입니다. 그들이 모두 왔다면 아직 열두 명이 남아 있으니 조심해야 합니다."

추신이 어이없는 표정으로 모용현을 내려다봤다.

"네가 지금 나를 혼란케 하려 드는 거냐? 저들은 널 구하러 온 이들이 아니냐?"

"그건 두고 봐야 알겠죠. 믿기 싫으면 상관없어요."

모용현의 말이 끝나기가 무섭게 십여 명의 그림자가 튀어나왔다. 이 많은 숫자가 접근하는 데도 추신이 눈치채지 못했으니 과연 한 사람 한 사람이 일급살수인 암천대의 상위 번호다웠다. 그러나 방법은 전혀 살수답지 않았는데, 서너 명의 기습으로는 득을 보기 힘들다는 것을 알았기 때문이다. 두 번의 기습이 실패로 돌아가고 여덟 명이 차례로 목숨을 잃었다. 이래서야 남아 있는 열둘이 한 번에 칠 수밖에 없다.

그러나 모습을 드러낸 이들은 추신의 상대가 되지 못했다. 애시당초 살수로서 대원 하나하나의 능력에 무한한 신뢰를 받던 이들이었으니 이런 경우를 대비한 연습을 했을 리 없다. 그렇다고 공동 작전을 통해 손발을 맞춰본 기억도 없다. 보름에 가까워진 달빛은 추신의 편이었고, 새로 얻은 보검은 몇 년을 익은 듯 손에 감겨왔다.

달빛이 어지러워 지상의 살육이 눈부시다. 모용현의 안력(眼力)으로 감히 따를 수 없는 추신의 검은 사람을 베는 데에 한 치의 망설임도 없으니 오직 검로(劍路)를 따르는 혈로(血路)가 그를 증명할 뿐이다. 검객의 검은 달필의 문장과 통하였고, 예인의 솜씨와 맞닿아 있었다. 소년은 그중 하나라도 놓칠세라 하나뿐인 눈에 모든 것을 담아두려 했다.

끝이 없는 잔치란 없다. 추신의 아름다운 검부림도 막바지를 향해 치달았다. 암천대의 피가 허공에 그리는 한 폭의 그림은 소년에게 더없이 매혹적이었으나 달에게는 보기 싫은 인간의 참극에 불과했다. 서서히 모습을 감추는 달 아래 두 발로 서 있는 자가 셋이었다. 추신과 소년, 그리고 암천대의 일호였다.

13

"…아름답다."

소년은 솔직한 감상을 토로했다. 그것은 일체의 조건(條件)과 저의(底意)가 배제된 감상이었다.

단정하던 머리는 헝클어졌고 옷이 찢긴 자국이 늘어났지만 추신은 꼿꼿이 두 다리로 서 있었다. 왼손에 든 검은 지면과 수평으로 세웠으며 그 아래로 사람의 피를 머금은 풀잎이 희미한 달빛을 받아 빛나고 있었다.

"…괴물인가?"

살수는 솔직한 감상을 토로했다. 그 역시 어떤 가치 판단도 개입되지 않은 감상이었다.

어두운 밤에 십여 명의 암천대 상위 번호들을 상대로 잔 상처만 받은 채 일 검에 하나씩 꼭 열한 번 휘둘렀을 뿐이다. 그마저도 제대로 본 경우가 없었다. 기존의 잣대로는 폭을 잴 수 없는 것에 괴물이라는 표현만큼 적당한 것이 없었다.

모용현과 일호의 반응이 다른 것은 추신에게 문제가 되지 않았다. 십일 인을 상대로 상처 하나 없이 끝내는 것이 어디 쉬운 일인가! 병기에 묻은 독을 조심한다고 했건만 상처를 입은 것은 어쩔 수 없는 일이다. 중독이 된 것은 확실하나 무슨 독을 썼는지 알 길이 없었다. 추신은 내공으로 달아오르는 독성을 억누르며 검을 들었다.

"하나 남았나?"

검을 겨누며 말하는 추신의 목소리가 담담하면서 가늘게 떨리고 있었다. 감히 시선을 맞추지 못하고 시선을 돌리던 일호가 그를 듣고 추신의 눈을 보니 과연 힘겨워하는 모습이 선명했다. 죽어나간 그의 동료들이 결코 헛심을 판 것은 아니었다. 원래부터 가지고 있던 상처가 아니라 금방 난 것처럼 피가 흘러내리는 상처도 있었다. 스치기만 해도 치명적인 독들이 이미 여러 곳으로 스며들었을 터, 시간을 끌기만 하면 된다. 시간을 끌기만…….

쉬익!

어둠을 가르기라도 하듯 날카로운 소리를 내며 추신의 검이 베어 들어왔다. 일호가 대경하며 뒤로 물러나니 앞섶이 길게 찢어졌다.

"운이 좋군."

추신의 중얼거림을 듣는 일호의 등줄기에 식은땀이 한줄기 흘러내렸다. 종이 한 장 차이로 목숨을 부지하였으나 검기의 예리함에 이미 몸이 잘려 나간 느낌이었다.

일호의 능력이 암천대의 상위 이십 명 가운데에서도 가장 높았지만 그 차이가 추신의 능력 앞에 영향을 끼칠 만큼은 아니었다. 한 박자 빠른 대응과 기민한 판단력에 더하여 추신의 검이 무뎌진 까닭에 일호가 살아날 수 있었으니 이미 독이 그의 몸 안에서 발하고 있다는 증거이다. 그러나 다음의 일검도 피할 수 있다는 자신이 없었다. 자리를 피해 먼 거리에서 지켜보다가 발작하는 것을 보고 다시 오면 되겠지만 당장 그만큼의 도약을 할 여유가 없었다.

추신이 한 걸음 내딛자 일호가 한 걸음 물러났다.

내력으로 독 기운을 억누르고 있어서인지 추신의 기운이 더욱 심해졌다. 추신의 검이 움직이려는 순간 일호가 자신의 곁에 멍하니 서 있는 모용현을 발견했다.

"다, 다가오지 마!"

일호가 모용현을 잡아 자신의 앞에 세우며 외쳤다. 뜻밖의 상황에 추신이 놀라 말했다.

"무슨 짓이냐?"

"한 걸음이라도 가까이 오면 공자를 죽이겠다!"

그러며 일호가 검을 뽑아 모용현의 목에 갖다 대니 소년은 놀라고 추신은 어이가 없었다.

"어차피 죽이기 위해 잡아온 놈이다."

추신이 단호히 말하고 앞으로 나서니 일호가 다급히 말했다.

"우, 웃기지 마! 공자가 없으면 네가 아무리 극강의 고수라 한들 살아 돌아갈 수 있을 것 같으냐? 지금 세가의 추적을 피했다 해도 무림의 고수들이 눈에 불을 켜고 너를 찾고 있다!"

일호의 말이 추신으로 하여금 생각하게 만들었다.

'모용강은 정녕 내가 모용천을 시해하였다 믿고 있는 건가?

모용현의 한쪽 눈과 함께 보낸 서찰을 통해 모용강은 자신의 정체를 짐작하고 목적 또한 알았으리라. 그렇다면 모용천의 죽음 또한 추신이 저지른 복수의 일부라 생각할 수도 있다.

"어서 공자를 죽이고 싶지 않다면 뒤로 물러나라!"

입장이 불분명한 상황이었다. 어차피 모용현은 목적이 아닌 수단에 불과하니 일호가 죽인다 하여 추신에게 아쉬울 것은 없었다. 저들은 어쨌든 추신을 죽이고 모용현을 세가로 데려가기 위해 파견된 자들일 것이라는 추신의 판단이 일호의 생각과 반대편으로 달려가며 이루어진 웃지 못할 촌극.

모용현은 시퍼런 칼날이 자신의 목 앞에 있는 것을 보고 숨도 쉬지 못할 만큼 두려웠다. 그러면서도 자신을 구하러 왔을 암천대가 오히려 자신을 인질로 잡았으니 어이가 없기는 매한가지였다.

추신은 망설이는 자신을 발견했다. 그의 말대로 모용현은 처음부터 죽이기 위해 잡아왔다. 계획만큼 충분하진 않았으나 눈을 한번 뽑았으니 그것으로 충분하다는 생각이 들었다. 그러나 여기에서 이런 식으로 소년을 죽게 만들고 싶진 않았다. 갑자기 떠오른 생각이었다. 이런 식으로 죽는 것은 곤란하다.

"아이를 죽이고 살아 돌아간들 네가 무슨 행세를 할 것이냐?"

"……"

　살수는 입을 다물었다. 다만 눈으로 의사를 표시하니 더 이상의 말이 필요없었다. 추신은 다시금 왼손으로 검을 쓰고 있다는 사실을 떠올렸다. 만일 오른손이 자유롭고 중독되지 않았다면 간월검의 극의를 발휘해 인질이 된 모용현을 넘어 살수만을 벨 수 있었을 것이다.

　"……."

　잠깐의 정적이 흘렀다. 깊은 가을 산의 밤공기는 차가웠고 달빛도 싸늘하다. 추신의 망설임이 일호에게는 호재였다. 시간이 흐를수록, 중독이 심화될수록 유리한 것은 자신이다. 이는 추신도 잘 알고 있었으니 가속된 심장을 통해 전신을 휘감아 도는 피를 타고 독기 역시 퍼져 나가 오래 버티기 어려웠다. 그의 입장에서는 어떤 형태로든 맺음을 해야만 했다. 모용현의 죽음을 방치하거나, 혹은 함께 베어버리거나. 온몸으로 퍼지는 독기를 생각한다면 한시도 지체할 틈이 없었다. 아쉽지만 소년을 통한 복수를 포기할 때가 된 것이다.

　추신이 결심하고 검을 움직이려던 때 가장 중요한 배역을 맡았으면서도 주변인으로 전락했던 소년이 입을 열었다.

　"아버지가 나를 죽이라 했나?"

　소년의 말은 놀랍도록 건조했다. 일급의 살수도 절정의 검객도 소년의 말에 마음이 흔들렸다.

　"그, 그건……."

　일호가 말을 하려다 끊자 모용현이 다시 말했다.

　"바른 대로 말해라. 내 비록 네 손에 잡혀 있으나 엄연히 네 작은 주인이니라."

　자신의 손에 잡혀 있으면서도 묘한 위엄이 있으니 일호가 감히 거역할 생각을 못하고 말했다.

“그렇습니다.”

대답하는 일호의 목소리에 어딘가 맥이 풀려 있었다. 정체를 알 수 없는 석연찮음이 만들어낸 틈을 놓치지 않고 추신의 검이 움직였다. 어깨로 내려앉는 피를 맞으며 소년이 말없이 서 있었다.

14

어깨로 흐르는 일호의 피가 뜨거웠다. 그러나 소년의 가슴은 더 뜨거웠다. 모용현이 목격했음을 모용강이 아는지 모르는지 알 수 없었지만 눈에 거슬리던 아들을 이 기회에 제거하고자 했음은 확실했다. 인질로서 가치가 없을 것이라 자기 입으로 말했던 소년이지만 직접 확인한 이후의 감정은 뭐라 설명할 수 없었다.

'내게 그리도 애정이 없었나?'

모용현이 새삼 돌아보니 과연 모용강에게서 부자간의 정을 느낀 적이 단 한 번도 없었다. 그의 아버지라는 사람은 인질범에게 휘둘리느니 인질을 죽여 버리겠다는 사람이다. 물론 그 인질이 자신의 아들임을 알면서도 말이다.

모용현이 이제껏 모용강을 사랑하거나 존경하지는 않았어도 아버지로서 공경하였다. 그러나 이제 돌아온 것은 그의 지난날 과오 때문에 목숨을 잃어야 할 위기에 처한 자신이었고, 인질로서의 가치도 상실한 자신이었다. 아버지를 죽인 것도 모자라 자식마저 죽이려 하다니! 납으로 만든 심장이 아니고서야 할 수 없는 일이다.

모용현이 생각을 멈추었을 때 추신이 허물어지듯 쓰러졌다.

"하아, 하……."

숨소리가 거칠고 급박한 것이 내력을 쌓은 무림인이라 보기 어려울 정도였다. 모용현이 살펴보니 푸른 기운이 목까지 차 오른 게 굉장히 다급해 보였다. 모용현이 괴로워하는 추신을 위해 옷을 벗기려 하자 추신이 저지하며 힘겹게 말했다.

"안 돼. 내 몸에 손을 대면 너, 너도 중독된다."

모용현이 흠칫 놀라 뻗던 손을 멈췄다.

"어떻게 하면 되겠소?"

그러나 추신은 더 이상 말할 수 있는 상태가 아니었다. 추신은 억지로 몸을 일으켜 가부좌를 틀고 운기행공에 들어갔다. 그 모습을 본 모용현은 답은 항상 문제와 함께 있다는 잠언을 떠올리며 쓰러져 있는 암천대의 시체를 뒤지기 시작했다. 조금의 시간도 지체할 수 없었기에 모용현은 기억을 되살려 추신에게 상처를 입힌 시체들을 골랐다.

과연 시체들이 저마다 해약이 든 작은 병을 가지고 있었다. 모용현이 그를 모으니 모두 네 병이나 됐는데 이것이 또 난감하였다. 이들이 쓰는 독이 서로 같은지 다른지 모르고, 그것들이 추신의 몸 안에서 서로 상충하며 어떤 작용을 할지도 몰랐다. 해약이 있으나 얼마만큼의 분량과 어떤 순서로 먹어야 할지 도무지 가늠할 수 없었다. 자칫하다간 그나마 내력으로 버티고 있는 추신을 절명시킬지도 몰랐다.

모용현이 병을 들고 어찌할 줄 몰라 한 지 일 다경이 지났다. 모용현이 추신을 보니 목까지 차 올랐던 독기(毒氣)가 보이지 않는 것이 정심한 내력으로 다스렸음을 알 수 있었다.

추신이 비록 절정의 검객이나 십여 명을 넘는 일급살수를 상대로 상처 하나 없이 이길 수는 없었다. 하나 생각보다 많은 상처를 입었고, 그 상처마다 독들이 스며들었으니 내력으로 다스리는 것은 분명 한계가 있었다. 일단 한 고비를 넘긴 추신이 눈을 뜨니 모용현이 가만히 서서 자신을 보고 있었다. 등 뒤에 있던 살수가 추신의 검에 베이면서 쏟은 피가 새로 얻은 옷을 온통 적시고도 모자라 소년의 새까만 머리에까지 굳은 피가 들러붙어 있었다. 달을 등진 소년은 아름다웠으나 어딘가 위태로워 보였다.

'뭘 하고 있느냐?'

자신으로부터 도망치지 않고 서 있는 모용현에게 묻고 싶었으나 입을 열 수 없었다. 입을 열어 말을 하는 순간 억눌려 있던 체내의 독기가 폭발할 것 같았다.

"그대에게 상처를 입힌 자들을 뒤져 찾아냈소. 한데 이것들이 너무 많아 어찌해야 할지 모르겠소."

그러나 추신의 마음을 읽기라도 한 듯 모용현이 대답하며 네 개의 작은 병을 내밀었다. 추신이 물끄러미 모용현을 보니 한 점의 표정도 찾아볼 수 없었다. 사기로 만든 인형처럼 살아 있는 사람으로 보이지 않았다. 그제야 추신은 모용현이 말했던 소년에게 인질로서의 가치가 없다는 말이 거짓이 아니었음을 깨달았다. 모용강과 모용현의 사이는 평범한 부자간이라고 볼 수 없었다. 그러기엔 너무나 많은 일과 말이 어긋나 있었다. 인질이 된 아들을 죽이라 명하는 아버지나, 아버지가 그리 명했으리라 짐작한 아들이나 정상이 아니긴 매한가지다.

추신은 손을 내밀었고, 모용현이 행여 그 손에 닿을까 조심하며 해약이 든 병을 건넸다. 아직도 한쪽 눈으로 보는 세상에 적응하지 못했는지 모용현의 손이 아주 조심스러웠다.

“그대에게 상처 입힌 네 명의 것을 모두 가져왔는데 그 외에 알 수 있는 것이 없었소. 네 사람의 독이 모두 같은지, 혹은 서로 다른지 모르니 해약을 복용하는 방법에 있어서도 짐작할 수 있는 것이 없군. 어? 아니, 이봐요!”

모용현이 다급하게 외쳤다. 추신이 병을 받아 들자마자 네 개의 뚜껑을 열어 한 번에 마셔 버린 것이다. 이를 어쩌면 좋을지 몰라 계속 고민하던 소년에게 추신의 행동은 너무나 무모한 것이었다. 본시 약과 독이 따로 존재하는 것이 아니니 어떤 물질이 인간에게 약이 되느냐 독이 되느냐는 그 시기와 쓰임새, 장소와 양에 따라 변화가 천차만별이다. 천하의 영약이라도 잘못 쓰면 복용자를 공격하게 마련이니 추신이 꿀물 마시듯 마셔 버린 해약들이 반드시 그의 중독을 해소하리란 보장이 없었다. 최악의 경우, 추신의 체내에서 서로 상충하여 돌이킬 수 없는 상태로 치달을지 몰랐다.

해약을 마시고 다시 운기행공에 들어간 추신을 모용현이 초조히 보고 있노라니 다행히 얼굴에 땀방울이 맺히기 시작했다. 놀랍게도 땀의 색이 탁하였으니 추신의 몸에 있던 독들이 땀을 타고 배출되는 것이었다. 볼에 맺힌 땀방울이 무게를 더해 턱밑으로 미끄러졌고, 비를 맞은 듯 온몸이 땀으로 흠뻑 적셔졌다. 그렇게 한 시진이나 흘렀을까? 달이 눈에 띄게 기울고 모용현이 머리에 붙어 있는 피딱지를 떼어내며 지루함을 달래던 중 추신이 비로소 눈을 떴다.

“…….”

“…….”

혈향이 그윽한 밤의 산에서 참극이 끝났음을 알았는지 달빛은 다시금 땅으로 내려앉고, 소년과 검객은 말없이 서로를 보고 있었다.

“왜 남아 있었느냐?”

추신이 먼저 입을 열었다.

“내가 어디로 돌아가겠소?”

모용현이 대답했다.

“네 말이 정녕 사실이냐?”

검객이 물었다.

“직접 듣지 않았소?”

소년이 답했다.

“어찌할 셈이냐?”

추신이 물었다.

“당신은 어찌할 셈이죠?”

모용현이 답하는 대신 반문했다.

“…모르겠다.”

검객이 솔직히 답했다. 죽기 전에 간신히 되살아났으나 살려낸 목숨을 어떻게 써야 할지 몰랐다. 모용현을 통해 모용강에게 복수하려던 자신의 계획은 근본적으로 어긋나 있었다. 애초에 모용강을 직접 찾아가 칼부림을 했더라면 그를 죽이든 그의 손에 죽든 후회는 없으리라. 애꿎은 소년의 눈만 파내었으니 추신이 저지른 죄가 이제껏 각오했던 것보다 훨씬 크게 생각됐다.

게다가 소년은 자신의 목숨을 구해주었다. 생사의 기로에서 내력으로 독기를 다스리던 때에 소년이 땅에 떨어진 무기를 들어 찔렀다면, 아니, 그저 뒤돌아서기만 했어도 추신은 살아나지 못했으리라. 그런데 오히려 모용현은 시체를 뒤져 해약을 찾아주었다. 그의 아버지에게 복수하려던 자, 그것을 위해 자신의 눈을 파낸 자의 목숨을 구해준 것이다. 그런 모용현에게 더 이상 칼을 댈 수 없었다.

추신이 멍하니 생각에 잠겨 있자 모용현이 말했다.

"누명을 벗어야지요."

"……?"

"당신은 내 할아버지를 죽이지 않았죠?"

추신이 대답했다.

"그래, 난 죽이지 않았다. 그날 난 너만 데리고 나왔을 뿐이다."

그것은 누구보다 모용현이 잘 알고 있었다. 모용천을 죽인 자는 다름 아닌 아버지 모용강이었으니까.

"복수를 한 것도 아니고 할아버지의 살해범으로 몰린 것이 억울하지도 않아요? 최소한 아닌 건 아니라고 알리고 싶지 않나요?"

당신의 복수는 실패했어도 나의 복수가 남아 있어.

"……."

추신은 말이 없었다. 모용현은 전혀 생각지도 않았던, 자신을 버린 아버지 모용강을 향한 감정의 일렁임을 느꼈다. 애초에 품었던 생각이 아니건만 추신과의 대화를 통해 스스로 발현된 마음이었다.

아버지를 향한 나의 복수.

본디 소년의 것이었을 감정이 불길이 타오르듯 일순간에 소년을 집어삼켰다.

"나는……."

추신이 입을 열었다.

"나는… 강호에 친구가 없다. 지난날의 경험으로 나는 강호의 정을 믿을 수 없었다. 그러니 내가 강호에 나선 지 몇 년이 흘렀지만 깊은 교분을 맺은 이가 하나도 없다. 아니, 그렇다 해도 위세가 하늘을 찌르는 모용세가의 말을 두고 누가 내 말을 믿을 것이냐?"

"답답한 사람이군요."

"나도 그렇게 생각한다."

모용현이 어이가 없어하며 이야기하자 추신이 답했다. 아니, 그런데 어딘가 걸리는 부분이 있었다.

"정말 한 사람도 없나요?"

"음, 그러니까……."

머뭇거리는 추신을 보고 모용현이 추궁했다.

"친구라 할 만한 사람이 있긴 있군요?"

추신이 겨우 대답했다.

"그쪽은 그리 생각할지도 모르겠다. 그런데 나는……."

"그럼 됐네요. 강호에 많이 알려진 사람인가요?"

추신이 잠깐 생각하더니 대답했다.

"알려지긴 많이 알려졌다. 아니, 모르는 사람이 없을 것이다."

"정파의 사람인가요, 아니면 사파?"

"글쎄, 사파는 아닌데……."

추신이 말을 흐렸지만 모용현은 아랑곳하지 않고 말했다.

"잘됐네요. 그런 분이라면 어느 정도 영향력을 가지고 있겠죠? 그분이 당신이 흉수가 아니라 한다면 사람들도 어느 정도 귀 기울여 주지 않을까요?"

이는 말처럼 쉬운 일이 아니었다. 실로 강호의 은원과 이해관계가 복잡하여 거미줄처럼 얽혀 있으니 어찌 명망있는 한 사람의 말만 듣고 오해가 풀릴 수 있을까? 모용현이 비록 지극히 총명하다 하나 태어나 십삼 년을 세가의 안에서 지낸 어린아이에 불과하니 이리 쉽게 생각하는 것도 무리는 아니었다.

"……."

추신이 자리에서 일어났다. 서늘한 밤공기에 축축이 젖은 옷이 어느덧 다 말라 있었다. 모용현이 다가가 말했다.

"그 친구 분께서는 어디에 살고 계시죠? 일단 거기로 가는 게 좋겠군요."

"글쎄, 나도 잘 모른다. 그가 어딘가에 정착한다는 얘기는 들어보질 못했다."

"아니, 그럼 어떻게 해야 그분을 만날 수 있는데요?"

모용현이 눈을 크게 뜨고 물어보니 영락없는 그 나이 또래의 어린아이였다. 추신이 본 모용현은 외부의 압력에 굴하지 않겠다는 굳은 결의에 차 있거나 명가의 자제로서 갖출 수밖에 없는 위엄이 있는 얼굴뿐이었으니 이런 모용현의 모습이 새롭고 또 그리웠다.

생김새는 다르나 소년의 얼굴이 누군가를 떠올리게 만들었다. 아마도 살아 있다면 이십대의 건장한 청년이 되어 있을 목가의 막내는 십이 세의 얼굴만을 추신에게 남겼다. 철이 너무 없어 아버지와 큰형에게 혼이 나기 일쑤였지만 추신은 항상 그를 달래주었다. 그래서였는지 막내는 누구보다 둘째 형을 따랐다.

그러나 그 막내는 열두 번째 생일을 치르지도 못하고 비명횡사했다. 거두지 못한 시신은 장원과 함께 불길이 삼켜 버렸으리라.

떠오른 막내의 얼굴이 다시 모용현의 얼굴 밑으로 가라앉았다. 지금 추신의 앞에 있는 소년은 당시의 막내와 비슷한 나이다. 소년의 옷과 머리는 피로 물들었고, 앞머리를 내려 한쪽 눈을 가리고 있다. 피가 비록 소년의 것은 아니나 소년이 뒤집어써야 할 이유도 없었고, 소년이 영준한 얼굴을 앞머리로 가려야 할 이유도 없었다. 이유가 있다면 그것은 바로 추신 스스로일 것이다.

"그 친구 분을 어디 가야 만날 수 있느냐니까요?"

목가의 막내는 죽었으되 모용현은 아직 살아 있다. 추신이 말했다.

"약속을 했다."

"잘됐군요! 어서 가죠. 언제 어디서 보기로 했는데요?"

"호남(湖南)의 장사(長沙)에서."

*　　　　*　　　　*

모용강이 문을 열고 방 안으로 들어섰다. 미약한 분내가 여인의 방임을 알게 할 뿐 삭막하기 그지없는 방 어디에도 세심한 손길이 닿아 있지 않았다. 다만 방 가운데 의자에 앉아 있는 남영혜의 모습이 넓은 방을 꽉 채우고 있었다.

"현아는 살아 있는 모양이오."

남편인 모용강이 들어왔는데도 눈길 하나 주지 않던 남영혜는 아들의 소식을 듣고도 반응이 없었다. 살아 있으되 살아 있지 않은 듯 남영혜는 그렇게 세가의 한곳에서 십 년을 넘게 살아왔다. 무엇으로도 감출 수 없는 남영혜의 아름다움은 여전했으나 모용강에게는 항상 부족해 보였다. 그가 아는 남영혜는 큰 소리로 말하고 웃기를 좋아했다. 항상 별것 아닌 일에도 무엇이 그리 재미있는지 모르는 사람이 보면 기겁을 할 정도로 깔깔 웃어대던 그녀였다. 그러나 그 모습마저 지상의 그 무엇보다 사랑스럽던 그녀였다.

모용세가의 안주인이 된 후 남영혜는 웃는 일이 없었다. 십 년 전이나 지금이나 매한가지건만 부족하다 여기는 것은 그 아름다움이 박제된 것이기 때문이었다. 시간이 남영혜에게 아름다움을 남겨준 대신 희로애락의 감정을 가져간 듯싶었다. 심지어 자신의 배에서 낸 모용현에게조차 웃음을 보인 적이 없었다.

"그런가요."

"너무 걱정하진 마시오. 우리 손으로 잡기는 실패했으나 강호 동도들의 도움이 있으니 곧 좋은 소식이 있을 것이오."

"그랬으면 좋겠군요."

당신과 더 이상 말을 섞지 않겠다. 찬바람이 부는 남영혜의 말은 단호했다. 모용강이 말했다.

"곧 당신의 태도가 바뀔 날이 올 거요. 전 강호인이 내 밑에 무릎을 꿇어도 당신이 날 이리 경시할 수 있을지 보겠소."

"그것은 그대의 욕망에 따른 일이니 나와 무슨 상관이 있겠어요."

내뱉듯이 말하는 남영혜의 말을 뒤로하고 모용강은 방을 나섰다.

깊은 가을, 자신의 의사와 상관없이 무림에 군림하였던 천하제일인 모용천이 숨을 거두었다. 그를 살해한 이는 바로 무영검으로 이름 높은 추신이란 신진고수였으니 누구도 그의 의도와 바람을 알지 못한 채 모용천을 살해하고 어린 모용현을 잡아 눈을 뽑아 보내는 잔혹한 일에 경악을 금치 못하였다. 더구나 그를 잡으러 갔던 모용세가의 고수들이

전멸에 가까운 피해를 입음으로 강호는 어린아이를 인질로 데리고 다니는 젊은 검객을 혈도선 허우가 우당을 차려 자리잡은 이래 최악의 무림공적으로 규정 지었다.

낙엽이 길 위를 수북이 덮고, 나무는 앙상한 가지를 드러냈다. 가을은 깊어 붉음도 어느새 지고 없었다.

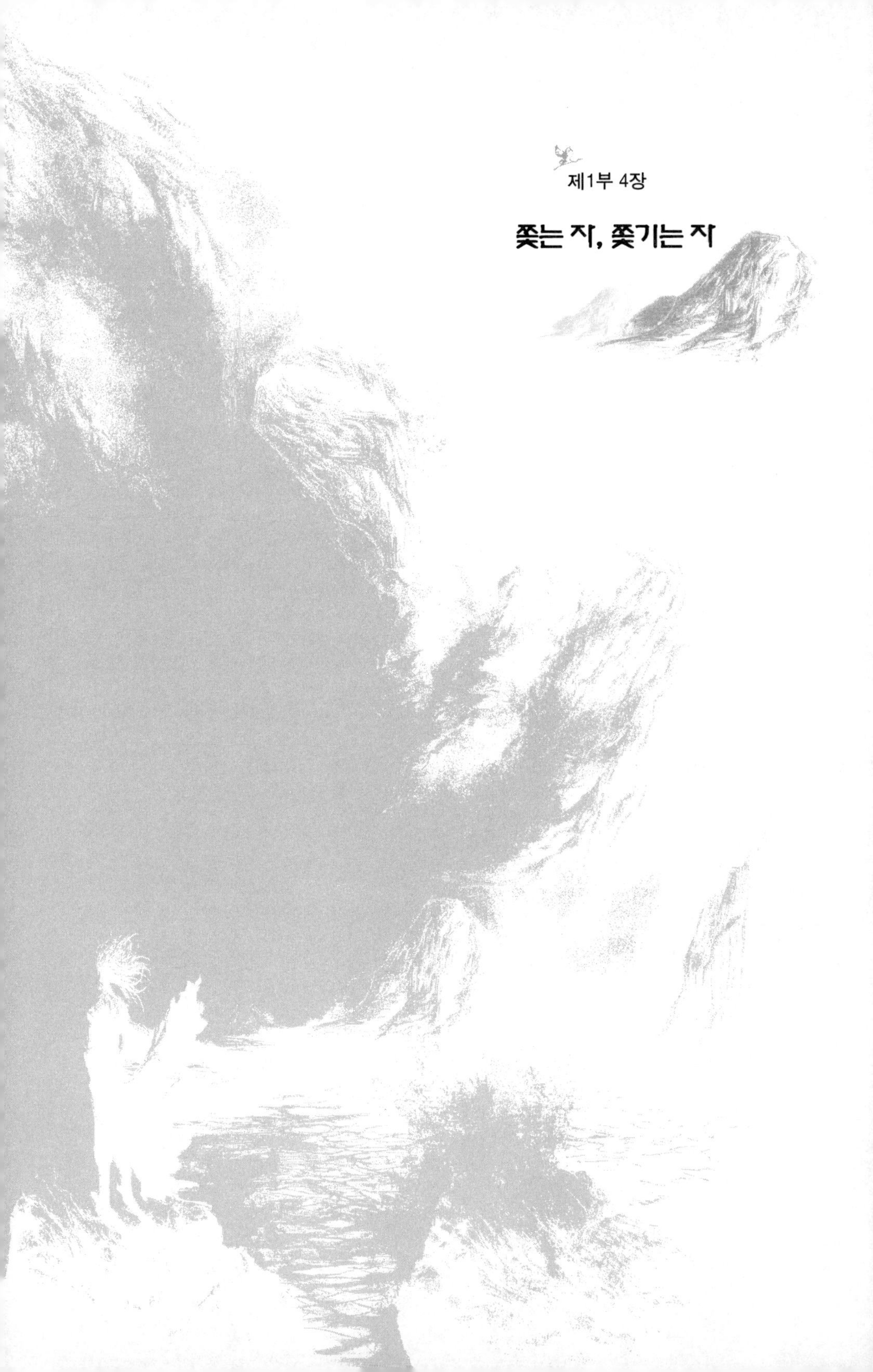
제1부 4장

쫓는 자, 쫓기는 자

1

객잔은 오랜만에 한산했다. 점심 시간이 지난 늦은 오후이기도 했으나 손님이 없는 경우는 매우 드물었으니, 주인 어른이야 안타까운 마음 그지없겠으나 점소이나 주방 사람들에겐 생각지도 않은 휴식 시간이었다.

객잔에서 일을 하는 점소이 중 죽이 맞는 세 놈이 구석 탁자에 앉아 축 늘어져 있었다. 사실 이 객잔이 옥전(玉田)에서 첫 번째는 아니라도 다섯 손가락 안에는 꼽힐 만큼 큰 곳이니 그 많은 탁자와 의자가 비어 있는 광경은 썩 보기 좋은 것이 아니었다. 계절이 계절인지라 파리가 없다는 것이 그나마 다행이었다.

딸랑딸랑!

문에 달아놓은 방울이 울리자 구석에 모여 앉아 축 늘어져 있던 점소이 세 놈의 눈이 문으로 쏠린다. 예약도 없이 단체 손님이 올 리는 없고, 기껏해야 다섯이다. 동시에 같은 생각을 한 점소이들의 눈에 들어온 것은 역시나 회색 장포의 남자와 십이삼 세의 어린아이 둘뿐인 단출한 구성이었다.

세 사람의 여섯개의 눈이 바쁘게 돌아가며 서로의 눈치를 살피느라 정신이 없다. 그러나 객잔을 찾은 손님을 방치할 수는 없는 법. 눈으로 나눈 비무의 패자가 결정되었는지 한 놈이 벌떡 일어나 객잔으로 들어온 남자와 소년에게 웃으며 다가갔다.

"어서 오십시오. 자, 이쪽으로 오시죠."

점소이가 그들을 안내하면서 보니 남자는 잘해야 이제 삼십대 초반으로 이목구비가 단아한 것이 잘생긴 미남자였고, 어린아이는 눈이 휘둥그레질 만큼 예쁜 것이 소년인지 소녀인지 구별할 수 없었다. 앞머리를 내려 오른쪽 눈을 덮은 것이 아쉬울 정도였다.

"무엇을 드시겠습니까?"

"이 집에서 제일 자신있는 음식이 뭐죠?"

"소면 두 그릇 말아주시오."

남자가 간단히 말하자 어린아이는 어쩔 수 없다는 표정으로 고개를 저었다. 점소이가 주문을 받고 돌아서는데 문에 달아놓은 방울이 또 울리지 않겠는가. 한데 문 쪽을 보지 않고 식당 구석을 보니 여유로운 한때를 만끽하고 있던 그의 동료들이 벌레 씹은 얼굴로 자리에서 일어나는 것이 보였다. 그래, 나를 빼고 노는 꼴을 어찌 두고 볼꼬? 점소이가 고소해하며 고개를 돌려 새로 오신 손님들을 보니 웬걸, 예약도 하지 않은 단체 손님이 들이닥친 게 아닌가. 하나, 둘… 일곱 명이나 되는데 하나같이 험상궂게 생겨 허리에 무기 하나씩을 찬 무림인들이다.

점소이 생활을 오래 하다 보면 어느 정도 손님을 구별하는 눈이 생기는데 무림인도 무림인 나름이라 정파든 사파든 일단 옷차림이 말쑥하면 그네들 사이에서도 어느 정도 이름이 있어 체면을 생각해서라도 일반인들에게 친절한 반면 지금 오신 단체 손님같이 어디서 굴러먹다 왔는지 모를 것들은 자기 재주의 천박함을 모르고 거들먹거리기 일쑤라 접객하기가 여간 까다롭지 않다. 지금도 주문을 받으러 간 동료를 귀찮다는 듯 한 주먹에 날려 버리지… 엥?

우당탕탕!

주문을 받으러 간 점소이가 열 바퀴는 족히 굴러 탁자며 의자며 온통 어지럽히고 나가떨어졌다. 귀찮다는 듯 주먹을 휘두른 것은 선두에 선 대머리 남자였는데, 언제 빨았는지 모를 누런 옷을 입고 있었다. 대머리 남자가 말했다.

"무영검 추신 맞지?"

"확실하오."

그의 뒤에 서 있던 머리칼이 긴 남자가 대답했다. 먼저 와 있던 일남일소(一男一少)는 바로 추신과 모용현이었다.

추신은 모용현의 말을 들어 일단 장사로 가 퇴불을 만나기로 마음먹었다. 모용현의 말처럼 퇴불에게 자신의 결백함을 말해 그의 힘을 빌어 강호의 오해를 풀고 싶은 마음은 아니었고, 단지 퇴불과 한 번 만나고 싶었기 때문이다. 모용강에 대한 원한이 사라진 것은 아니었으나 복수에 대한 열망은 식어버렸다. 추신은 곰곰이 생각해 보았지만 그 이유를 명확히 알 수는 없었다. 모용강과 모용현의 비정상적인 관계가 어쩐지 서글펐기 때문일까?

추신이 앉아 있는 채로 대답했다.

"모용의 개들이냐?"

점소이가 나뒹구는 소리를 듣고 객잔의 주인이 안쪽에서 급히 나왔으나 동종 업계 종사자들 간에 가장 꺼리는 사태인 무림인들 간의 시비를 말리기엔 늦은 감이 있었다. 대머리의 사내가 허리에 찬 채찍을 뽑아 든 것을 신호로 뒤따라 들어온 여섯 사내가 추신을 향해 뛰어들었다.

"차앗!"

대머리사내의 채찍이 활처럼 쏘아졌다. 추신이 검집째로 그를 막으며 탁자 밑으로 발을 뻗어 모용현이 앉아 있는 의자를 밀었다. 그러자 의자가 바퀴라도 달린 듯 모용현을 태운 채로 부드럽게 밀려 나가는 것이 아닌가? 그러면서도 제법 멀어지자 흔들림없이 멈추었으니 고명한 수법이었다.

"핫!"

한편 대머리사내의 채찍이 추신의 검집을 휘감고, 동시에 여섯 남자가 추신의 향해 공격해 들어왔다.

쩍!

추신이 검을 잡은 채로 도약하니 그가 앉아 있던 의자와 탁자가 여섯 사람의 합격으로 인해 산산조각이 나버렸다. 추신이 바닥에 내려서며 채찍에 붙들린 검집으로부터 검을 빼내니 그 기세가 실로 무서워 일곱 사내가 감히 경시하지 못하고 경계하는 기색이 역력했다.

"죽기 싫으면 순순히 잡히는 게 좋을 거다!"

추신이 고개를 들어 보니 일행의 주도자로 보이는 대머리사내였다. 추신이 다시 한 번 물었다.

"누가 보내서 왔느냐?"

"말이 많구나!"

대머리사내가 일갈하며 채찍을 후리니 솜씨가 날카롭다. 그러나 추신이 오히려 그에게로 뛰어드니 뒤에서 달려들던 여섯 사내가 채찍의 범위에 말려들거나 방해가 될까 꺼려 자리에 멈춰 서버렸다.

"……!"

대머리사내가 자신의 범위 안으로 스스로 들어온 추신을 미련하다 여기며 채찍을 회수하였으니 추신을 찢어발길 기세였다. 그러나 말려들어오는 채찍이 추신을 휘감는 순간 추신의 검이 빛을 발하며 채찍을 잘라 버렸다.

"이럴 수가!"

대머리사내는 금호굉(琴浩宏)이라는 자로, 한 자루 채찍을 수족과 같이 부려 하북 일대에 이름이 난 고수였다. 그의 채찍은 금사(金絲)와 오래된 등나무로 만든 기병(奇兵)으로 지금껏 어떤 보검에도 흠집 하나 난 일이 없어 수족과 같이 여기었는데 지금 추신의 일검에 두 동강이 나니 놀람을 금치 못했다.

이는 금호굉이 하북에 이름난 고수라 할지라도 진정 뛰어난 자를 만나지 못했기 때문이다. 원래 그는 무림인치고는 특이하게 죄인을 잡아 관아에서 내건 현상금을 타먹는 일을 주로 했으니, 그러한 이들이 보검을 쥐어봤자 그 능력을 발휘할 수 있겠는가? 추신이 번위의 보검을 가졌으나 만약 평범한 청강검이라도 능히 금호굉의 채찍을 자를 수 있었을 것이다. 하나 금호굉이 거기까지 생각이 미치질 못하고 다만 추신의 검이 지극히 빼어난 보검이라고만 판단을 내렸다.

"조심해라! 저놈의 검이 보검이다!"

그러자 수하들이 오히려 탐을 내어 달려들었다. 금호굉 또한 아끼던 채찍이 못 쓰게 되어 가슴이 아팠으니 손에 들고 있던 반 토막을 던져

버리고 크게 소리 지르며 추신에게 달려들었다.

2

"으랴앗!"

거구의 사내가 치켜든 도끼를 내리찍었다. 한눈에 보기에도 보통 크기가 아니었으니, 추신이 감히 받아내지 못하고 피했다.

콰지직!

거구의 사내가 가졌을 타고난 힘에 도끼의 무게가 더해지니 나무로 깐 마룻바닥이 견디질 못하고 부려져 버렸다. 그사이 한 자루 검과 한 자루 도가 내려치니 추신이 검을 휘둘러 이를 한 번에 물리치고 왼발로 거구의 사내를 찼다.

"으헉!"

옆구리를 채인 사내가 비명을 지르며 나뒹굴었다. 뼈가 부러지는 소리가 참혹해 모용현은 귀를 막았다.

"이놈!"

거구의 사내가 걷어차이자 다른 이들이 흥분하여 달려들었다. 그러나 추신의 신법이 교묘하니 검과 도가 섞이고, 권과 각이 부딪쳐 서로가 서로를 해하게 될까 아무도 쉽게 손을 쓰지 못했다. 다수라는 이점이 도리어 불리하게 작용하는 것이다. 단 하나, 그들을 이끌고 왔던 금호굉만이 채찍을 잃은 화를 주체하지 못하고 쌍장을 휘둘렀다.

퍼억!

결국 금호굉의 일장이 일당 중 한 사람의 머리를 후려쳤다.

"으악!"

외마디 비명과 함께 금호굉의 일장을 맞은 사내가 얼굴의 일곱 구멍에서 피를 쏟으며 쓰러졌다. 순간 사람들이 당황하여 공격을 멈춘 때를 놓치지 않고 추신이 뒤로 물러났다.

"……."

뒤로 물러난 추신이 검을 겨누고 있으니 압도적인 기운에 남은 자들이 감히 덤빌 생각을 하지 못했다. 추신이 말했다.

"이들이 너희 집 사람들이냐?"

모용현이 고개를 저었다.

"아니, 세가는 저런 자들을 들이지 않아요."

소년의 말에 담긴 세가에 대한 자부심을 읽으며 추신이 말했다.

"그래? 그럼 직접 듣는 수밖에 없겠군."

말이 끝나기가 무섭게 추신의 신형이 사라졌다. 아니, 그보다는 객잔의 사람들 중 누구도 추신의 움직임을 따르지 못했다는 표현이 정확하리라. 추신이 순식간에 남은 자들 가운데에 나타나 일검을 휘두르니 아무도 그를 본 이가 없었다. 다만 검이 지나간 후 닥쳐오는 타는 듯한 고통에 정신을 잃은 이가 둘이었다.

"……!"

상황이 파악되지 않은 세 사람이 대경하여 각기 다른 방향으로 물러나니 추신의 검이 그중 한 사람을 노리고 빛을 뿜었다. 금호굉이 보이진 않으나 추신의 살기가 자신을 향했음을 느끼고 평소의 체면도 버린 채 몸을 획 뒤집었다. 물러나던 중 몸을 뒤집었으니 추신의 검이 놀랍게도 금호굉의 어깻죽지를 베는 데 그치고, 금호굉은 공처럼 바닥을 굴리 벌떡 일어났는데 얼굴이 잔뜩 상기되어 있었다. 방금의 한 수로 인해 비록 목숨은 건졌으나 신법이 아니라 살기 위한 몸부림에 지나지 않았으니 바닥을 구르는 모습이 금호굉 자신이 생각하기에도 추하여 장차 얼굴을 들고 다닐 엄두가 나지 않았다. 그가 언제 이런 수모를 당하여 보았던가! 금호굉이 혈도를 짚어 살점이 한 줌이나 잘린 어깨에서 흘린 피를 멈추고 보니 나머지 동료가 쓰러지고 두 다리로 서 있는 자는 자신뿐이었다.

"다시 묻겠다. 어떻게 온 놈들이냐?"

추신의 검이 턱 끝에 겨누어지자 피어오르는 검기가 금호굉의 전신을 훑고 지나가는 듯했다. 금호굉이 감히 다른 마음을 품지 못하고 말했다.

"다, 당신에게 현상금이 붙었소이다."

"모용강이 나를 관아에 신고하였느냐?"

"아니오. 모용세가가 무림인들을 상대로 내건 상금이오."

"그 소식이 어디까지 갔느냐?"

"그, 글쎄… 모르긴 몰라도 이미 전 무림에 퍼지지 않았을까 싶소."

더 이상 들을 것이 없었다. 추신은 검끝을 움직여 금호굉의 가슴패기에 긴 상처를 냈다.

"꺼져라."

금호굉이 뒤도 돌아보지 않고 객잔을 뛰쳐나가니 남은 자들이 저마다 부축하여 뒤를 따랐다. 죽은 이는 금호굉의 일장에 맞아 쓰러진 이뿐이었다.

추신이 돌아보니 객잔의 주인이 뭐 마려운 강아지마냥 안절부절못하며 온통 어지럽혀진 식당을 보고 있었다.

'소면 한 그릇 먹기가 어렵구나!'

추신이 속으로 탄식하고는 주인에게 가 돈을 지불하며 말했다.

"본의 아니게 가게를 어지럽혀서 미안하오. 가게 수리비인데 모자라지는 않은지?"

"아니, 아닙니다! 남습니다! 예, 남아요!"

"그럼 남는 돈으로 저 시체나 어디 잘 묻어주시오."

추신과 모용현이 장사로 가기로 하였으나 날이 추워지고 모용현의 몸이 좋지 않아 급한 걸음을 할 수가 없었다. 말을 사서 가는 것을 생각해 보았으나 모용현의 상처가 완연히 아물 때까지는 말을 타는 것도 그리 좋지 않을 것 같았다. 차라리 추신이 모용현을 들쳐 업고 뛰는 편이 나았으나 일찍 도착해 봤자 할 일도 없고 괜히 무리하면 좋지 않다는 생각에 추신은 느긋이 가기로 마음먹었다. 하여 이제 시월이 되었는데 두 사람은 북경에도 채 다다르지 못했다.

시월이지만 해가 나 있으니 추운 줄 몰랐다. 거리를 걸으며 추신이 말했다.

"그의 말이 사실이라면 이제 묵을 곳이 마땅치 않구나."

생각해 보니 그들을 살려보낸 것이 아쉬웠다. 이제 자신들의 위치가 알려질 것이니 앞으로의 행보에도 어려움이 많으리라. 더구나 객잔에 묵는다면 사람들의 눈에도 잘 띌뿐더러 아까처럼 장사하는 사람에게 피해를 주게 될 것이다. 나 몰라라 떠나면 그만일 것인데 추신이 고지식하여 일일이 배상할 생각을 하니 주머니 사정이 받쳐 주질 않는다. 그런 추신의 속내를 짐작하며 모용현이 말했다.

"아직 그렇게 춥진 않은걸요. 노숙하는 것도 재미있겠네요."

모용현은 본래 단전이 없어 내력을 쌓지 못하고 기의 흐름이 원만치 않아 몸이 약하고 쉬이 피곤해지는 체질이었다. 더욱이 추신에게 한쪽 눈을 뽑힌 상처가 채 아물기 전에 먼 길을 나서야 했으니 몸 상태가 좋지 않음은 누구라도 짐작할 수 있었다. 그런데도 모용현이 추신과 함께한 뒤로 아프거나 힘들다는 소리를 한마디도 하지 않았을뿐더러 명문세가의 적자로서 귀하게 자란 티를 내지 않으니 어린아이의 사려 깊음이 놀라웠다.

"그럼 먹을 것을 사자."

마침 장이 서 있어 거리는 사람들로 가득했다. 추신이 모용현을 데리고 사람들 사이를 부대끼며 돌아다니다 보니 만두 가게가 눈에 띄었다. 이렇게 많은 사람이 있으면 자신을 노리는 자들이라도 함부로 나서지 않으리란 생각을 하며 추신이 만두를 주문해 한 봉지를 받아 들고 하나를 따로 사 모용현에게 주었다.

"앗, 뜨거!"

갓 쪄낸 만두가 뜨거워 모용현이 한 번에 잡지 못하고 두 손으로 이리저리 굴리며 후후 불어대는 모습이 딱 그 또래의 어린아이였다.

"아, 맛있다!"

마침내 모용현이 제 머리만 한 만두를 한입 베어 물고 감탄하는데 행복해하는 얼굴이 어찌나 아름다운지 지나가는 행인들이 발걸음을 멈추고 바라볼 정도였다. 추신이 물끄러미 그를 바라보다 길을 재촉했다. 일단 먹을 것을 구했으니 도시 밖으로 나가야 한다. 해가 짧은 계절이니 걸음을 서둘러야 했다.

도시를 나서니 넓은 관도가 펼쳐졌다. 이 길을 쭉 따라가면 북경이 나온다. 객잔에서 덤벼든 자의 말에 따르면 북경에 가는 것이 탐탁찮았으나 모용현의 상태를 보건대 길이 아닌 곳으로 무리해 갈 수는 없었다. 또한 북경에 가면 생각해 둔 곳이 있었다.

도시를 벗어나니 바람이 제법 매서웠다. 모용현이 아직 식지 않은 만두 봉지를 가슴에 품고 앞을 바라보니 지평선으로 해가 뉘엿뉘엇 가라앉고 있었다.

하늘이 온통 붉게 물들고, 지평선으로부터 소년이 서 있는 자리까지 펼쳐진 길과 평원이 모두 붉게 물들었다. 길가에 구르는 잔돌 하나하나, 길게 늘어선 그림자마저 노을에 묻혔으니 세가에서 태어나 장원을 벗어나 봤자 심양이라는 작은 도시가 전부였던 모용현에게 자연이 주는 장엄함이란 실로 무거운 것이었다.

"아……!"

자연스레 탄성을 지르는 모용현은 추신의 제지를 받고 걸음을 멈췄다. 모용현이 눈길을 거두어 길 위를 보니 그들의 십여 장 앞에 한 사내가 서 있었다. 모용현이 눈을 가늘게 뜨고 보니 당당한 체구의 사내는 강직하고 다부진 생김새의 중년인이었는데 태양을 등지고 서 길게 그림자를 늘어뜨린 모습이 위압적이었다.

3

날 때부터 갈색인 치솟은 머리와 빽빽한 수염이 석양에 물들어 불이 붙은 듯 타오르고 있었다. 날카로운 눈빛과 튀어나온 태양혈이 한눈에 절정의 고수임을 말해주는 중년인의 모습을 보자 모용현이 말했다.

"사자검 유대원!"

바로 산동의 이름난 협객 사자검 유대원이었다. 모용현이 할아버지의 고희연에서 만났을 때 그 당당한 기상이 인상적이라 눈여겨보았던 기억이 있다.

본래 유대원은 모용세가에서 성정이 뒤틀려 내상을 입은 모용강을 대신하여 여러 고수들과 함께 추신을 추적하기로 했다. 추신이 도주할 만한 곳을 꼽아 추적하던 중 추신이 심양 근처에 있다는 소식을 듣고 급히 돌아왔으나 그들 앞에는 십여 명이 겨우 살아 돌아온 적기단뿐이었다.

여러 고수 중 특히 유대원이 크게 화를 냈다. 원래 그의 성격이 급하고 호전적이었으니, 자신을 기다리지 않고 적기단을 보냈다가 추신의 행방을 놓치기만 한 것이 안타까웠음이다. 하여 그는 다른 이들과 따로 행동하기로 하고 추신의 행방을 쫓아 급히 달렸다. 아미파의 단정 사태나 점창파의 절명검 맹일곡 등은 한 방파의 대표로 아랫사람들을 간수해야 했으니 자연 유대원은 홀로 추신을 쫓아 결국 가장 먼저 그를 따라잡을 수 있었다.

"나를 기억하고 있구나."

십여 장의 거리에서 소년이 작게 뇌까린 말을 들었는지 유대원이 자상히 대답했다. 그는 본래 무리 짓기를 싫어하고 협을 숭상하여 강자에게 강하고 약자에게 약한 이였으니, 산동에서는 모두가 존경하는 인물이었다. 그의 생각에 모용현이 지금 추신이라는 악적의 손에 잡혀 온갖 고초를 겪었을 테니 어찌 불쌍하지 않을까!

유대원이 등 뒤에 멘 검을 빼 드니 바로 그의 다른 이름이기도 한 사자검이었다. 만년현철을 정련하였고, 손잡이에 포효하는 사자를 새겼으니 강호에서도 손꼽히는 보검이다. 추신이 최근 보검을 하나 얻었으나 저 사자검에 비하면 손색이 있었다.

유대원이 사자검을 내밀어 추신에게 향하니 검 또한 태양 빛을 받아 붉게 빛났다. 전설상의 검강이라도 뿜어낼 듯 날카롭게 빛나는 사자검을 들고 유대원이 소리쳤다.

"나는 산동의 사자검 유대원이라 한다! 알고 있느냐?"

유대원의 목소리가 드넓은 벌판을 가득 메우고도 남았으니 그의 정심한 내력이 어느 정도인지 가늠할 수도 없었다. 추신이 담담히 대답했다.

"알고 있소."

"나 역시 그대가 무영검 추신임을 알고 있다! 정녕 강호 동도들이 붙여준 명호가 부끄럽지 않다면 인질을 버려두고 나와 한 수 겨뤄봄이 어떤가?"

놀랍게도 사자검이 비무를 청하였으니, 이는 추신을 도발해 모용현을 보호하고자 하는 격장지계(激將之計)였다. 추신이 무영검으로 이름 높다 하나 사자검 유대원에 비한다면 한참 아래였다. 그런 강호의 대선배로서 후배에게 먼저 비무를 청한다는 것은 모용현을 위해 자신의 체면을 버린 것이나 마찬가지니 과연 이름 높은 정도의 협객이라 할 수 있었다. 설령 추신이 정말 모용현을 인질로 잡고 있다 해도 지금의 비무를 거절하기는 어려웠을 것이다.

"선배의 검을 어찌 부끄럽게 만들겠소? 그저 내 솜씨가 부족할까 걱정될 뿐이오."

추신이 답하며 검을 뽑았다. 그의 검 역시 석양에 물들어 붉었다. 예리한 검기가 사방으로 퍼지니 유대원이 크게 외쳤다.

"좋은 검이다!"

모용현이 망설이며 올려다보니 추신이 말했다.

"저리 비켜 있거라. 위험하다."

사자검이 그 모습을 보니 생각했던 것과 다른 점이 있으나 신경 쓰지 않았다. 그는 어쨌든 추신을 쓰러뜨리고 모용현을 무사히 세가로 돌려보내면 되는 것이다. 유대원이 검을 내려뜨리니 이는 선배 된 입장으로 후배인 추신에게 첫 수를 양보하겠다는 의미였다.

추신이 그 모습을 보니 과연 사자검 유대원이 강호에 이름 높은 이유를 알았다. 이런 사람에게 오해받는 것이 괴로웠으나 그보다는 사자검과 검을 섞을 수 있는 기회가 왔다는 기쁨이 컸다.

"……."

태양이 어느새 지평선에 닿아 있었다. 모용현을 향해 불던 바람의 방향이 바뀌자 소년의 눈앞에서 추신이 사라졌다.

채앵!

십여 장에 가까운 거리를 순식간에 이동해 찔러 들어간 추신의 검과 유대원의 검이 부딪치면서 푸른 불꽃이 튀고 날카로운 쇳소리가 났다. 들어오는 것과 마찬가지로 물러나는 동작 또한 신속하기 이를 데 없었다. 어느새 자신으로부터 떨어져 검을 겨누고 있는 추신을 보며 유대원은 속으로 크게 놀랐다.

'무영검 추신이라는 자의 무위가 듣던 것과 전혀 딴판이다. 표리검이 모용가에 의탁하며 연마를 게을리 하여 솜씨가 녹슬었으리라 여겼건만 이자의 실력이라면 내가 아는 표리검을 충분히 베고도 남겠구나.'

추신 역시 놀라기는 마찬가지였다. 강호에 출도한 이래 마음먹고 출수한 일검이 완벽하게 제지당한 것은 이번이 처음이었다.

'산동에 사자검이 있다더니 과연 명불허전이로구나!'

언제까지 서로에게 감탄하고 있을 수만은 없었다. 이번에는 유대원이 검을 치켜들었다.

"이번엔 내가 가겠네!"

대답을 기다리지 않고 유대원이 달려들었다. 그 기세가 강하고 흉포하니 사자검이라는 별호가 왜 붙여졌는지 알 수 있었다. 추신이 깜짝 놀라 검을 들어 막으니 일검에 실린 경력의 웅혼함이 실로 대단하였다.

채앵!

또 한 번 푸른 불꽃이 튀었으니 이번엔 오히려 막아낸 추신이 뒤로 물러났다. 사자검의 일검에 실린 경력의 여파가 남아 반격이 여의치 않았기 때문이다.

"흐음……."

반면 사자검도 제자리에서 물끄러미 추신을 보았으니 두 번의 부딪침이 백 마디, 천 마디의 말보다도 많은 것을 서로에게 전해주었음이다.

'어찌 이런 자가 그런 천인공노할 짓을 저질렀단 말인가!'

모용천을 시해하고 그 손자를 인질로 하여 도주하는 이라 하기엔 검법의 정순(貞順)함이 남달랐다. 할 수만 있다면 밤새 술을 마시며 검리에 대하여 논하고 싶은 마음이 굴뚝같았다.

물론 그 마음은 추신도 매한가지였다. 그러나 이미 두 사람은 술보다 칼의 대화를 시작하였으니 이미 구르기 시작한 돌을 무슨 수로 막을 것인가? 두 사람은 다만 서로의 마음을 거두고 검을 들 뿐이다.

추신의 신형이 움직이고, 검광이 번뜩였다. 유대원이 본능적으로 검을 들어 그를 막으니 검을 통해 전해오는 추신의 내공에 팔이 저려올 정도였다. 그러나 지체할 틈이 없었다. 추신의 검이 익히 들어 알고 있는 쾌검의 수준이 아니었다. 과장이라고 생각했던 무영(無影)이라는 별호가 딱 들어맞았다.

추신의 검로가 유대원을 순식간에 뒤덮었다. 한 번 선수를 빼앗긴 유대원은 다만 수비를 굳건히 할 뿐이었는데, 추신의 검이 갈수록 빨라지니 이미 여러 곳에서 피를 흘리고 있었다.

'이대로는 승산이 없겠다!'

상대의 검속은 이미 물리적 한계를 초월한 것 같았다. 부끄러웠지만 유대원은 더 이상 추신의 검을 막아낼 자신이 없었다.

"하앗!"

기합과 함께 유대원의 사자검이 어스름한 빛을 내기 시작했다. 유대원의 필생 공력이 주입되었으니 사자검이 마치 살아 움직이는 듯 강한 생명력을 발하였다. 추신의 쾌검이 그런 사자검과 부딪치니 검로를 이탈하고 말았다. 검을 쥔 추신의 오른손이 하늘 높이 올려지고, 사자검 앞에 가슴을 무방비로 노출시킨 것이다.

4

"타앗!"

강렬한 기합과 함께 비어 있는 추신의 가슴을 향해 유대원의 공력이 주입된 사자검이 찔러 들어왔다. 검신에 맺힌 일렁이는 기운도 기운이거니와 사자검 유대원이 일생의 대적을 맞아 내민 한 수이니 그 위력이 가히 천지를 뒤엎을 기세였다.

"……!"

모용현의 한쪽 눈에 비친 유대원의 일검은 석양에 물들어 온통 붉은 세상을 가르는 것 같았다.

"안 돼!"

모용현은 자신도 모르게 소리쳤다. 일렁이는 사자검이 추신의 가슴을 뚫었다.

"……?!"

그러나 유대원의 손에는 살과 뼈로 이루어진 육신을 꿰뚫었다는 느낌이 없었다. 강호를 종횡하며 셀 수 없이 많은 싸움을 하여 손에 익숙할 대로 익숙해진 그 느낌이 없었다는 것은 자신의 눈에 보이는 영상과 분명히 상충되는 것이었다. 촉각과 시각의 경계에서 절망을 담아 유대원이 중얼거렸다.

"이형환위(以形換位)?"

사자검 앞에 가슴을 노출하였을 때 이미 추신은 신법을 시전하고 있었다. 사람들이 무영검이라 하여 추신의 쾌검을 칭송하였으나 그의 신법 또한 검만큼이나 빠르다는 사실은 간과하고 있었다. 장거리를 달리는 경공에 있어서야 그보다 나은 이가 셀 수 없이 많으나 검을 들고 움직임에 있어 추신을 능가할 자는 찾아보기 힘들었다. 그런 추신이 절체절명의 순간이 닥쳐 혼신의 힘을 다해 펼친 신법은 그 자리에 추신의 잔상을 남겨놓았던 것이다.

이는 엄밀히 말해 유대원이 중얼거린 전설상의 이형환위는 아니었지만 실로 그에 버금가는 신법이었다.

잔상을 꿰뚫은 유대원에게 추신이 검을 내려쳤다. 일생의 공력을 담

은 공격이 무위로 돌아간 사자검은 추신의 일검을 맞고 피를 흘리며
쓰러졌다.

"후……."

추신은 검을 짚어 흔들리는 몸을 가누었다. 사자검이 그랬듯이 추신
에게도 강호에 나선 이래 가장 강력한 상대였던 것이다. 두려움이 앞
서 검을 남발하였으니, 상대의 강력한 일검에 검로를 잃고 가슴을 내어
준 때에 이미 패한 것이나 마찬가지였다. 마지막 순간의 깨달음이 없
었다면 쓰러진 것은 자신이었을 것이다.

"……."

내려다보니 사자검의 숨이 아직 붙어 있었다. 정심한 내공이 진작에
끊어졌어야 할 명을 붙들고 있는 것이다. 물론 흘러내리는 피를 타고
그마저 흩어지겠지만. 추신이 고개를 숙여 말했다.

"검을 전해줄 이가 있소?"

"없다……. 같이… 묻어다오."

"일을 만드시는군."

추신의 대답을 들으며 사자검 유대원이 숨을 거두었다. 모용현이 다
가와 유대원의 시체를 내려다보니 죽은 몸이나 생전의 기상이 살아 숨
쉬는 듯하였다. 산동을 호령하던 일대의 영웅이 오해로 인하여 타향의
길 위에서 생을 마감하였으니 그를 안다면 누가 슬퍼하지 않으리요.
추신은 사자검이 자신에게 품은 두 가지 혐의 중 모용천을 시해한 것
은 오해가 틀림없었으나 모용현을 납치하여 눈을 뽑는 악독한 짓을 저
지른 것은 사실이니 그저 서글프기만 했다. 하나 모용현은 달랐다. 이
영웅에게 자신이 사실을 말하였다면 어땠을까? 당신이 아는 것과 달리
할아버지를 죽인 것은 추신이 아니고, 추신이 자신을 납치한 것은 달리

이유가 있으며, 모용현 스스로가 추신이 저지른 일을 원망하지 않는다
고 말하였다면 쓸데없는 싸움을 피할 수도 있었을 것이다. 소년이 그
리 생각하니 자기 때문에 사자검이 죽은 것처럼 느껴져 강한 죄책감이
들었다.

"왜 우느냐?"

추신의 목소리를 듣자 모용현은 하나밖에 없는 자신의 눈에서 눈물
이 흐르고 있음을 깨달았다. 모용현이 소매로 눈물을 닦으며 말했다.

"나도 잘 몰라요."

추신이 그런 모용현에게 더 이상 묻지 않고 시체를 업고 길 밖으로
내려갔다. 모용현이 추신을 따라가니 제멋대로 자란 풀이 허리까지 오
는 들판을 가로질러 그나마 땅이 부드러운 곳을 찾았다.

"이런 곳에 묻는 게 안됐다만 그렇게 여유가 많은 편이 아니오."

이미 죽은 자에게 추신이 말을 걸며 오른손에 자신의 검을, 왼손에
사자검을 들고 땅을 파기 시작했다. 도구의 불편함과 작업의 생소함이
라는 두 개의 난관을 헤치자 사람 하나가 누울 만큼 구멍이 파여졌고,
그 안에 유대원의 시체가 누웠다. 추신은 사자검에 묻은 흙을 소매로
닦아내고 검집에 넣어 유대원의 가슴에 포개어놨다. 그 모습을 보고
모용현이 말했다.

"그 검은 가지지 않나요?"

"그래."

"내가 보기엔 적기단주의 검보다 좋아 보이는데요?"

추신이 흙을 덮으며 대답했다.

"이 검은 그의 것이다. 주인이 죽었으니 내 손에 있어봤자 검 또한
죽은 것이나 다름없다."

"난 잘 모르겠군요. 그럼 적기단주의 검은 뭐죠?"

"이 검은 내게로 와 비로소 생명을 얻은 것이다. 표리검의 손 안에서는 죽어 있던 검이다."

얼굴색 하나 바꾸지 않고 당연하다는 투로 말하는 추신을 보니 이런 얼토당토않은 이야기도 그럴듯하게 들렸다. 추신이 흙을 다 덮으니 손에 흙이 잔뜩 묻어 봉분을 할 여력이 없었다. 다만 특이하게 생긴 돌 하나를 주워 올려놓았고, 그 위에 검을 놓리니 놀랍게도 울퉁불퉁한 돌 표면에 붓으로 쓴 듯 부드럽게 '사자검(獅子劍) 유대원지묘(劉大元之墓)'라는 글씨가 새겨졌다.

"가자."

추신이 일을 마치자 두 손을 경쾌히 털고 일어났다. 쪼그려 앉아 있던 모용현도 일어나 그의 옆에 섰다.

"그런데 만두는 어찌하였느냐?"

"…아, 그게 말이죠."

마지막 유대원의 일검이 추신을 꿰뚫은 것처럼 보였을 때 모용현은 놀란 나머지 품 안의 만두 봉지를 꽉 안아버렸다. 봉지 안에 벌어졌을 참혹한 광경을 상상하게 된 것은 그 후의 일이었으니 모용현은 차마 확인할 용기가 없었다.

"…음, 먹으면 별 차이 없을 거예요."

봉지 안을 확인한 모용현이 애써 웃으며 말했다.

5

사자검 유대원이 추신의 손에 쓰러졌다는 소문이 파다했다. 관도를 지나던 이들 중 두 사람의 대결을 목격한 자가 꽤 있었던 탓이다. 하루가 지나고 나서야 옥전에 도착한 단정 사태와 맹일곡은 목격자를 수소문한 끝에 도시 밖의 평원에서 사자검의 초라한 무덤을 찾을 수 있었다.

"이런……."

설마 했는데 무덤을 파보니 사자검의 시체가 가지런히 누워 있었다. 애검이었던 사자검을 가슴에 품고 누워 있는 모습이 마치 자는 것처럼 평화로웠다.

"아직 멀리 가지 못했을 것이오! 어서 흙을 덮어라!"

단정 사태가 단호히 말했다. 사자검의 죽음에 자극받았는지 금방이라도 뛰쳐나갈 분위기였다. 단정 사태는 제자들로 하여금 파헤친 무덤의 흙을 다시 덮게 했다. 그런 그녀를 맹일곡이 붙잡았다.

"사태께서는 진정하시구려. 어차피 하루를 늦었는데 서두른다고 될 일이 아닌 듯합니다."

단정 사태가 맹일곡의 손을 뿌리치며 말했다.

"절명검께서는 뭘 그리 두려워하십니까! 이 악적이 사자검마저 해쳤으니 어서 잡지 않는다면 어떤 불상사가 일어날지 모릅니다!"

길길이 뛰는 단정 사태를 맹일곡이 겨우 달래며 말했다.

"우리가 무작정 잡으려 들면 오히려 화를 자초할 것입니다. 사자검마저 이리 당하지 않았습니까?"

단정 사태나 맹일곡이 강호에 이름난 고수라 하나 사자검 유대원에 비하자면 한 수 아래라고 봐야 했다. 이는 그들 자신이 가장 잘 알고 있었으니, 그런 사자검을 패퇴시킨 추신을 잡으려면 힘만으로는 안 된다는 것이 맹일곡의 주장이었다.

"흥! 그 악적이 무슨 재주가 있어 사자검을 해쳤을 거라 생각하지요? 그 아이를 인질로 잡고 있었으니 공명정대한 사자검이 자신의 무공을 제대로 발휘하지 못했을 것 아니오?"

"본 사람의 말에 따르면 아이는 젖혀두고 일 대 일로 싸웠다지 않소?"

"일반인의 말을 어찌 그대로 받아들이십니까? 절명검도 참 답답하시오."

맹일곡이 비록 심성이 나약하고 꺼리는 것이 많아 강호인들로부터 줏대가 없다는 소리를 들으나 단정 사태처럼 앞뒤 꽉 막힌 인물에게 답답하다는 소리를 들을 위인은 아니었다. 그러나 차마 속마음을 입 밖으로 내지 못하고 끓어오르는 억울함을 진정시키며 말했다.

"사태께서는 진정하고 내 말을 들어보시오. 그가 사태의 말씀대로 인질을 잡고 계략을 써서 사자검을 죽였다면 우리라고 그에 당하지 않으란 법이 없습니다. 그가 힘으로 사자검을 제압했을 경우보다 사태가 말씀하신 경우가 우리에겐 오히려 더 어려운 법입니다."

"뭐가 어렵다고 그러시오! 그는 혼자였으나 우리는 둘이고, 또 이렇게 많은 제자들이 같이하고 있지 않습니까?"

단정 사태가 그리 말하고 주위를 둘러보니 아미파의 여제자들은 모두 맞다며 단호한 눈빛을 발하여 그녀를 흡족하게 만들었다. 반면 맹일곡의 뒤에 서 있던 점창파의 남제자들은 모두 우물쭈물하는 것이 영 믿음직스럽지 못했다.

'절명검의 좋지 않은 성격이 제자들에게까지 고스란히 전해지는

구나!'

단정 사태는 원래 성격이 꽉 막혀 있을 뿐 아니라 단순한 사람이었다. 주위 사람들이 그녀의 얼굴만 봐도 지금 무슨 생각을 하고 있는지 뻔히 알 수 있을 정도였는데, 차마 누구도 그러한 사실을 본인에게 일깨워 주지 못하고 있었다. 그런 그녀가 주위를 쓱 훑어보고 속으로 점창파를 비웃었으니 그녀를 제외한 나머지 사람들이 모두 그 마음을 읽을 수 있었다. 맹일곡은 심기가 불편했으나 성격이 소심하여 뭐라 하지는 못하고 다른 이야기를 했다.

"아니, 저나 사태께서야 문제없겠지만 그가 암수를 쓴다면 제자들의 피해가 막중하지 않겠소? 제가 걱정하는 것은 그것입니다."

"으음……."

단정 사태는 고지식하고 단순하나 그만큼 정이 많은 이다. 오죽하면 아미파의 전대 장문인인 그녀의 스승이 정에 이끌려 대성하지 못할 것을 염려해 단정(斷情)이라는 이름을 주었겠는가? 자연 제자들이 위험해질지도 모른다는 맹일곡의 말에 사태의 마음이 흔들렸다.

"절명검의 말에도 일리가 있습니다."

그런데 제자 중 한 사람이 나와 단정 사태의 팔을 붙들며 말했다.

"스승님, 제자는 하나도 겁나지 않습니다. 오히려 그 간악한 자를 어서 치고 싶은 마음뿐인 걸요?"

바로 그녀가 가장 아끼는 제자 금설옥(琴雪玉)이었다. 그녀가 나서자 점창파의 제자들이 술렁였으니, 여제자뿐인 아미파의 사절단에서도 금설옥의 미모가 뛰어났기 때문이다. 이제 열다섯 처녀라기엔 모자람이 있고 어리다기엔 성숙한 나이의 금설옥은 용모가 빼어날 뿐만 아니라 무학의 자질이 탁월해 아미파 내에서도 큰 기대를 받는 인재였다. 거기에 고지식한 성격과 정이 많은 속내가 스승인 단정 사태와 똑같았으니 아미파의 제자들은 '소정(少情) 사태'라는 별명으로 그녀를 부르곤했다.

"추신이라는 악적이 암수를 써 모용 대협과 사자검을 능멸했으니 나라 할지라도 그의 손에서 너희들을 지켜내기가 쉽지 않을 것이다. 내가 가장 아끼는 것이 너희들이거늘 어찌 걱정이 안 되겠느냐? 게다가 너의 사저들은 모두 본 문의 무공에 어느 정도 정통하였으나 너는 아직 어리니 행여라도 그런 말은 하지 마라."

"예."

금설옥이 대답하면서도 양 볼에 바람을 불어넣어 뚱한 표정을 지으니 그 모습 또한 귀여워 점창의 제자들 눈이 휘둥그레졌다. 제자가 스승의 말에 저러한 표정을 짓는 것도 실례이긴 하나 지금 당장이라도 추신을 쫓아가고 싶은 마음이 자신과 똑같으니 단정 사태는 금설옥의 버릇없음을 보지 못하고 그저 기특한 마음뿐이었다.

"어쨌든 인질로 잡힌 모용가의 자제를 위해서라도 우리만으로는 위험할 것이오. 마침 이들이 북경으로 향했으니 팽가(彭家)와 힘을 합치는 편이 나을 것 같은데 사태는 어찌 생각하십니까?"

사내로 태어나 이리도 기개가 없는가! 단정 사태가 속으로 욕을 하면서도 고개를 끄덕였다. 단정 사태는 아미파 장문인의 사매이고 맹일곡은 점창파의 장로이니 강호의 배분은 두 사람이 동등하다 할 것이다. 그러나 맹일곡의 나이가 많고 강호 경험도 풍부하니 단정 사태는 맹일곡의 말을 따르기로 했다. 일행은 사자검의 묘에 절을 하고 북경으로향했다.

"사매, 어른들 말씀하시는데 함부로 끼어드는 게 아니야."

　북경을 향해 발걸음을 옮기는 중 가장 나이가 많은 이명명(李明明)이 금설옥에게 주의를 주었다. 금설옥이 어리긴 하나 용모가 아름답고 무학의 자질이 뛰어나 사문의 어른들에게 사랑을 받지만 같은 배분의 동기나 사저들에게는 좋은 소리를 듣지 못하고 있었다. 금설옥이 부유한 가문에서 태어나 당당한 기세가 몸에 배었으니 집을 떠났어도 지워질 리 없었다. 더구나 전후좌우를 살피지 않고 자신이 한번 옳다고 믿으면 끝까지 우기는 고집도 있어 아랫사람들 중에서는 금설옥을 좋아하는 이와 싫어하는 이가 반으로 갈려 있었다.

　이명명은 아미파의 제자 중에서도 배분이 세 번째로 높은 이였는데 올해로 나이가 스물넷이었다. 이명명이 단정 사태의 첫 번째 제자고 금설옥이 마지막 제자였으니 그 사이가 심히 각별하였다. 특히 이명명은 주위를 개의치 않는 금설옥의 성품을 높이 샀으나 모난 돌이 정 맞는다고, 간혹 주위 사람들의 질시 어린 시선에 어린 사매가 다치지나 않을지 노심초사였다.

　특히 이번 같은 경우 모용 대협의 고희연을 축하하기 위한 사절단의 대표가 단정 사태였으나 젊은 제자들에게 강호 경험을 쌓아주고자 단정 사태의 제자뿐 아니라 장문인인 상양 사태의 제자들도 함께했으니 금설옥에 대해 좋지 않은 눈초리가 많았다. 그런데 지금 사자검의 시체를 앞에 두고 단정 사태와 점창파의 장로가 심각한 대화를 나누는 와중에 금설옥이 끼어들었으니 사람들이 그를 어찌 여길 것인가? 단정 사태도 또 단정 사태라, 제자가 버릇없는 짓을 하였으면 그 자리에서 꾸짖어야 할 텐데 귀엽다고 웃고 넘어갔으니 동년배의 제자들이 금설옥에게 품을 악감정이 더해질 터였다.

　"예, 조심할게요."

금설옥은 이명명이 자신을 아끼는 마음을 알고 있으니 항상 고마운 마음뿐이었다. 사매 간이라 하나 아홉 살이라는 나이 차이가 있었으니 집안에 남자 형제뿐이었던 금설옥에게 이명명은 큰언니나 다름없었다. 하여 금설옥이 이명명의 말만은 잘 따랐는데 지금도 활짝 웃으며 시원스럽게 대답하니 명명의 마음도 금세 누그러지고 힐끔힐끔 그녀를 훔쳐보던 점창파 제자들의 마음도 함께 녹아들었다.

*　　　*　　　*

한편 추신과 모용현은 단정 사태 등보다 하루 앞서 북경에 도착했다. 북경이 행정의 중심지일 뿐 아니라 중화 문물이 모이는 곳이니 어린아이의 눈에 거리의 물건들마다 신기하지 않은 것이 없었다. 그런 모용현을 재촉해 추신이 간 곳은 한눈에 채 들어오지 않을 만큼 큰 건물이었는데 몇 층짜리인지 가늠하기도 어려웠다.

"무슨 일이시오?"

입구에서 문지기가 묻자 추신이 말했다.

"금 대인(琴大人) 계시느냐?"

문지기가 심드렁한 표정으로 대꾸했다.

"금 대인이 친구라도 되오? 당신 같은 사람이 하루에도 수십 명은 찾아오니 허튼 생각일랑 말고 어서 가시오."

추신이 말했다.

"목가(木家)의 둘째가 금 대인을 보고자 한다 아뢰면 알 것이다."

"아, 글쎄 목가든 뭐든 난 모른다니까! 자꾸 귀찮게 굴면 무사들을 부를 거요."

“말만 전하면 된다. 어렵지 않은 일이다.”

모용현이 옆에서 듣다 보니 추신의 사람 대하는 것이 영 마땅찮았다. 사람이 어찌 이리 꽉 막혔을까? 모용현이 추신의 말을 끊고 웃으며 나섰다.

“진정하시고 부탁 좀 드릴게요.”

“부탁은 무슨 부탁이냐? 어서 가거라!”

“당신은 그저 말만 전하면 된다지 않나요. 이분의 말씀 그대로 금 대인에게 전해주세요. 그러면 대인께서 상을 내리면 내리지 홀대하진 않을 겁니다. 속는 셈치고 한번 다녀와 보시죠? 돈이 드는 것도 아니고 약간의 발품을 팔아 입만 조금 놀리면 되는 것인데. 저 같으면 한번 해보겠네요.”

6

모용현이 문지기를 설득했으나 스스로도 의심이 들었다. 모용세가가 비록 유서 깊은 명문이나 지방의 장원이었으니, 이처럼 큰 도시에 세워져 있는 건물처럼 호화롭지는 않았다. 금 대인이 누군지 모르나 추신이 그의 본 성(姓) 씨를 대었으니 믿을 만한 사람인지도 몰랐다.

그런데 놀랍게도 문지기뿐이 아니라 옷을 잘 차려입은 사람들이 와서 추신과 모용현을 모시고 들어가는 것이 아닌가? 추신은 담담하였으나 모용현은 놀랐다. 계단을 올라 복도를 타고 한참 안쪽으로 들어가 두 사람이 어느 방에 당도하였는데 안내한 이들은 아무 말 없이 사라졌다.

손님을 모시는 비밀스러운 방인 듯했는데 모용현이 둘러보니 어느 하나 명품 아닌 물건이 없었다. 의자나 탁자는 물론 벽에 걸린 그림과 글씨도 장인의 것이었고, 탁자 위의 난초는 물론 그를 담은 화분마저 상등품이니 대체 방 하나 꾸미는 데에 얼마나 많은 돈을 썼는지 짐작조차 할 수 없었다.

모용현이 이것저것 신기해하며 들춰보는 데 반해 추신은 의자에 앉아 눈을 감고 있었다. 시간이 흐르고 모용현이 방을 구경하다 지칠 무렵 방문이 열렸다.

방 안으로 두 남자가 들어왔는데, 앞에 선 이는 오십대의 장년인이었고 뒤에 선 이는 삼십대의 청년이었다. 둘 다 키가 크고 잘 다듬어진 콧수염을 가졌으니 겉으로 보기에도 귀티가 흘렀는데 모용현이 보기에 앞선 장년인이 바로 금 대인인가 싶었다.

"목가(木家)를 이야기한 것이 자네인가?"

장년인이 말하자 추신이 대답했다.

"그렇소."

"자네가 어찌 그 이름을 말하는가?"

"내가 내 가문을 말하는 데에 무슨 어려움이 있겠소?"

장년인이 추신을 자세히 살피더니 말했다.

"그렇다면 무엇으로 증명하겠는가?"

"아버님께서 들려준 이야기가 있소. '사람을 믿기는 어려우나 한 번 믿으면 끝까지 함께하며, 몇 번의 배신을 당해도 오직 내 안목의 낮음을 탓할 뿐이다'."

추신의 말을 듣자마자 장년인의 얼굴색이 바뀌었다. 그리움과 후회가 뒤섞인 표정으로 장년인이 추신의 손을 잡으며 말했다.

"그렇군. 자네가 목연서 나리의 아들이었군. 내 이제야 알아보겠네, 이제야 알아보겠어."

장년인이 추신의 손을 잡고 말하더니 급기야 목이 메어 말을 잇지 못하고 고개를 숙였다. 장년인의 뒤에 선 청년과 모용현이 이에 놀라며 무슨 일인지 궁금해하였으나 추신은 말이 없었고, 장년인은 오열할 뿐이니 감히 물어볼 엄두가 나질 않았다.

"그래, 어떻게 살아남았나?"

감정을 추스른 장년인이 말했다. 추신이 대답했다.

"살아남은 것이 아니라 죽지 못한 것이오."

"그대 단 한 사람인가?"

"그렇소."

"그렇군. 왜 바로 날 찾아오지 않았나?"

장년인이 말하자 추신의 표정이 바뀌었다. 모용현이 그 얼굴을 본 적이 있었으니 바로 추신과 처음 만난 날 자신의 원한을 얘기하던 그 얼굴이었다.

"그렇다면 당신은 왜 바로 목가의 일을 변호하지 않았지?"

가시 돋친 말에 장년인이 고개를 떨궜다.

장년인의 이름은 금남효(琴南曉)라고 하며, 바로 이 금가장의 장주였다. 어려서부터 재물을 모으고 불리는 일에 재능이 많았던 그는 결국 금가장이라는 사업체를 일궈내는 데 성공해 지금은 손꼽히는 거상이 되어 있었다. 그런 그가 추신의 말 한마디에 오열하고 부끄러워하니 놀라운 일이었다. 추신이 다시 말했다.

"그간 생각지도 않았으나 내 사정이 급하니 사람이 염치가 없어지는

것은 너무 쉬운 일이구려. 그저 편히 쉴 수 있는 방 한 칸만 마련해 주
면 고맙겠소."

"그런 것으로 내 죗값을 치르려는 생각은 추호도 없네. 성보야, 가서
준비해 놓거라."

"예, 아버님."

아들을 내보내고 금 대인이 다시 말했다.

"그래, 이제 보니 고인을 닮았군. 그래, 그래……."

오랜만에 맛있는 음식을 배불리 먹고 뜨거운 물에 몸도 씻을 수 있
었다. 모용현이 만족스러운 기분으로 침상에 누우니 이불의 감촉이 세
가의 그것과 같이 부드러웠다. 모용현이 누운 채로 한 바퀴 굴러 추신
을 보니 추신 역시 편안한 얼굴로 의자에 앉아 검을 손질하고 있었다.
모용현이 새삼 궁금해 말을 걸었다.

"금 대인이라는 사람, 큰 부자겠지요?"

"그럴 것이다."

"아까 말한 '몇 번의 배신을 당해도…' 는 금 대인을 빗댄 말인가
요?"

그러자 추신이 검을 탁자 위에 내려놓고 말했다.

"그것은 금 대인과 내 아버님 사이의 일이니 내가 언급한 것도 원래
는 큰 결례다."

그러고는 추신이 입을 꾹 다무니 다시는 이 일에 대하여 언급하지
않겠다는 뜻이었다. 모용현이 생각해 보니 금 대인이라는 자가 추신의
아비지에게 큰 죄를 지어 추신을 함부로 대할 수 없는 것 같았다. 그러
나 추신이 속으로 금 대인을 용서치 못해 이제껏 어려운 일이 있을 때

에도 찾아가지 않다가 지금에 와서 그의 도움을 청하였으니 이는 어디까지나 모용현을 위함이었다. 생각이 거기까지 미치자 모용현은 더 이상 이야기하지 않고 몸을 돌려 벽을 보고 누웠다.

집을 떠난 지 이십여 일이 지나 그간 허름한 객잔과 노숙을 병행하다 보니 막상 이리도 편안한 잠자리에서 잠이 오질 않았다. 모용현이 가만히 누워 생각을 하니 이곳이 자신의 방 같았고, 금방이라도 할아버지가 방으로 들어와 푸근한 미소로 안아줄 것만 같았다.

웃고 있는 모용천을 떠올리자 웃지 않는 모용강도 함께 떠올랐다. 항상 차가운 눈으로 소년을 보던 아버지는 무슨 연유인지 그 아비를 죽이고 자식을 버렸다. 모용현은 아직도 자신이 그 자리에서 모용천의 시해 현장을 목격했음을 모용강이 알고 있는지 확신할 수 없었다. 그러나 확실한 것은 할아버지와 자신을 버린 아버지가 원하는 것이 있다는 사실이다. 모용강의 바람을 알고 그를 저지하는 것이 소년이 원하는 복수의 형태였다. 그러기 위해서는 추신의 존재가 가히 절대적이었다.

추신과 모용현이 오래간만에 편히 누워 잠을 청하던 때에 단정 사태와 맹일곡이 제자들과 함께 북경에 도착하였다.

7

밤이 다 되어서야 단정 사태와 맹일곡이 북경에 당도하여 팽가장을 찾았다. 팽가의 가주인 팽원충(彭原忠)도 전후 사정을 알고 있어 밤늦게 찾아온 손을 환영하고 사람을 시켜 제자들에게 좋은 방을 줄 것을 명했다. 단정 사태의 재촉으로 쉼없이 달려와 추신들을 따라잡는 것에는 성공하였으니, 내력이 얕은 제자들은 지쳐 몸을 가누지도 못할 정도였다. 나머지 제자들은 모두 가서 쉬게 한 후 단정 사태와 맹일곡이 팽원충과 마주 앉았다.

"예까지 오느라 고생하셨습니다."

"아닙니다."

하북팽가라고 하면 예로부터 기골이 장대하고 타고난 무인들이 많기로 유명했다. 가전절기도 호쾌하기 짝이 없는 도법이었으니, 대대로 팽가 사람이라 하면 곧 대장부나 다름없었다.

그런데 현 가주인 팽원충은 가문의 전통과 장로들의 바람과 달리 그러한 가치들을 중히 여기는 사람이 아니었다. 근골이 크긴 했으나 살이 없어 매우 유약해 보였으니, 처음 보는 이들은 모두 그를 문사(文士)라 여길 정도였다. 그의 성품도 생김새와 비슷하여 남자답지 못한 면이 많고, 사람이 좋아 주위로부터 무골호인(無骨好人)이라는 소리를 자주 들었다. 이는 두 아들의 이름을 영국(英菊)과 영옥(英玉)이라 붙인 것만 보아도 쉽게 알 수 있었다.

그런 두 아들 중 장남인 영국은 아버지를 닮았으나 차남인 영옥은 전형적인 팽가의 사내답게 덩치가 크고 무공 익히길 즐겼으니, 집안 어른들로부터 큰 귀여움을 받고 자라난 터였다. 그러나 그것이 아이에겐 독이 되었는지 어느새 손도 못 댈 망나니가 되어 있었는데, 아버지나 형이나 피붙이를 아끼는 마음만 앞서 팽영옥이 하는 말이면 그저 오냐 오냐하니 하늘 높은 줄 모르고 날뛰기가 하루 이틀이 아니었다. 그런데 그런 아들이 어느 날 추신이라는 자에게 맞고 와 두문불출하고 팽가도법(彭家刀法)을 밤낮으로 익히니 팽원충에게는 추신이 은인이나 다름없었다.

"사자검이 그에게 당하였소?"

팽원충이 단정 사태로부터 이야기를 듣고 크게 놀라 이야기했다. 그가 비록 평소에 추신을 은인 아닌 은인으로 생각하고 있었지만 이미 무림공적으로 낙인이 찍힌 자였으니 한 줌의 미련도 남아 있지 않았다. 하지만 그가 저 이름 높은 사자검 유대원을 쓰러뜨릴 수 있다고는 생각지도 못한 일이었다.

"목격자들에 의하면 일 대 일의 정당한 비무였다 하오."

맹일곡이 침울히 말하자 단정 사태가 탁자를 두드리며 말했다.

"절명검께서는 아직도 그런 말씀을 하시오? 그 악적이 실력으로 사자검을 이겼을 리 있겠습니까? 분명 어떤 암수가 있었을 것이오!"

그러나 어디 사자검이 암수 따위에 당할 사람이던가? 그가 당할 암수라면 마땅히 그 방면의 달인이어야 할 것이다. 추신이 당금 무림에 쾌검으로 유명한데 암기 수법까지 고명하다면 알려진 것보다 까다로운 인물이리라. 팽원충이 거기까지 생각하며 침묵하니 단정 사태의 눈에 이 나약한 서생 같은 이나 맹일곡이나 오십보백보라, 어째 하나같이 사내다운 구석이 없으니 가슴이 답답해졌다.

"일단 두 분은 편히 쉬시오. 그들이 북경으로 왔다면 오늘밤은 지내고 나서야 다른 곳으로 가던가 할 것입니다. 내일 아침 일찍 성문이 개방될 때 사람을 배치하여 나가는 이들을 확인하는 한편 들어온 이들을 수소문하여 북경에서의 행방을 찾을 것이니 걱정하지 말고 계시지요."

팽원충이 이렇게까지 말하니 단정 사태도 부언하지 않고 그를 따르기로 했다.

날이 밝아 팽원충이 사람을 풀어 조사하니 추신과 모용현으로 보이는 일남일소가 북경에 들어온 사실은 알아냈으나 밖으로 나갔는지는 알 수 없었다. 하북팽가의 사람들이 성문 앞에 붙어 하루종일 기다리고 객잔을 뒤졌으나 추신과 모용현으로 보이는 이들은 찾을 수 없었다. 왜냐하면 하룻밤만 묵고 가려던 추신과 모용현을 금남효가 억지로 잡아 더 묵게 했기 때문이다. 추신은 더 이상 신세를 지려 하지 않았으나 금남효가 그들을 억지로라도 붙들기 위해 의원을 불러 모용현을 진료하게 했기 때문이다.

눈이 뽑힌 후유증으로 인해 쇠약해진 모용현이 의원의 진료를 받고 빠르게 건강을 회복하였으니, 추신이 차마 떠나질 못했다. 그렇게 이틀을 더 묵었는데 이틀째 밤에 금남효의 장남인 금성보(琴誠報)가 추신을 은밀히 불러 이야기했다.

"추 형, 염치없는 부탁이나 이만 떠나주시오."

추신이 이미 내일은 떠나기로 마음먹었으나 가만히 두고 보니 금성보가 다시 말했다.

"내 오늘 그대에 관한 소문을 들었소. 모용천 모용 대협을 시해하고 모용가의 적자 모용 공자를 납치하여 도주한다는 것이 사실이오?"

"금 형께서 보시기에 저 아이가 강제로 나를 따르는 것 같소?"

그러자 금성보가 고개를 저으며 말했다.

"추 형과 저 아이의 사이를 내 쭉 봐왔고, 목가의 비극이라는 전례가 있으니 나는 함부로 소문을 믿지 않습니다. 그러나 금가장을 위해 아버지가 목가를 외면하였듯이 저 또한 당신들을 두고 볼 수 없음을 이해해 주시오."

추신을 숨겨주었음이 밝혀진다면 이제 금가장은 강호의 인물들과 결코 좋은 관계로 남아 있을 수 없다. 어떤 불이익을 감수해야 할지 모르니 금성보로서는 한시라도 추신이 나가주기를 바람이 인지상정이다.

"금 대인은 알고 있소?"

"아버님께서는 진작에 알고 계셨으나 오히려 추 형을 숨기려 하였으니 이는 전적으로 내가 하는 일입니다. 아버님께서는 추 형에게 너무나 큰 부채감을 안고 있어 옆에서 보기에 안타까울 지경이오. 대체 선친과 내 아버님 사이에 무슨 일이 있었소?"

추신이 고개를 흔들며 말했다.

"나도 정확히 모르는 일이고, 당사자가 아니니 함부로 말하기도 어렵소. 이해해 주시오."

"어쨌든 추 형이 알아주셨으면 하는 것은 이 일은 아버님과 무관하다는 것이오. 부디 나를 욕하시구려."

"어려움을 참지 못하고 옛일을 들추어냈으니 제가 이미 염치를 잃은 것이지요. 그렇지 않아도 내일 가려던 참이오."

추신이 그리 말하니 금성보가 기꺼워하며 말했다.

"미안한 말이오나 아버님께서는 추 형을 보내려 하지 않을 것이오. 마차와 사람을 준비해 놓겠으니 아버님께서 기침하시기 전에 나가는 것이 좋을 성싶소."

그리 말하는 금성보의 얼굴에 미안한 기색이 역력했으니, 추신이 더 말하지 않았다. 마차를 받기에는 염치가 없었으나 이왕 이렇게까지 너절히 굴었으니 마차 하나 더한다고 더 이상 잃을 체면이 없다 생각하며 추신이 고개를 끄덕였다.

한편 팽원충이 사람을 풀어 추신 등의 행적을 찾았으나 진전이 없으니 단정 사태는 몸이 달았다. 이 악적이 어디로 숨었냐는 생각에서부터 가주가 저리 미덥지 못하니 아랫사람들도 일 하나 제대로 못한다는 생각까지 품게 되었는데, 그에 반해 맹일곡은 오히려 이쯤에서 추신의 행방을 놓치고 점창파로 복귀하는 것이 좋으리라는 생각이었다. 이는 팽원충도 마찬가지로, 그는 애초에 모용강이 모용세가의 일을 비화시켜 전 무림의 일로 만든 것에 반감을 가지고 있었다. 더구나 추신이 실력으로 제압하였든 암수를 썼든 사자검을 이긴 것이 확실하니 그를 잡으려 든다면 대체 얼마만큼의 희생을 치러야 할지 두려웠다. 그로서는 이대로 추신이 그들의 눈을 피해 어서 떠나주기를 바랄 뿐이었다.

그러나 이들이 모르는 사실이 있었으니, 팽가의 아랫사람들이 이미 추신과 모용현의 행방을 찾은 점이었다. 물론 그네들이야 윗사람에게 추신과 모용현으로 짐작되는 이들이 금가장 안에 들어섰다고 일찌감치 보고했으니 그들의 잘못은 아니었다. 잘못이 있다면 그들이 보고한 윗사람이 바로 팽가의 차남인 팽영옥이었음이다.

8

밤이 깊은 팽가장에 불이 켜진 방이 있었으니 바로 차남 팽영옥의 처소였다. 무가의 장원답게 쓸데없는 장식이나 헛돈을 쓴 구석 하나 없이 삭막한 방이었는데 그 안에 두 사내가 있었다.

"옥아, 네 그리하여도 괜찮겠느냐?"

둘 중 나이가 많아 보이는 사내가 이야기하니 그가 바로 팽가의 장남인 팽영국이다. 아버지인 가주 팽원충을 꼭 닮아 비리비리한 영국과 달리 그의 앞에 있는 사내는 어깨가 넓고 각진 얼굴이 인상적인 거한이었는데, 바로 팽가의 차남인 팽영옥이었다.

"형님은 아무 걱정 하지 마쇼. 이 아우가 다 알아서 할 것이니."

그렇게 말하며 팽영옥이 칼을 뽑아 날을 보니 날카롭기가 그지없었다. 바로 팽가의 보도(寶刀)인 참명도(斬冥刀)라. 이는 가문의 신물로서 가내의 중요한 행사가 아니고서야 가주도 함부로 손을 대지 못하는 귀한 물건이었다. 그것을 보고 팽영국이 크게 놀라 말했다.

"아니, 그건 참명도 아니냐? 네가 어찌 그것을……?"

팽영옥이 참명도를 다시 칼집에 넣고 말했다.

"잠깐만 쓰고 돌려놓겠으니 형님은 아무 걱정 하지 마시오. 그저 이 아우가 하는 일을 보고만 있으면 됩니다."

"내가 어떻게 걱정하지 않을 수 있겠느냐? 네가 지금 아버님만이 아니라 세가에 계신 단정 사태나 절명검 등의 명숙을 기만하려 하니 크게 벌을 받을 것이다."

"아, 글쎄, 내가 그놈의 목만 따오면 다 해결될 문제 아니오?"

팽영옥이 아랫사람들로부터 받은 정보를 팽원충에게 보고하지 않았으니, 일전에 그가 추신으로부터 받은 치욕이 너무나 큰 탓이었다. 하늘 높은 줄 모르고 날뛰던 그가 추신의 검집에 딱 죽지 않을 만큼만 맞아 두문불출하였으니, 사람들은 모두 이 망나니가 수치스러움을 알아 사람이 되었다고 좋아했는데 실은 그것이 아니었다. 날 때부터 받들어져 이십오 년이 넘게 살아온 팽영옥이 어찌 집도 절도 없는 떠돌이 검객에게 맞았다 하여 수치를 알겠는가? 다만 그가 알게 된 것은 사람이 사람에게 품을 수 있는 증오가 어디까지 커질 수 있느냐 하는 한계에 불과했다.

하여 팽영옥이 팽가도법을 처음부터 다시 시작하여 자나 깨나 오로지 추신에 대한 복수와 그를 위한 팽가도법을 생각하였으니, 이 년 만에 큰 성취를 이루었다. 원래 팽가의 어른들로부터 있는 귀여움을 다 받았던 이유가 팽영옥이 그 아비나 형과 달리 팽가의 사내답게 기골이 장대하고 무공에 큰 소질이 있었기 때문이다. 그런 그가 마음먹고 한 길에 정진하니 불과 이 년 만에 그의 무공 수준이 몰라보게 달라졌다. 그 동기를 모르고 팽원충이나 팽영국이나 집안의 골칫덩이가 드디어 마음을 잡았다며 좋아했으니 서글픈 일이다.

어쨌든 그렇게 추신에 대한 증오를 불태우고 있던 팽영옥에게 작금의 상황은 그야말로 자신을 위한 누군가의 안배가 아닌가 싶을 정도였다. 팽영옥이 바보가 아니니 강호에서 자신의 소문이 어떻게 나 있는지 잘 알고 있었고, 추신 또한 정도의 고수로 알려졌으니 그를 응징하기가 쉽지 않았다. 한데 마침 추신이 강호공적으로 몰려 북경으로 숨어들었으니 자신의 해묵은 원한을 이때 풀지 않으면 언제 풀겠는가? 추신의 행적이 알려지면 아버지나 저 아미파와 점창파의 늙은이들에게 치어 자신은 나설 기회도 없을 것이라고 팽영옥은 판단한 것이다. 그의 형인 팽영국이 이를 알고 있었으나 그 나약한 심성에 동생을 저지하기란 애초부터 불가능했다. 더구나 동생이 가문의 신물을 훔치기까지 했으니 큰 벌을 피하려거든 그로서 추신을 잡는 공적을 세우는 수밖에 없었다.

"두고 보시오, 형님. 내 이 손으로 그놈의 목을 가져오리다."

자신만만하게 웃는 동생을 보는 팽영국의 마음은 불안쫓기만 했다.

새벽같이 나가겠다 약조했으니 추신이 일어나 모용현을 억지로 깨웠다. 모용현도 어느 정도 일이 돌아가는 것을 알고 있어 군말 않고 따라나서니 아직 하늘엔 별도 채 지지 않았다.

"타시지요."

두 사람을 기다리는 것은 두 필의 말이 매어진 마차와 젊은 마부 한 사람이었다. 새벽의 찬 공기에 말들은 입김을 연신 불어댔다. 마차 옆에 금성보가 서 있었는데 추신을 보고는 고개를 숙였다.

"추 형, 혹시 아미파를 아시오?"

"구파일방의 일원이니 이름은 들어 알고 있소."

"혹시 아미파의 사람을 만나거든 금설옥이라는 아이에게 아버지께서 보고 싶어하신다고 전해줄 수 있겠소?"

금남효가 아들을 셋 두고 난 후 딸을 하나 낳았는데 바로 금설옥이었다. 손위 형제들과 나이 차이가 많이 나고 미모가 빼어나 집안의 사랑을 독차지했으나 아미파 단정 사태의 눈에 띄어 자질을 인정받고 그의 문하로 들어가게 되었다. 그러던 것이 벌써 오 년이나 지났는데 어린 딸이 집을 떠나 한 번도 얼굴을 비추지 않으니 금남효의 그리움이 이만저만한 것이 아니었다. 물론 일가의 무학을 연마하기에 오 년이 짧은 시간이나 평범한 집안에서 이를 이해할 수 있겠는가? 금남효가 차마 딸에 대한 그리움을 드러내지 않으니 아들인 금성보는 연락 한 번 없는 동생이 밉고 걱정되었다.

추신이 알겠다 하고 마차에 오르니 그 안에 가면서 먹을 마른 음식들과 봉투 하나가 가지런히 놓여 있었다.

"이건 뭐지?"

모용현이 봉투를 열어보니 속에 종이쪽지가 몇 장 들어 있었는데 바로 금가장에서 발행한 전표였다. 추신이 받아보니 한 장 한 장이 보통 사람들이 평생을 벌어도 만질 수 없는 금액이라 당황했으나 이미 마차가 출발한 뒤였다.

"마부, 말을 멈추시오! 금가장에 돌아가야겠소!"

추신이 창밖으로 머리를 내밀어 말하였으나 젊은 마부가 들은 척도 하지 않고 마차를 몰았다.

"이보게, 말이 안 들리는가?"

추신이 일부러 내공을 써 말하니 마부가 돌아보지도 않고 대답했다.

"작은 주인님이 절대 마차를 돌리지 말라 하셨습니다. 추 나으리의 말을 듣자 하면 제 목이 달아날 것이니 제발 그런 말씀만은 마십시오."

금성보가 추신의 성품을 파악해 미리 손을 써놓으니 마부의 마음을 돌릴 길이 없었다. 추신이 마차 안으로 머리를 집어넣고 모용현에게 말했다.

"내 바로 다녀올 것이니 너는 걱정 말고 마차 안에 있거라."

"그쪽에서 신경 써서 준 물건이니 받아도 괜찮지 않나요?"

"그럴 순 없다."

단호히 말하는 추신에게 모용현이 말했다.

"왜죠? 다른 이들에게 손가락질받을까 봐?"

그러자 추신이 고개를 저으며 말했다.

"내 평생 남의 눈을 꺼려 할 일을 못하고 하지 말아야 할 일을 한 적이 없다. 너에게 한 짓을 제외하고 강호에 나선 이래 어느 하나 내 마음이 기준이었으니 오직 그에 부합되는 일만 할 뿐이다. 내가 이미 해묵은 일을 들추어 극진한 대접을 받고 마차까지 받았는데 돈까지 받을 수 있겠느냐? 이는 내 마음에 물어 받을 수 없는 돈이니 돌려주려는 것뿐이다.”

“아니, 이미 염치를 잃어 마차까지 받아놓구선 돈은 안 되겠다는 심보는 또 뭡니까? 그런 말씀 말고 받아두세요. 아니면 돌아가는 마부 편에 들려서 보내던가.”

사실 모용현이 총명하기 그지없으니, 추신의 성품을 미루어보아 순순히 마차를 받은 것만 해도 마음의 갈등이 심했음을 알 수 있었다. 그런 추신이 전표까진 받지 못할 것이라 생각한 모용현이 일부러 말을 걸어 시간을 끄니 추신이 알아차린 후에는 마차가 이미 너무 멀리 와 있었다.

그렇게 추신과 모용현을 태운 마차는 유유히 북경을 빠져나갔다. 가을이 깊어 겨울과 맞닿아 있으나 아직도 해가 나면 따사로웠다. 말들은 발을 맞추어 앞으로 걸었고, 마부는 공기가 좀 덥혀지자 가끔씩 졸면서도 용케 말을 몰았다. 마차 안도 마찬가지로 모용현 역시 바퀴가 한 번 돌 때마다 덜컹거리는 박자에 몸을 맡기며 졸고 있었다.

덜컹!

급작스레 마차가 멈춰 서니 모용현이 놀라 잠을 깼다. 추신이 무슨 일인가 밖을 내다보니 일단의 젊은이들이 마차를 포위하고 있었다. 마부는 일찌감치 젊은이들에게 끌어 내려진 후였는데, 젊은이들의 행색이 하나같이 부유하여 무슨 도적이나 불량배와는 거리가 멀어 보였다. 추신이 잠시 고민하는 사이 마차를 포위한 청년들 중 하나가 마차문을 발로 차며 외쳤다.

"이봐, 어서 나오라구! 겁이 나나?"

추신이 생각하기를, 이들도 자신의 목에 걸린 현상금이 탐나는가 싶었다. 그러나 어쨌든 빚을 받았다면 갚는 게 예의라고, 추신이 마차문을 벌컥 열고 내려섰다. 그러자 우습게도 마차를 포위한 젊은이들이 썰물 빠지듯 한꺼번에 물러나는 것이 아닌가? 추신이 어이가 없어 무슨 일인가 보았더니 젊은이들의 앞에 선 이가 당당하니 체구가 장군감인 게 이들 패거리의 왕초인가 싶었다. 체구가 큰 청년이 말했다.

"흥, 이제야 잡았구나!"

그가 바로 팽가의 둘째 팽영옥이었는데 그의 뒤에 선 청년들은 모두 북경에서 내로라하는 집안의 자제들로, 말하자면 팽영옥의 아는 동생들이었다. 팽영옥이 일찍이 이들을 거느리고 패를 지어 다니며 행패를 부렸으나 다들 명가의 자식들이라 누구 하나 나서는 이 없어 그 위세가 하늘을 찔렀었다. 그러던 중 추신에 의해 팽영옥이 집안에 틀어박혔으니 우두머리를 잃어버린 패거리가 어딜 가서 무슨 행세를 할까! 자연 그들도 추신에 대한 적의를 품고 있었는데 지금에 와 팽영옥이 자신감에 찬 얼굴로 추신을 쳐버리겠다고 단언하니 모두들 옳다, 좋구나 하며 따라온 것이다.

"넌 누구냐?"

팽영옥이 호기롭게 외친 것까진 좋았는데 막상 원한의 대상이었던 추신이 그를 기억하지 못하고 물어오니 패거리들의 기세가 바닥까지 내려앉았다.

9

팽영국이 결국 더 큰 화를 입을까 두려워 제 아비에게 고해바쳤으니 이도저도 아닌 꼴이 된 법이다. 숨기려거든 끝까지 잡아떼거나 그게 아니라면 아예 처음부터 동생인 팽영옥을 저지했음이 옳거늘 혼자 끙끙 앓다 어정쩡한 시기에 말을 하였으니 속으로 그를 욕하지 않을 이가 없었다.

단정 사태가 영국보다야 아비인 팽원충을 욕하며 달려갔으나 이미 상황이 끝났으니, 추신과 모용현은 간 데 없고 팽영옥만 길 위에 널브러져 있었다. 팽영옥이 요 근래 큰 성취를 이루었다고 하나 추신이 보기에 정강이까지 뛰던 벼룩이 무릎까지 뛸 수 있게 된 격이었으니 한 손바닥으로 눌러 죽일 수 있기는 매한가지였다.

"끄응……."

다행히 죽지는 않았는지 퉁퉁 부어오른 얼굴로 신음하는 아들을 팽원충이 안으며 말했다.

"옥(玉)아! 아비다! 알아보겠느냐?"

"끙, 예……."

"이 녀석, 이게 무슨 꼴이냐! 이게!"

그렇게 부자가 끌어안으니 마치 몇 년쯤 떨어져 있다 감격의 상봉을 맞이한 것 같았다. 단정 사태와 맹일곡이 차마 뭐라 하지 못하고 어물쩍 서 있으니 팽원충이 눈치를 보고 오히려 팽영국을 꾸짖었다.

"네 녀석은 동생이 이 지경이 되도록 무얼 한 것이냐!"

"예?"

"동생이 그른 짓을 하거든 형인 네가 바로잡아야 했을 것 아니냐?

지금 추신이라는 악적을 잡기 위해 나뿐만 아니라 단정 사태와 절명검이 계시거늘 어찌 바로 얘기하지 않았느냐? 그를 놓쳤을 뿐 아니라 네 동생도 이 지경으로 만들어놓았으니 네 죄가 실로 크다!"

"죄송합니다."

단정 사태나 맹일곡이 뒤에서 보고 있자니 팽영옥이 왜 소문난 망나니가 되었는지 한눈에 알 수 있었다. 형이라는 팽영국의 꾸지람을 받는 태도가 익숙하니 이런 일이 한두 번 있는 게 아니리라. 단정 사태야 팽영옥의 주제넘은 행동으로 인해 추신을 놓쳐 화가 부글부글 끓어올랐으나 차마 그 아비의 면전에 대고 욕하기가 쉽지 않았다. 맹일곡이요 며칠 단정 사태와 같이 다니면서 그의 성질을 알았으니 다독거렸다.

"마차를 타고 갔다니 쉽게 따라잡을 수 있을 겁니다."

단정 사태가 그 말이 옳다 생각하고 팽원충에게 말했다.

"팽 대협에게 죄송한 말씀이나 아드님의 안위보다 지금은 추신이라는 자를 쫓는 일이 더 급하오."

팽원충이 아들을 안고 대답했다.

"예, 그렇지요. 하지만 제 아들놈이 이 모양이라……."

"아드님을 돌보셔야죠. 대신 그가 마차를 타고 있으니 이 말을 빌려도 괜찮겠습니까?"

단정 사태가 인솔하는 아미파의 제자가 열 명, 맹일곡이 인솔하는 점창파의 제자가 열한 명으로 모두 스물셋이었다. 지금 팽가에서 나올 때 팽원충의 배려로 모두 말을 탔으니 말도 사람 수에 맞춰 스물세 마리였다. 팽원충이 머리를 굴려보니 작은아들의 치기 어린 행동이 오히려 세가에 득이 되었다. 만약 북경에 있는 것을 찾아내었다면 단정 사태의 기세에 못 이겨 함께 추신을 잡았어야 했으니 쓸데없는 일에 말려들어 화를 자초할 뻔한 것이다. 팽영옥이 비록 얼터져 말도 제대로 하질 못하나 목숨을 잃은 것은 아니니 팽원충에게는 이대로 물러날 수 있는 좋은 기회였다. 그러니 어디 스물세 마리의 말이 대수겠는가?

"물론이지요."

"돌아오는 길에 꼭 돌려 드리겠습니다."

단정 사태가 그 말을 남기고 말을 몰아 달려가니 아미파의 제자들도 말을 몰았다. 남아 있는 맹일곡은 팽원충의 속내를 짐작하고 부러움과 원망이 반씩 섞인 눈으로 인사하고 제자들을 데리고 단정 사태의 뒤를 따라 말을 몰았다.

단정 사태가 말을 독려하여 달리니 한참 뒤 까만 점이 하나 보이기 시작했다. 좀 더 거리를 좁혀보니 추신이 탔다는 마차가 확실해 보였다. 예까지 전속력으로 달려온 말이 지친 기색을 보이자 단정 사태가 미련없이 뛰어내려 마차를 향해 달렸다. 그 경공 수법이 대단한지라 역시 명문정파의 장로다웠다.

"힉!"

콧노래를 부르며 마차를 몰던 마부가 깜짝 놀라 소리를 질렀다. 천천히 몰고 있다고는 하나 그래도 말이 끄는 마차인데 웬 노비구니가 달려와서 냉큼 마부석에 올라타는 것이 아닌가? 올라타는 것에 그치지 않고 검을 빼 들어 협박하니, 마부가 감히 다른 생각을 품지 못하고 말을 멈췄다.

"뭐, 뭡니까?"

단정 사태는 마부를 무시하고 마차문을 확 열었다.

“……!”

그러나 그녀의 예상과 달리 마차 안은 텅 비어 있었다. 그사이 맹일
곡 등이 마차를 따라잡았는데 단정 사태와 마찬가지로 비어 있는 것
을 보고 망연자실했다. 단정 사태가 정신을 차리고 마부를 윽박질렀
다.

“이 마차에 사람이 타고 있지 않았느냐?”

“아이고! 예, 타고 있었습니다요! 예, 그렇고말굽쇼!”

“어찌 생긴 자들이었느냐?”

“한 사람은 청년으로 이목구비가 수려하고 검을 차고 있었습니다.
또 한 사람은 아직 어린아이였는데 굉장히 예쁜 여자 아이였습니다.
앞머리를 내리고는 있었으나…….”

젊은 마부가 겁에 질려 헛소리를 늘어놓았으나 요지를 들어보니 추
신이 모용현을 데리고 다른 길로 갔음이다. 그렇다면 마차는 왜 계속
길을 가게 만들었나? 이는 분명히 팽가의 둘째가 다른 추적자들이 있
음을 말하였기 때문이니 한참이나 말을 달려온 일이 헛수고에 불과했
다. 단정 사태는 화가 머리끝까지 치밀어 올라 당장 가던 길을 거슬러
팽영옥을 베어버릴 생각을 했으나 맹일곡이 간신히 달랬다.

“원래 가기로 했던 곳이 어디인가?”

맹일곡이 단정 사태를 진정시키고 마부에게 물어보았다.

“소인은 그저 고용된 몸인지라 아는 것이 없습니다.”

“그런가?”

맹일곡이 마부의 등을 두드리며 무언가를 건네주니 동전 한 묶음이
다. 마부가 애초에 추신으로부터 금가장의 전표를 모두 받고 빈 마차
를 장사까지 몰고 가기로 하였으나 돈이라는 물건이 원래 다다익선(多

多益善)인 법이다.

"장사까지 가기로 하였습니다."

마부를 돌려보내고 단정 사태와 맹일곡은 향후의 일정을 살펴보았다. 마부의 말을 전적으로 믿을 수 있는 것은 아니나 그마저 믿지 않는다면 무얼 의지하여 추신을 쫓을 것인가?

"그렇다면 다른 길로 갑시다."

"예?"

단정 사태는 답답했다. 자기 일이 아니라고 뒤로 빼기 바쁜 팽가도 그렇거니와 예까지 함께 온 맹일곡도 도무지 마음에 들지 않았다. 무공이 무엇이고 명문정파가 다 무엇인가? 모용세가가 이런 큰일을 맞아 어려울 때에 돕지 않으면 언제 도울 것인가? 당시 모용세가에서 협객이라 자부하는 많은 고수들이 입으로 추신을 성토하기 바빴으나 막상 그를 잡으러 지금껏 돌아다닌 이가 없었다. 그나마 절명검 맹일곡이 점창파의 명예에 감히 누를 끼치지 못하고 여태껏 따라나섰으나 적극적으로 나서는 모습이라곤 눈을 씻고 찾아봐도 없었다. 세가의 위세가 하늘을 찌르고 나서야 콩고물 하나 떨어질까 뒤를 쫓는 것이 강호의 의리는 분명 아니다.

"사태께선 꼭 조심하시구려."

맹일곡이 단정 사태의 확고한 마음을 알고 당부하며 쇠로 만든 구슬을 주었다.

"이게 무엇이오?"

"당문에게 받은 것인데, 충격을 가하면 터지면서 색이 있는 연막을 피워 올리는 물건이라 합니다. 빨리 잡기 위해 길을 나누어 추격하나 혼자 힘으로는 제압하기 어려울 것이니 꼭 이것을 통하여 서로에게 연락을 취합시다.”

단정 사태가 속으로 자신은 혼자가 아니고 잘 배운 제자들이 열이나 있는데 어찌 점창파의 손을 빌릴까 보냐 생각하면서도 순순히 쇠구슬을 받아 들었다. 그리고 두 일행이 건투를 빌며 헤어졌는데, 단정 사태를 비롯한 아미파는 이대로 길을 따라 쭉 내려가기로 하였고, 맹일곡이 이끄는 점창파는 일단 북경으로 거슬러 올라갔다가 추신이 갔을 법한 다른 길을 찾기로 했다.

이러니 점창파의 제자들 얼굴에 노골적으로 실망하는 기색이 역력했는데 그간의 행보로 정이 든 아미파의 여제자들과 떨어져야 했기 때문이다. 그중에서도 특히 빼어난 금설옥을 더 이상 볼 수 없다는 사실에 가슴 아파하는 청년들이 많았는데, 다른 의미로 금설옥 역시 가슴이 메어왔다.

“사매, 너무 상심하지 말아.”

이명명이 상심하고 있는 어여쁜 사매를 위로하였으니, 금설옥의 속내를 알기 때문이었다. 금설옥이 십오 세의 당찬 아미파 제자이긴 하나 그 이전에 한 집안의 꽃 같은 막내딸이니, 그녀가 집을 떠난 지도 벌써 오 년이라는 세월이 흘렀다. 그간 고된 수행의 연속으로 안부를 전하는 서신 한 통 쓴 적이 없었으니 소녀의 마음이 어떻겠는가? 그러던 중 금설옥의 친가가 있는 북경에 들렀으니 소녀가 차마 사사로운 정을 내세우지 못하고 그저 스승이 알아주기를 기다렸을 뿐이다. 그러나 단정 사태가 그러한 일을 모르고 오직 추신을 잡는 것에 정신이 팔렸으니 금설옥의 가슴이 까맣게 타 들어감을 오직 이명명이 짐작할 뿐이었다.

“아니요. 저, 아무렇지도 않아요.”

아홉 명의 사저가 모두 자신과 같은 처지이니 우연히 고향에 들렀다
고 어찌 개인의 바람을 앞세울 수 있을까? 금설옥이 사저의 마음 씀씀
이를 고마워하면서 표정을 바꾸어 환하게 웃어 보이니 그를 보는 이명
명 또한 어린 사매가 대견하기만 했다.

"추신이라는 사람을 잡으면 돌아가는 길에 북경에 들를 수 있도록
내가 스승님께 말씀드릴게."

"아, 정말요?"

"그럼. 내가 언제 허튼소리를 한 적이 있었니?"

"고마워요. 아버님께서 정말 크게 환영해 주실 거예요."

이렇게 간절히 바라는 이들이 많았기 때문인지 단정 사태가 인솔하
는 아미파는 며칠 후 추신의 행적을 찾아 그들을 따라잡고 말았다.

10

추신과 모용현이 아미파의 제자들과 조우한 것은 인적이 뜸한 산길
이었다. 갈림길에서 일남일소를 만나자 단정 사태가 주저없이 그들을
포위했다. 아미파의 제자 중 모용천의 고희연에서 추신을 봐 그 모습
을 알고 있는 자가 있었다.

"네 녀석이 악적 추신이냐?"

다짜고짜 검을 들이대며 악적이냐 윽박지르는 단정 사태에 비해 추
신은 차분했다.

"악적인지는 모르나 추신이라는 이름은 맞소이다."

"흥, 모용 대협을 시해하고 그 손자를 잡아 눈을 뽑았으니 악적이 아니면 무엇이냐?"

추신의 뒤에 서 있던 모용현이 무언가 말하고 싶었으나 말할 수 없었다. 추신 또한 모용현에게 한 짓은 변명의 여지가 없으니 구차하게 앞의 것은 틀렸다 말하기 싫었다. 추신이 이리 가만히 있으니 단정 사태가 비웃으며 이명명에게 명하여 맹일곡이 준 구슬을 땅에 던지게 했다.

펑!

구슬을 땅에 던지자 작은 폭음과 함께 붉은 연기가 피어올랐다. 사천당문의 특수한 비법으로 제작된 연기는 가늘었으나 바람에 흔들리지 않고 곧고 선명하게 하늘로 오르니 멀리서도 볼 수 있을 것이다. 단정 사태가 그 모습을 보고 말했다.

"너도 사내라면 인질을 잡고 무얼 할 생각은 하지 마라. 어떤 암수를 써서 사자검을 해쳤는지 몰라도 부끄러운 줄 알아야 할 것이다."

"열 사람이 두 사람을 포위하고 부끄러움을 얘기하다니 구파일방이라는 이름이 무엇이오?"

추신이 그리 말하자 단정 사태가 발끈하였다.

"뭐라?"

"내가 이 아이에게 한 짓을 제외하고는 평생 부끄러운 일을 한 적이 없소. 무력한 자를 농락한 적도 없고 암수를 써 승리한 적도 없소. 사태는 내게 부끄러움을 물으면서도 어찌 스스로를 돌아볼 생각은 안 하시오?"

사실 추신이 모용강에 대한 복수심에 일그러져 있으나 그 외의 일에서는 정정당당한 위인이었다. 모용현에게 지은 죄가 있어 침묵하고 있으나 사자검과의 정당한 대결을 폄하하는 것은 참을 수 없었다. 게다가 단정 사태가 명문정파의 장로이면서 다수로 핍박하고는 부끄러움을 이야기하니 추신의 말이 길어졌다.

"네가 그리 말한다면 나와 일 대 일로 겨루어볼 용기가 있다는 뜻이렷다! 아이를 버려두고 검을 뽑아라!"

단정 사태가 노하여 외치니 주위의 제자들이 일제히 만류했다.

"사부님, 친히 나서실 필요가 없습니다."

"이미 우위를 점하였고, 얼마 후면 점창 사람들이 올 것이니 무리하지 마십시오."

그러나 단정 사태가 어찌 제자들의 말을 들을 것인가? 추신이 잠자코 모용현을 뒤로 물러나게 하고 검을 뽑았다.

모용현은 답답했다. 사자검과 같은 일을 두 번 다시 겪고 싶지 않았다. 그러자면 이야길 해야 한다. 할아버지를 시해한 자가 절대 추신이 아니라고 말해야 한다. 하지만 말할 수 없었다. 목구멍까지 차 오른 말을 삼키고 모용현이 뒤로 물러나니 아미파의 제자 중 한 사람이 그의 손목을 잡아끌었다.

"이리 오렴. 얼마나 고생이 심했을까!"

추신이 고개를 돌리니 그보다 한 뼘은 커 보이는 소녀였다. 양 볼이 붉게 상기된 소녀는 커다란 두 눈을 반짝이며 말했는데 그 모습이 실로 아름다웠다. 강남제일미라 불렸다는 소년의 어머니에 비할 바는 아니었으나 소녀 특유의 강한 생명력이 눈부셨다. 모용현의 기억에 남영혜는 항상 웃지 않는 얼굴로 감정을 드러내는 법이 없었는데 그에 반해 이 소녀는 매순간 살아 있음을 증명이라도 하듯 반짝였다.

"고생하지 않았어요."

소년이 대답했으나 금설옥은 명가의 자식이 부리는 허세일 것이라 생각했다. 금설옥이 일전에 모용천의 고희연에서 남영혜와 모용현을 모두 보았으니 두 사람 모두 하계의 인물이 아닌 듯했다. 남영혜는 상제의 딸이 내려온 듯, 모용현은 선계의 동자가 내려온 것처럼 보였으니 금설옥이 비록 무가의 제자이나 심성은 여염집의 십대 처녀와 다를 바 없었기 때문이다.

먼발치에서 보고 감탄했던 모용현이 자신의 눈앞에 있는데 그때와 달리 더러워진 옷을 입고 앞머리를 내려 한쪽 눈을 가리고 있었다. 금설옥이 동정을 금치 못하고 안타까운 눈으로 소년을 보며 말했다.

"걱정하지 마. 저 간적이 다시는 널 괴롭히지 못할 거야."

모용현이 그 말을 듣고 기분이 상해 고개를 돌렸으나 금설옥은 자신이 한 말이 소년의 자존심에 상처를 준 게 아닐까 생각했다. 소년과 소녀가 서로 다른 생각을 하는 동안 단정 사태가 검을 빼 들었다.

"네가 왜 모용 대협을 시해하였는지 그 이유를 듣기 위해 죽이진 않겠다. 팔 하나, 다리 하나 없어도 살 수는 있을 것이다."

단정 사태가 공력을 일으키니 정순(精純)하기로 이름 높은 아미구양공(峨嵋九陽功)이었다. 단정 사태가 여인의 몸으로 정순한 내공을 수십 년 닦았으니 그 깊이를 실로 가늠하기 어려웠다. 온몸을 자극하는 단정 사태의 공력에 추신이 고개를 끄덕이며 경의를 표하고 다가섰다.

공력이 뿜어내는 중압감에 주위의 제자들이 모두 한 발짝 물러났으나 추신이 위축되기는커녕 오히려 자신에게 다가서니 단정 사태가 깜짝 놀라며 생각했다.

'과연 한 수가 있는 놈이구나.'

추신이 지체없이 자신의 간격 안으로 들어오니 단정 사태의 검이 빛났다. 원래 단정 사태가 무림의 이름난 선배로서 추신과는 배분의 차가 크니 그에게 선수를 양보하여야 하지만 단정 사태에게 지금의 일전은 정당한 비무와 거리가 있었다. 단정 사태에게는 오직 간악한 짓을 저지른 강호의 공적을 잡는 일에 불과하였으니, 어찌 그러한 예를 일일이 따질 것인가. 낮은 기합 소리와 함께 사태의 검이 추신의 가슴으로 미끄러져 들어갔다.

"좋은 수요!"

그 초식의 정묘함이 비할 데 없어 추신이 큰 소리로 칭찬하며 막아 냈다. 추신의 검이 보검이나 단정 사태의 검 역시 평범한 것은 아닌 듯 두 검 모두 흠집 하나 없었다. 그러나 추신이 자신의 검을 수월히 막아 내면서 칭찬하자 그를 조롱으로 알아들은 단정 사태가 크게 노하여 소리쳤다.

"네가 날 능멸하려 드느냐!"

단정 사태의 검이 더욱 빨라졌다. 빛을 발하는 그녀의 검끝이 향하는 곳마다 요혈이며 급소이니 추신이 아슬아슬하게 막아내고 있었다.

당금 무림에 검의 명가라 하면 무당과 화산, 아미가 있으니 각기 장단점이 있어 어느 한곳이 뚜렷이 위라 할 수 없었다. 그러나 무당이 가진 힘이 바다와 같아 조용하면서도 그 아래 무한한 가능성을 가지고 있었으니 수많은 기재들 가운데에서도 결국 태허 진인이라는 일대 종사를 배출하였고, 그로 인해 사람들의 머릿속에 무당검이 강호에 으뜸이라는 생각을 갖도록 하였다.

단정 사태가 일찍이 아미 제자의 신분으로 검을 수련할 때, 그 재능이 몹시 뛰어나 전대 장문인인 스승으로부터 많은 사랑을 받은 바 있었다. 사문에서는 그녀가 장차 대성하여 아미의 검학을 무림의 첫째로 올려놓으리라는 기대를 가질 정도였다.

그런 단정 사태의 맹공이 이어지니 추신이 막아내기에 급급했다. 단정 사태의 아미검이 갈수록 예리함을 더하여 추신의 왼쪽 어깨를 노리다 돌연 변하여 팔목을 베었고, 인후를 노리는가 싶더니 단전을 위협했다. 아미파의 제자들이 모두 그 광경을 보며 어느 때는 단정 사태의 고명한 수법에 '아!' 하며 감탄하였고 또 어느 때는 회심의 일격이 추신의 검에 막혀 아쉬운 탄성을 질렀다.

그렇게 일방적인 공방이 오십여 초가 계속되었는데, 사태의 내력이 물 흐르듯 끊이질 않으니 추신이 막아내면서도 감탄을 금치 못했다.

'명가의 힘이 이런 것인가?

단정 사태 또한 놀랐으니, 추신의 검법이 비록 자신의 공격을 막기에 급급하였으나 동작 하나하나가 절도있고 순리에 어긋남이 없었다. 더구나 시간이 흐를수록 추신이 방어하는 모습이 수월하고, 어느 때는 여유마저 있었다. 겉으로야 단정 사태의 일방적인 공격을 추신이 겨우 막아내는 것처럼 보였으나 실상은 단정 사태가 공격을 멈출 수 없었던 것이다. 그녀의 공격이 그치는 순간 추신의 검이 막힌 둑이 터진 것처럼 쏟아져 나올 것이다.

'절명검의 말이 옳을지도 모른다. 사자검이 죽은 것이 정녕 정당한 대결이었을까? 아니, 그럴 리 없다.'

단정 사태는 치밀어 오르는 의혹을 부인했으나 그 마음이 검을 흔드는 것까지 막을 순 없었다. 초반의 신랄한 기세가 누그러들고 자로 그은 듯 정확하던 검로가 흔들리자 드디어 추신의 검이 양보를 그만두었다.

“……!”

지금껏 방어에 치중하였던 추신의 검이 꿈틀거렸다. 단정 사태의 검이 흔들린 그 가느다란 틈을 놓치지 않고 파고드니 단정 사태가 이것저것 잴 여유 없이 반사적으로 몸을 휙 돌렸다.

샥!

단정 사태의 소매가 잘려 나갔는데 소리가 먼저인지 검이 먼저인지 분간할 수 없었다. 아니, 아미파의 제자 중 누구도 추신의 검을 본 자가 없었다. 오직 잘려 나간 단정 사태의 소매만이 추신의 검로를 짐작케 했으니, 말 그대로 그림자도 없는 쾌검이었다.

11

“사태께서는 이것으로 물러나는 게 어떻소?”

추신이 조용히 말했고, 단정 사태는 수치심으로 얼굴이 붉게 달아올랐다. 강호에 추신의 진면목을 아는 이가 과연 몇이나 있는가? 단정 사태 역시 추신이 쾌검으로 이름을 조금 날리나 강호의 명숙인 자신에게 비할 바 아니라 여겼고, 이는 당연한 판단이었다. 사자검이 그와의 일 대 일 비무에서 패하였다는 말을 듣고도 당연히 정당한 대결이 아닐 것이라 생각했다. 그러나 잘려 나간 소매가 증명하듯 추신의 무공은 단정 사태의 그것을 상회하고 있었다.

추신은 단정 사태의 맹공에서 얼마 전 자신의 모습을 보았다. 사자검에 대한 두려움을 이겨내지 못하고 맹공을 펼치다 치명적인 반격을 당했던 추신과 지금의 단정 사태가 닮아 있음은 이미 두 사람의 격이 다름을 증명하는 것이었다. 추신이 사자검과의 대결에서 거침없이 그를 벤 것은 베지 않으면 자신의 목숨이 위험하기 때문이었으며, 일 대 일의 대결에 임하여 사자검을 자신보다 한 수 위의 상대로 존중하였기 때문이다.

추신으로서는 더 이상 오해로 인해 사람을 죽이고 싶지 않았다. 그러나 이것이 단정 사태의 자존심을 건드렸음을 알지 못했다.

"네가… 정녕 나를 능멸하는구나!"

단정 사태가 노하여 달려드니 이미 명가의 엄숙한 기세를 찾기 힘들었다. 이는 그의 스승이 일찍이 걱정했던 바이니, 정이 많아 다스리질 못하여 대성할 수 있는 자질을 스스로 썩힐 수 있음을 경계하라는 의미로 지어준 단정(斷情)이라는 이름이 무색했다.

쏜살같이 달려드는 단정 사태의 기세가 심상치 않았다. 그의 온몸에서 피어오르는 아미구양공이 짙은 살기로 가득 찼으니 추신이 감히 경시하지 못하고 일생의 내력을 일으켰다. 놀랍게도 단정 사태의 검이 추신의 단전을 향해 곧게 찔러 들어오는데 죽음을 각오한 동귀어진(同歸於盡)의 수법이었다.

"어리석은 짓을!"

추신이 혀를 차며 신법을 펼치니 바로 생사의 갈림길에서 깨달은 이형환위였다. 비록 진정한 이형환위라 할 수 없었으나 애초에 그것은 전설상에만 존재하여 현세에 구현한 자가 아무도 없었으니 추신의 신법을 이형환위라 하여 안 될 것이 없었다. 사실 그 차이를 알아볼 수 있는 자도 없었다.

단정 사태가 죽음을 각오하고 내지른 일검은 추신의 허상(虛像)을 통과했다. 상황을 파악하지 못한 단정 사태가 자리에 멈춰 뒤를 돌아보니 자신의 검에 꿰뚫렸어야 할 추신이 멀쩡한 모습으로 멀찌감치 서 있었다.

"사조를 뵐 면목이 없구나!"

단정 사태가 길게 탄식하였다. 저 간악한 자에게 제자들 앞에서 재차 조롱거리가 되었으니 더 이상 고개를 들고 다닐 자신이 없었다. 단정 사태는 검을 들었다.

"사부님!"

이명명이 심상치 않은 상황을 눈치채고 소리치며 뛰어들었으나 사태에게는 한 점 망설임이 없었다. 단정 사태는 자신의 목을 긋고 쓰러졌다.

"사부님!"

그제야 정신을 차린 제자들이 모두 단정 사태에게로 모여들었으나 사태의 숨은 이미 끊어져 있었다. 무림의 명숙으로, 검법의 대가로 추앙받아 온 단정 사태치고는 허무한 죽음이었다. 추신이 무심히 이를 보고 있으니 모두 눈물을 흘리며 슬퍼하는 가운데 오직 한 명이 입술을 꼭 깨물고 있었다. 아니나 다를까, 눈물을 흘리지 않는 한 제자가 허리의 검을 뽑더니 추신에게로 달려들었다.

"원수! 죽어라!"

제자들 중에서도 가장 나이가 어려 보이는 이였으니, 바로 십오 세에 불과한 금설옥이었다. 그는 사부인 단정 사태의 죽음에 넋 놓고 슬퍼하기보다 행동하기를 택하였던 것이다. 추신이 그를 보니 신법이 바르고 검로가 정확한 것이 무학에 관한 무한한 자질을 지닌 소녀였다.

깡!

추신의 검이 움직이고, 금설옥은 손목에 강한 통증을 느끼며 뒤로 물러섰다. 그러나 그 외중에서도 검을 놓지 않았으니, 십오 세의 어린 몸임을 감안하였을 때 칭찬받아 마땅하였다.

"좋구나!"

그러나 금설옥이 어찌 사부의 원수에게 칭찬을 받고 기분이 좋겠는가? 소녀에게는 그 말이 오히려 조롱으로 들렸다.

"네 어찌……! 사저들, 도와주세요!"

금설옥이 검을 고쳐 쥐며 소리쳤으나 공허한 울림이었다. 아홉이나 되는 그녀의 사저들이 모두 눈물을 흘리며 단정 사태의 시신 곁에서 떠날 줄을 몰랐다. 이명명이 외쳤다.

"사매, 어서 물러나! 우리가 감당할 수 있는 상대가 아니야!"

존경하는 사저의 말을 듣자 금설옥은 까무러칠 듯 정신이 아득해졌다. 사부가 간적에게 능멸당해 자진하였거늘 일신의 안위를 걱정해 원수를 그냥 보내야 한단 말인가? 스승을 잃은 슬픔도 거두어들였던 금설옥이었지만 지금껏 동고동락했던 사형제들이 취한 현실적인 행동에 눈물이 왈칵 쏟아졌다.

"명가의 이름이 부끄럽구나. 어울리는 것은 어린아이 하나뿐이다."

추신이 이 광경을 보고 한탄하니 사태의 시신 옆에 모여 있던 이들 모두 수치심에 얼굴이 달아올랐다. 그러나 누구보다도 금설옥의 가슴이 답답하였다.

"당신에게 칭찬을 듣고자 한 일이 아니야!"

금설옥이 다시 달려드니 추신의 검이 원을 그리며 소녀의 검을 하늘 높이 날려 버렸다. 검이 땅에 떨어지고, 금설옥은 떨리는 오른 손목을 부여잡았다. 추신이 말했다.

"네 두 눈으로 똑똑히 보지 않았느냐? 나는 사태를 죽이지 않았다. 사태는 스스로를 다스리지 못해 죽은 것뿐이다."

"닥쳐라! 이 원수! 간악한 놈! 악적!"

금설옥이 어려서 금가장의 막내로 태어나 항상 고운 것만 보고 자랐으며 단정 사태의 눈에 띄어 여자뿐인 아미파에서 또 오 년을 지내 남을 욕하거나 헐뜯은 적이 없었다. 그러고 싶은 마음도 기회도 없었는데 지금 사부의 원수를 향해 욕을 하고 싶었으나 마땅히 알고 있는 단어가 없었다. 이것이 또한 소녀의 마음을 답답하게 했다.

"사태! 사태!" ·

그러던 중 풀숲에서 단정 사태를 경망되이 부르며 한 노인이 뛰쳐나왔다. 바로 점창파의 장로 맹일곡이었다. 이명명이 피운 연막을 보자마자 제자들을 이끌고 왔으나 이미 늦었으니, 그의 앞에는 단정 사태의 시체가 피를 흘리며 누워 있었다. 맹일곡이 사태를 짐작하고 눈을 돌리니 한 사내가 검을 들고 서 있는데 그 모습이 가히 저승사자가 따로 없었다. 맹일곡이 조심스레 물었다.

"그대가 추신이오?"

"그렇소."

추신이 짧게 대답하자 맹일곡은 속으로 단정 사태를 원망했다. 그렇게 충고했건만 자신을 기다리지 않고 나섰다가 아까운 목숨을 잃다니! 그의 눈앞에 단정 사태의 시체와 추신이 함께 있으니, 그의 명성과 점창파의 명예 때문에라도 곱게 넘어가기는 틀린 것이다. 이럴 것 같았다면 단정 사태가 한칼에 베어지는 것이 나았다. 추신이 자리에 없었다면 적당히 얼버무리며 이 일에서 빠질 수 있었을 것이다.

"나는 점창의 맹일곡이오. 미안하지만 당신을 이길 자신이 없소. 이해해 주시오."

맹일곡이 솔직히 말했다. 사자검 유대원이 그보다 한 수 위의 고수였고, 단정 사태는 맹일곡과 우열을 가릴 수 없는 강호명숙이었다. 추신이 정당한 수를 썼든 비겁한 암수를 썼든 맹일곡은 그와 싸워 이길 자신이 없었다.

맹일곡이 검을 빼 들자 점창파의 제자들이 일제히 검을 뽑았다.

"그래, 어디 와보시오!"

추신이 외치며 내력을 일으키니 그 기세가 자못 험악했다. 맹일곡의 낯빛이 어두워졌다.

'어찌 이 나이에 이런 내공을 쌓을 수 있었던가!'

그러나 생각만 하고 있을 수는 없었다. 맹일곡이 길게 소리쳤고, 점창파의 제자들이 추신에게로 달려들었다.

"저런!"

한편 그 광경을 보던 금설옥이 놀라 소리쳤다. 강호에 이름난 절명검이 부끄러움을 모르고 제자들을 동원하여 일 대 다수의 싸움을 거는 것이 아닌가? 비록 그녀가 원수를 갚기 위해 사저들의 도움을 청하였으나 어디 점창파의 절명검이 십오 세 소녀와 비교조차 되는 인물이던가? 그런데 더 어이없는 일이 일어났으니, 단정 사태의 시체 곁에서 움직일 줄 모르던 그녀의 사저들이 일제히 검을 뽑았음이다.

아끼는 사부의 원수를 눈앞에 두고도 죽음을 두려워해 움직일 줄 모르더니 절명검 맹일곡과 열한 명이나 되는 점창파의 제자들을 보고 승산이 있다 판단하여 싸움판에 달려든다. 이것이 과연 아미의 사람이 취할 행동인가? 이십여 명이 한 사람을 상대로 검을 겨누었으니 그 한 사람이 사부의 원수라 하여 이 일이 정당하다 말할 수 있는가?

절명검과 점창파 제자들에 더하여 아미파의 제자들이 가세하였으나 추신의 눈은 흔들림이 없었다.

12

다수의 적을 상대하는 데도 추신은 무섭도록 침착했다. 그가 이미 요녕에서 모용세가의 적기단을 만나 패퇴시킨 전례가 있으니 어찌 이들을 무서워할까! 비록 점창과 아미의 제자들이 명가의 가르침을 받아 절도가 있었으나 하나하나가 강호 일류고수의 수준이었던 적기단원들에 비하자면 크게 손색이 있었다. 더욱이 이들이 적기단처럼 진을 형성하여 체계적으로 공격하는 것이 아니었으니 스무 명이나 되는 인원이 때로는 서로의 움직임을 방해하는 바람에 추신에게 유리한 점이 많았다.

그러나 그렇다 하여 여유가 있다는 얘기는 아니었다. 추신이 비록 오해로 인해 사람을 죽이고 싶지 않았으나 단정 사태가 저리 자진하였고, 이들이 부끄러움을 모른 채 무리 지어 한 사람을 핍박하니 손속에 사정을 둘 이유가 없었다.

쉬익!

전후좌우 네 방향으로부터 시퍼렇게 날이 선 검이 날아든다. 추신이 교묘히 몸을 돌리니 두 개의 검이 서로 부딪치고 두 개의 검은 허공을 갈랐다. 곧이어 추신의 검이 빛나고, 그를 따라 붉은 피가 흩뿌려졌다. 당금 무림에 추신의 쾌검을 막을 수 있는 자가 몇이나 될 것인가!

가슴으로부터, 목으로부터 분수처럼 내뿜어지는 피가 허공에서 뒤섞이고, 점창의 피와 아미의 피가 땅으로 흘러내려 서로를 탐한다. 추신의 검이 한 번 움직일 때마다 이십 대 일의 저울은 급격히 수평을 향해 갔다.

'귀신이다! 저것은… 인간이 아니야!'

맹일곡이 속으로 부르짖으며 검을 내질렀다. 제자가 베이는 틈을 타 옆구리를 찔렀으니 추신에 대한 두려움이 그의 체면마저도 잊게 만든 것이다. 그러나 혼전의 와중에서도 추신이 맹일곡의 검을 머리칼 하나 차이로 피하며 반격의 검을 내질렀다. 쾌검으로 유명한 추신답지 않게 너무나 느린 일검이었다.

'……!'

그러나 맹일곡이 일류고수였기에 이 느린 한 수의 무서움을 느낄 수 있었다. 정체를 알 수 없는 두려움이 엄습하자 맹일곡은 차마 피할 생각을 하지 못하고 검을 들어 막아냈다.

아니, 그것은 착각이 아니다. 맹일곡은 분명 추신의 검을 막았다. 그러나 맹일곡의 가슴에 불같은 고통이 수직으로 그어졌다. 이것이 바로 모든 제약을 초월해 상대를 베어버리는 간월십삼검의 정수였으니, 맹일곡은 표리검 번위와 마찬가지로 영원히 해결되지 못할 의문을 안고 땅 위로 쓰러졌다.

"사부님!"

"사숙!"

맹일곡이 쓰러지자 남은 이들의 기세가 눈에 띄게 줄어들었다. 그러나 추신의 검은 그러한 사정을 일일이 생각해 주지 않았다. 결국 얼마 가지 않아 대지가 피를 머금어 붉게 물들고 그 위로 시체의 산이 쌓였다.

몰살. 이보다 지금의 광경을 잘 설명해 줄 수 있는 말이 없었다.

추신이 숨을 고르며 검에 묻은 피를 닦으며 보니 한 소녀가 금방이라도 울 것 같은 얼굴로 서 있었다. 바로 금설옥이었다. 아무도 나서지 않을 때에 검을 들고 용기있게 나선 소녀는 모두가 추신을 향해 달려들던 순간에 움직이지 못하고 가만히 서 있었다.

십오 년의 짧은 생을 살면서 소녀는 항상 옳은 편에 서 있었다. 금가장에서는 공주나 다름없는 대접을 받았고, 아미파에 와서는 명문정파의 일원으로 항상 부끄럼없는 삶을 살았다. 그러나 이제 금설옥이 강호라는, 사람의 잇속이 정면으로 충돌하는 세계로 나와 겪은 혼란은 소녀의 정신으로 견디기 힘든 것이었다.

무엇이 옳고 무엇이 그른 것인가? 불과 한 시진 전만 하더라도 자신있게 답할 수 있었던 물음이 이제는 너무나 큰 무게로 소녀를 짓눌렀다. 그리고 그러한 혼란이 소녀를 죽음으로부터 구한 동시에 죄책감의 늪으로 밀어 넣었다. 점창파의 사람들이 모두 죽었고, 아미파의 사저들이 모두 죽은 가운데 스스로의 정의에 반하여 차마 공세에 합류하지 못한 자신만이 살아남은 것이다.

"이 악적!"

금설옥이 소리치며 추신에게 달려들었다. 검도 없는 맨손으로, 아직 미약한 아미구양공을 운용한 장법으로 추신을 향해 뛰어드니 스스로 죽기 위한 발악이나 다름없었다. 추신이 왼손으로 금설옥의 가느다란 손목을 잡았다.

"이게 무슨 짓이냐, 이 음적(淫敵)아!"

일장이 성공하지 못하고 손목을 잡히자 금설옥이 외쳤다. 추신이 어이가 없어 금설옥을 던져 버렸다. 금설옥이 땅으로 내려앉았는데, 별다른 동작을 취하지 않았음에도 두 발로 편히 착지하였으니 추신의 수법이 실로 고명했다. 하지만 그것이 더욱 화를 돋우었으니 금설옥이 악을 쓰다시피 욕했다.

"차라리 날 죽여라! 이 비겁한! 간악한! 음탕한 놈!"

"너는 너의 죽음을 타인에게 의탁하려 하지 마라."

추신의 말에 금설옥이 욕을 멈췄다. 추신이 말했다.

"네 눈으로 본 것으로 판단해라. 누가 비겁했고, 누가 간악하였느냐? 단정 사태와 나의 대결이 정당한 것이 아니었느냐? 사태가 죽은 것이 내 탓이냐?"

"네게 당한 수치를 갚지 못해 돌아가셨으니 네 탓이다!"

"그렇다면 내가 그를 단칼에 베었어야 옳았느냐?"

그러자 금설옥이 말을 잇지 못했다. 추신이 계속 말했다.

"다시 묻겠다. 스무 명이나 되는 자들을 상대로 싸운 내가 비겁하였느냐, 제자들을 독려해서 덤벼든 절명검이 정당하였느냐? 스승의 죽음을 목도하고도 제 목숨이 두려워 나서지 못하다 저들에게 유리하다 싶어 태도를 바꾼 이들이 정당하였느냐?"

금설옥은 눈물을 삼켰다.

"이는 네 마음에 물어보거라. 진실이 누구에게나 같은 것은 아니니까. 그리고 죽으려거든 네 스스로 죽거라. 내 손에 죽으면 홀로 살아남은 죄가 줄어들 거라 생각했느냐?"

"그, 그건 아니다!"

"그럼 더는 자신의 목숨을 내던지는 짓을 하지 마라. 네가 홀로 살아남은 것은 네가 홀로 정당하였기 때문이다. 그게 아니면 힘을 키워

훗날 복수하러 오너라. 언제라도 받아주겠다."

거기까지 말해놓고서 추신은 말이 너무 길었다며 자책했다. 금설옥은 고개를 떨구고 아무 말이 없었는데 추신은 잘됐다 싶어 모용현에게 손짓하여 자리를 떠났다. 모용현이 앞서 가는 추신을 따라 걸으며 자꾸만 뒤를 돌아보니 금설옥은 가만히 서 있었다. 몇 번을 돌아봐도 소녀는 마치 조각상인 양 그대로였는데, 마침내 더 이상 보이지 않게 되자 모용현이 말했다.

"비겁하군요."

"너도 그렇게 생각하느냐?"

추신이 왜 모용현마저 자신을 매도하는지 놀라 물었다.

"그럼요. 자기가 억울하다고 나이 어린 소녀에게 화풀이한 꼴이잖아요. 그래, 그 누나가 아무 말도 못하고 울지도 못하는 걸 보니 속이 시원해요?"

사실 추신보다 답답한 쪽은 모용현이었다. 몇 번이나 이는 오해라고 나서서 말하고 싶었으나 모용현에겐 그럴 만한 용기가 없었다. 후에 여럿이 추신에게 덤비는 것을 보고 비겁하다 생각했지만 사자에게 덤비는 양 떼처럼 무력하게 죽어나갔으니 소년에게 한 번 놓친 기회가 두 번 오지는 않았다. 해명의 말을 꺼내기도 전에 추신은 이제 오해가 아니라 정말로 살인귀가 된 것이다. 그러나 추신의 검에 의해 흘린 피는 고스란히 모용현의 두 손에 묻어 있으니, 이 헛된 죽음들이 누구의 탓이란 말인가? 모용현이 지금 추신을 힐난하는 것은 소년이 스스로의 잘못을 받아들일 만큼 성숙하지 못하다는 증거였다.

모용현이 총명하다 못해 추신의 속을 꿰뚫고 있었으니 추신이 차마 부인하지 못하고 그저 걸을 뿐이었다. 사실 그가 모용현에게 지은 죄가 있어 이제껏 침묵하였으나 사람들이 그가 하지 않은 죄까지 씌워 매도하였으니 그 답답함을 풀 길이 없었다. 한 번 꼬인 실타래는 다시 풀 길이 없어 더욱 엉켜만 갔으니 더 이상은 이것이 오해인지, 아니면 처음부터 자신이 이들을 죽이기 위해 검을 들었는지 구별할 수 없었다. 그러던 중 십대의 소녀를 조롱하여 답답함을 풀었으니 어른다운 처사 가 아니었다.

추신이 부끄러워 대응하지 않고 걸어가니 속도가 빨라 모용현이 따 라가질 못했다.

"이봐요, 너무 빠르다구요! 그런데 아까 그 여자들, 아미파라고 하지 않았어요? 혹시 죽은 이들 중에 금가장의 소주(少主)가 말한 동생이 있 으면 어쩌죠?"

모용현의 말을 듣고 추신이 우뚝 멈춰 섰다. 그 바람에 뒤따르던 모 용현이 미처 멈추지 못하고 추신에게 부딪쳤다. 추신이 잠깐 생각했으 나 죽인 여자들의 얼굴을 일일이 기억할 수는 없었다. 모용현이 그리 이야기하니 그중 누군가가 금성보와 닮은 것도 같았다.

"음… 어쩌지?"

한편 금설옥이 가만히 서서 생각하였으나 결론을 내릴 수 없었다. 결론을 내릴 수 없다는 것 자체가 소녀를 지탱하던 정신적 기반이 흔 들림을 뜻하였으니 과연 추신의 말이 옳은 것일지도 몰랐다. 그렇게 한참을 멍하니 있던 금설옥의 어깨를 누군가가 두드렸다.

"이봐, 괜찮은가?"

금설옥이 화들짝 놀라 뒤로 물러나며 보니 보통 체구에 얼굴이 핼쑥 한 중년인이었다. 중년인이 주위를 둘러보며 말했다.

"참혹한 광경이군."

"당신은 누구요?"

금설옥이 잔뜩 경계하며 외치자 중년인이 말했다.

"나는 당문의 당감소라 한다."

13

중년인은 바로 사천당가의 당감소였다. 원래 그는 모용세가에서 추신을 잡아 죄를 묻자고 모인 이들을 선동할 만큼 적극적이었다. 한데 추신의 행방이 밝혀져 심양 근처로 수색을 나갔던 이들이 모두 세가로 돌아왔으나 그만은 돌아오지 않았다. 사자검과 단정 사태, 맹일곡 등이 이를 궁금히 여기면서도 먼저 추신을 잡기 위해 떠났는데 그렇게 소식이 끊겼던 당감소가 바로 이곳에 나타났으니 세 사람이 살아 있었다면 그간의 경위부터 물어보았을 것이다. 그러나 그러한 사정을 모르는 금설옥은 포권하며 예를 취했다.

"당문의 천엽비도셨군요. 소녀는 아미파의 제자 금설옥이라고 합니다."

"그래, 이게 어찌 된 일인가?"

금설옥은 당감소의 물음에 숨김없이 이야기했다. 단정 사태가 추신과의 비무에 패배하고 수치심을 못 이겨 자결한 것과 맹일곡이 제자들과 함께 추신을 친 것, 그리고 아미파의 제자들이 그에 합세하였다가 추신의 검에 목숨을 잃은 것까지. 당감소가 잠자코 금설옥의 이야기를 듣고는 고개를 끄덕였다.

"그렇군. 자네는 어찌 무사할 수 있었는가?"

그러자 금설옥의 얼굴이 수치심에 달아올랐다.

"소녀는… 감히 나설 수 없었습니다."

금설옥이 혼란에 휩싸여 추신을 치는 무리에 끼지 못하였으나 당감소는 그녀가 어린 나이에 두려웠으리라 생각했다. 당감소가 그리 생각하고 말했다.

"그렇군. 시신들은 내가 알아서 할 테니 자네는 일단 가까운 객잔으로 가 쉬게. 아미파로 곧장 돌아가되 나에게 말한 것같이 이야기해서는 아니 될 것이야."

"예?"

무슨 뜻인지 몰라 금설옥이 반문했다. 당감소는 잠깐 팔짱을 끼고 생각한 뒤 이야기했다.

"그래, 이렇게 이야기하게. 추신이 먼저 자네들을 발견해 독을 쓰고 중독된 이들을 무차별 학살했다고 말일세."

"그게 무슨 말씀이십니까?"

"못 들었나? 추신이 독수를 써 이들을 죽였다고 하란 말일세."

금설옥은 납득할 수 없었다. 천엽비도 당감소라 하면 누구나 알고 있는 고수요, 명숙이다. 몰락한 사천당문을 다시 지금의 자리로 끌어올린 장본인이다. 그런 명사가 거짓 증언을 종용하였으니 금설옥으로서는 이해할 수 없는 일이었다. 석연치 않은 금설옥의 얼굴을 보고 당감소가 말했다.

"이게 다 자네의 사문을 위한 길일세. 자네가 돌아가 사실대로 고하고 그것이 강호에 퍼진다면 차후 아미파나 점창파가 강호에 무슨 낯으로 행세할 수 있겠는가?”

“그러나 이는 사실과 다릅니다.”

“그러니 내가 자네에게 그리 말하라지 않는가? 사실 자네가 사실 대로 말하고 아미파의 명예가 땅에 떨어진다 해도 나와는 아무 상관 없는 일이네. 순수한 호의로 하는 말이니 자네가 싫다면 어쩔 수 없지.”

당감소가 이리 말하고 소녀를 보니 입술을 꼭 깨물고 심각한 표정으로 생각하는 모습이 심지가 꽤나 곧아 보였다. 당감소가 말했다.

“한 가지만 말하겠네. 자네가 사실을 말한다면 자네 한 사람의 명예는 살 것이나 아미파의 명예는 땅에 떨어질 것이야.”

금설옥의 망설임이 바름[正]과 삿됨[邪] 사이에 있음을 꿰뚫어 본 당감소는 교묘히 말을 돌려 소녀의 갈등을 단체의 것[公]과 사사로운 것[私]으로 바꾸어놓았다. 이는 당감소의 사람을 파악하는 눈과 말솜씨가 극히 뛰어났기 때문이니 십오 세 소녀에 불과한 금설옥이 어찌 당해낼 수 있겠는가? 금설옥이 생각하기에 역시 나 자신의 명예보다 사문의 명예가 우선이라 그리하겠다 고개를 끄덕였다. 하나 소녀의 가슴 한구석에 풀 길 없는 석연찮음이 존재하였으니 이는 두고두고 그녀를 괴롭힐 것이다.

“알겠습니다.”

당감소가 마침내 만족하고 손가락을 퉁겼다. 그러자 같은 옷을 입은 사내들이 어디서 왔는지 모르게 나타났다. 금설옥이 그를 보고 놀라는 사이 당감소가 손짓하니 사내들이 아무 말 없이 품 안에서 병을 꺼냈다. 사내들이 병 뚜껑을 열어 그 안에 든 액체를 시체들에 뿌렸고, 곧바로 시큼한 냄새가 풍겨왔다.

"윽, 뭐 하는 짓입니까!"

금설옥이 외쳤으나 사내들은 묵묵히 자신들의 할 일을 수행하였으니 바로 시체에 독을 뿌리는 일이었다. 당감소가 태연스레 말했다.

"아까 얘기했지 않나? 추신의 독수에 걸려 무참히 살해당한 것으로 이야기하려면 실제로 그렇게 만들어놔야겠지. 함부로 입을 열지는 말게. 대단한 것은 아니지만 중독되면 곤란하니까."

금설옥이 크게 후회했으나 때는 이미 늦었다. 그녀가 존경하는 사부와 사랑하는 사저들의 시신에 독이 뿌려져 이미 죽은 살 속으로 침잠해 들어갔으니 이는 망자(亡者)를 또 한 번 능멸하는 짓이었다. 당감소의 공작이 끝나갈 무렵 한 노인이 일단의 젊은이들을 데리고 나타났다.

"이게 무슨 일인가?"

강직해 보이는 노인이 주위의 광경에 눈살을 찌푸리며 말했다. 노인은 바로 종남파의 장로 중 하나로 강호에 위명이 자자한 철검 방주교였다. 그의 뒤로 종남의 제자들이 여럿 있었는데 모두 참혹한 광경과 시큼한 향에 손으로 코와 입을 막았다. 그러나 그 외중에도 두 사형제가 말을 멈추지 않았으니, 바로 현재와 위진이었다.

"으윽, 이것 참 독하구나."

"그러게요, 사형. 조심하세요. 이거 독일지도 모르겠는데?"

"조용히 하거라."

방주교가 두 사람을 꾸짖고 당감소를 향해 고개를 돌렸다. 당감소가 포권을 하고 말했다.

"당모가 철검을 뵙습니다."

"당 대협께서는 이게 어찌 된 일인지 설명해 주시겠소?"

사실 그들은 모용천의 고희연을 끝내고 바로 돌아가는 참이었다. 그러나 도중에 모용세가의 비극을 접하자 방주교가 친히 제자들을 이끌고 돌아온 것이다. 종남파가 위치한 섬서의 종남산은 이곳과 가까웠는데 마침 멀리서 붉은 연기가 피어오르는 것을 보고 달려왔다.

"이렇게 다들 독에 당하여 추신에게 살해당했습니다. 살아남은 것은 여기 이 단정 사태의 막내 제자 한 사람뿐이었습니다."

"추신이란 자가 용독(用毒)을 했단 말이오? 그의 검이 무섭다는 이야기는 들어봤으나 독을 쓰는 재주가 있다는 것은 금시초문이외다. 놀랍구려."

"그가 강호인들의 이목을 속이고 숨겨둔 모습이 그것만은 아닐 것입니다. 모용 대협을 시해할 수 있을 거라 누가 상상이나 했겠습니까?"

"허어, 간악하다! 그의 손속이 이리 독하다니!"

방주교가 시신들을 둘러보고 탄식하였다. 그의 눈에 단정 사태와 맹일곡 등이 띄었는데 두 사람이 함께 있었으니 추신 하나쯤은 능히 당해낼 수 있었을 것이다.

'단정 사태와 절명검 이 두 사람을 동시에 제압할 수 있는 자가 무림에 몇이나 될 것인가? 나라 해도 불가능한 일이다. 설마 그가 삼절의 위치에 올라섰다면 몰라도……. 당감소의 말이 사실이겠구나!'

방주교가 소리없이 탄식하니 이것이야말로 당감소가 바라는 일이었다. 당감소가 고개를 돌려 금설옥을 보니 아직도 망설이는 기색이 있는 것이 지금 당장 방주교에게 사실대로 말할지도 몰랐다. 설득하는 데 성공하였는데 경솔히 그녀의 눈앞에서 독을 쓴 것이 역효과를 불러일으킨 것 같았다.

'이럴 줄 알았으면 애초에 죽이는 것이 편했겠구나!'

당감소가 처음 금설옥을 이용해 추신이 용독한 사실을 강호에 퍼뜨리고자 했으나 이 소녀가 과연 그의 생각대로 움직여 줄지 확신이 서지 않았다. 나이 어린 금설옥이 홀로 살아남았으니 당감소가 차마 죽일 생각을 못하고 어떻게 이용해 보려 했는데 소녀의 마음이 지금 폭풍우 치는 바다 위에 떠 있는 한 장의 나뭇잎 같으니 언제 어떻게 바뀔지 몰랐다. 게다가 이제 종남의 사람들이 왔으니 더 이상 말로 설득하거나 죽일 수 없었다. 당감소가 이리 남들이 모르는 난감함에 혀를 차고 있을 때에 금설옥이 나섰다.

"아미파의 금설옥이 종남의 철검을 뵙습니다."

방주교가 금설옥을 보니 아직 어린 소녀의 몸으로 사문 사람들이 몰살당한 참극 속에서도 홀로 살아남아 성정을 다잡은 모습이 기특하였다. 방주교가 보기에 손녀나 다름없는 연배였으니 어찌 지난 일을 떠올리게 해 괴롭힐 것인가.

"그래, 얼마나 상심이 크겠는가?"

"실은 소녀가 청이 있사옵니다. 들어주시겠습니까?"

금설옥이 다짜고짜 부탁을 들어달라 나오니 방주교가 적잖이 당황했다. 금설옥이 방주교의 대답을 기다리지 않고 말했는데, 이미 예의를 차리고 있을 때가 아니었다.

"철검께서는 이대로 추신이라는 자를 쫓아가실 것입니까?"

"물론이네. 그를 잡아 지금껏 행한 살인의 목적과 배후에 누가 있는지를 알아내야만 강호가 안녕하지 않겠는가?"

"하나 그자의 실력이 보통이 아니었습니다."

방주교가 금설옥을 보니 눈빛이 흔들리는 것이 아직 충격에서 벗어나지 못한 듯싶었다. 금설옥은 실제로 추신의 무위를 목격했으니 비록 이름 높은 철검이라 할지라도 그를 당해낼지 몰라 하는 말이었으나 방주교가 그를 알 리 없었다.

'이 아이가 걱정하는 것도 무리는 아니다. 눈앞에서 사부와 사형제들을 잃었으니 마음의 상처가 클 것이다.'

방주교가 잠깐 생각하고 말했다.

"네가 걱정하는 것도 무리는 아니다. 하지만 추신이 제아무리 독을 쓴다 한들 여기 당 대협이 있으니 어찌 우리를 해칠 수 있겠느냐? 또한 그가 가는 길목에 소림과 맹산파가 있고, 그 아래로 무당이 있으니 명문정파의 이름으로 그들이 좌시하지 않을 것이다. 내 이미 맹호(猛虎) 강만중 대협과 연락을 취했으니 그 악적이 잡힌 것이나 다름없다."

방주교가 이리 말하니 소녀가 안심했으리라 짐작했다. 원래 방주교는 그의 별호답게 진중한 성격으로 결코 여럿이 한 사람을 공격할 위인이 아니었으나 추신이 이미 지은 죄도 모자라 독까지 써가며 사람들을 죽였으니 이는 무림의 공적이라 일반적인 경우로 보지 않을 뿐이었다. 하지만 금설옥의 생각은 그것이 아니었으니, 종남의 철검이라 칭송받는 방주교조차 추신 한 사람을 잡기 위해 여러 사람이 동원되는 것을 당연히 여기는 모습에 소녀는 더욱 혼란스러웠다. 그러나 금설옥은 곧 마음을 다잡았다.

"저도 함께 가겠습니다."

"뭐라?"

"부디 허락해 주십시오. 추신이라는 자를 꼭 다시 만나고 싶습니다."

이는 금설옥이 그 속에 엉켜 있는 의문을 풀기 위함이었다. 소녀의 짧은 지식과 경험으로 이름조차 알 수 없는 의혹은 오직 안겨준 이만이 풀 수 있으리.

방주교는 소녀가 사문의 원한 때문이라 생각하고 남자들만 있는 일행에 금설옥을 기꺼이 받아들였다. 한편 당감소가 이를 보고 아무리 잘 짜놓은 계획이라도 수행하는 것이 사람이니만큼 예측할 수 없는 일이 너무 많다며 탄식했으나 아무도 이를 알아차리지 못했다.

〈제1부 1권 끝〉

무한 상상·공상 세계, 청어람 신무협&판타지

『두령』,『사마쌍협』을 보았다면
꼭 섭렵해야 할 월인의 최신작!

천룡신무(天龍神舞) / 월인 지음

2005년 무협계를 평정할
거대한 놈이 나타났다!

『천룡신무』
(天龍神舞)

처음에는 운 좋게 병신춤만 추는 인간들을 만나 사지육신을 온전히 보존하고 있는 줄 알았다.
그리고 십 년 동안 이상한 춤만 가르쳐 주고 몽둥이 휘두르는 법은 물론, 주먹 쥐는 법 하나
가르쳐 주지 않은 사부를 원망하기도 했었다.

하지만 이젠 그딴 거 필요없다.
사부께서는 용무(龍舞)를 열심히 수련하면 네놈 몸뚱이 하나는 네 마음대로 움직일 수 있다고 하셨다.
그리고 그렇게 만들어주셨다.
사부께서는 한계를 뛰어넘고 초식을 무너뜨리는 춤을 가르쳐 주신 것이다.

중원의 무공 따위는 눈 아래로 내려다볼 수 있는 춤!

그래서 천룡신무(天龍神舞)이리라…….

매력적인 작품 세계를 보여온 월인만의 매혹에 다시 한 번 유혹당한다!